머나먼 스무 살

머나먼 스무 살

발행일	2016년 11월 1일		
지은이	박 성 대		
펴낸이	손 형 국		
펴낸곳	(주)북랩		
편집인	선일영	편집	이종무, 권유선, 안은찬, 김송이
디자인	이현수, 이정아, 김민하, 한수희	제작	박기성, 황동현, 구성우
마케팅	김회란, 박진관		
출판등록	2004. 12. 1(제2012-000051호)		
주소	서울시 금천구 가산디지털 1로 168, 우림라이온스밸리 B동 B113, 114호		
홈페이지	www.book.co.kr		
전화번호	(02)2026-5777	팩스	(02)2026-5747

ISBN   979-11-5987-260-0 03810 (종이책)   979-11-5987-261-7 05810 (전자책)

이 도서의 국립중앙도서관 출판예정도서목록(CIP)은 서지정보유통지원시스템 홈페이지(http://seoji.
nl.go.kr)와 국가자료공동목록시스템(http://www.nl.go.kr/kolisnet)에서 이용하실 수 있습니다.
(CIP제어번호 : CIP2016025625)

(주)북랩 성공출판의 파트너

북랩 홈페이지와 패밀리 사이트에서 다양한 출판 솔루션을 만나 보세요!

홈페이지 book.co.kr   1인출판 플랫폼 해피소드 happisode.com
블로그 blog.naver.com/essaybook   원고모집 book@book.co.kr

머나먼 스무 살

1970년대 학창시절로
떠나는 아련한 추억 여행

박성대 자전 소설

북랩 bookLab

글을 쓰면서

27년 동안 중학교에서만 국어 선생 노릇을 하다가 이제 막 학교를 떠나왔다. 돌아보면 나는 '왈왈왈' 목소리만 높은 허풍쟁이 교사였던 것 같다. 교실에 흩어져 있는, 아이들이 달고 다니는 그런 자잘한 일들을 더욱 눈여겨보고, 귀 기울여 듣고, 조단조단 챙겼어야 하는데 그러질 못해서 작은 회한으로 남아 버렸다. 그 누구보다도 제자들에게 미안해서 지금도 낯이 뜨뜻해지는 순간들이 너무 많이 떠오른다.

그래도 흐뭇한 기억들이 전혀 없는 것은 아니다. 한 편의 시(詩)를 앞에 높고 고개를 갸웃대며 읽곤 했던 시간들, 물속처럼 잠잠한 교실에서 사각사각 연필 소리만 들으며 모두 함께 글을 쓰고, 쓴 글을 돌아가며 읽고, 들어 주던 그런 순간들을 떠올리면 지금도 가슴이 조금 훈훈해진다.

여기에 실린 세 편의 이야기 가운데 두 편, 즉 '북관, 그 교실로'와 '별을 찾아서'는 그렇게 나의 모교이기도 한 밀양 상동중학교 교실에서 탄생한 글이다.

어느 해였던가, '작은 자서전' 쓰기 시간에 아이들에게만 글쓰기를 시켜 놓고 혼자 교실 구석에 덩그러니 서 있자니 미안하기도 하고 심심해서 그만 불쑥 말해 버렸다.

"얘들아, 우리 다 같이 한번 써 보자. 나중에는 서로서로 자기 이야기 들려주기도 하고…."

"그럼, 선생님 쓰신 글도 읽어 주실 거죠?"

"당연하지."

"오예, 선생님 첫사랑 얘기도 나온다, 히히."

"그래, 무슨 이야기가 나올지는 나도 모르겠다. 자, 일단 우리 인생은 우리 손으로 한번 기록해 보자. 시작!"

그렇게 시작한 나의 자전적 소설 쓰기가 그만 이런 엉성한 모습으로 마무리되고 말았다.

그래도 아이들에게 읽어주니 반응은 의외로 괜찮았다. 자기들이 다닌 초등학교, 중학교가 무대라서 신기했었나 보다. 특히 2학기 말 교실이 좀 어수선할 때 3학년 아이들과 함께 이 글을 같이 읽으면 마치 졸업 선물처럼 교실 분위기는 아주 그만이었다. 아이들은 대부분 그랬다. 두어 시간 동안 숨도 안 쉬고 글을 읽다가 마침내 고개를 들면 휴우, 기지개를 켜면서 긴 한숨부터 내쉬었다. 그리고 한동안 내 얼굴을 가만히 쳐다볼 때가 많았다. 마치 어린 '문정태'가 왜 이렇게 늙어 버렸나 신기한 듯이. 그럴 때 나 또한 매년 비슷한 질문을 던지곤 했다.

"어때? 실망이지? 읽을 만하더냐?"

아이들의 대답도 해마다 비슷했다.

"하아, 재미있는데요, 선생님."

"여기 도곡이 저 고정 안에 있는 그 동네 도곡 맞지요? 그리고 이 글에 나오는 용수가 혹시 정민이 저그 삼촌 아니에요?"

"글쎄다, 그건 그렇고 20년, 30년 뒤에 너희들은 지금 나의 이 글보다도 훨씬 더 재미있고 감동적인 자서전을 쓸 수 있어야 한다. 또 그렇게 살아야 한다. 알았냐?"

올봄 퇴직을 하면서 교무실 안에 흩어져 있던 내 물건들을 정리하다 보니 온갖 잡동사니들이 쏟아져 나왔다. 대부분 폐지함이나 쓰레기통으로 들어가 버렸지만, 반 아이들 숫자만큼 복사를 해서 스테이플러로 찍어 만든 두 편의 글이 실린 수제 책 『별을 찾아서』만큼은 선뜻 버릴 수가 없어서 집으로 가져 왔다. 집에서 살짝 손을 봐서 교육용 버전을 본래 모습대로 되돌려 놓았다. 그리고 고등학교 근무용으로 써 보았던 '용산 허수아비'와 합쳐 놓고 보니, 이것이 바로 나의 '학창기(學窓記) 3부작'이구나 싶었다. 컴퓨터에 저장만 해 둔 채 이 파일을 어떻게 할까 두어 철을 망설이다가 마침내 올가을 작은 용기를 냈다. '그래, 정부에서 퇴직교원에게 주겠다던 그 표창도 뿌리치고 옆자리 선생님이 건네주던 꽃 한 송이 들고 떠나온 교단인데, 아이들이 좋아하던 이 이야기를 책으로 묶어 내가 나의 퇴직을 스스로 기념해 보자.' 이렇게 해서 또 부실하고 엉성한 한 권의 책이 이 세상에 보태지게 되었다.

누구라서 안 그럴까마는, 나의 십대 또한 강물로 치자면 가파르고 물살 드센 여울목쯤이었다. 지금 돌아보니 측은하고 우습지만, 거기를 맨다리 둥둥 걷고 건너느라 그땐 정말 좌충우돌 세상의 고민이란 고민, 고통이란 고통은 모두 내 것이었다. 이렇게 가도 가도 어설프고 낯선 길이 사람 사는 길이라는 걸, 스물이 아니라 쉰이 넘어도 진짜 어른이 되기는 너무나 힘들다는 걸, 그때 미리 알았더라면 그렇게 해 저무는 강둑에 홀로 오래도록 앉아 있지는 않았을 텐데… 이 세상 사람이면 누구라도 가슴속에 작은 상처 하나씩은 다 숨기고 살아간다는, 아니 그 이전에 사람이 살아간다는 것 자체가 사실은 매일매일 상처를 입는다는 의미임을 그때도 알았더라면 그렇게 어두운 방 안에서 이불을 뒤집어쓰고 오랫동안 끙끙대지는 않았을 텐데… 그러나 어쩌랴, 일기일회, 이것이 우리들의 본래 모습인 것을.

이 글을 미리미리 읽어 주고 품평해 준 아주 성실한 독자였던 밀양 상동중학교 졸업생 여러분들에게 다시 한 번 고마움의 인사를 전한다.

"애들아, 어디서든 잘 버티고 잘 살아야 한다. 어른들이 가르쳐 준 길을 너무 믿지 말고, 부자가 되겠다는 생각도 하지 말고, 너희들끼리 손을 맞잡고 새로운 길, 새로운 규칙을 만들면서 전진해야 한다."

끝으로, 이 글은 '자전적 소설'임을 다시 한 번 밝혀둔다. 그래도 뜻하지 않게 실명, 가명으로 이 글에 불려나온 많은 분들께 거듭 사죄의 말씀 드린다.

2016년 10월
섶섬이 바라보이는 언덕 위에서

차 례

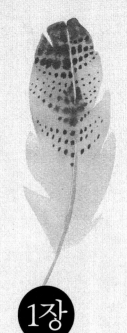

1장

북관, 그 교실로

머나먼
스무 살

1장 북관, 그 교실로

개학, 이 말은 마치 늦잠을 자고 일어나서 엉겁결에 찬물에 손을 집어넣는 것처럼 언제 들어도 내 가슴을 서늘하게 만들었습니다.

그랬습니다. 긴긴 겨울방학도 지나가고, 짧아서 달콤한 봄방학마저 다 까먹고 말았습니다. 나는 주뼛거리며 마침내 4학년 교실을 찾아갔습니다. 본관 3학년 교실을 올려다보니 조금 맘이 짠했지만, 복도에 내걸린 '4-1'이란 팻말을 쳐다보니 어깨가 으쓱해지며 기분이 은근히 좋아지기도 했습니다.

왜냐하면 4학년은 이제 저학년이 아니라 고학년이었으니까요. 고학년, 이 얼마나 듣기 좋은 이름입니까? 그리고 무엇보다 내 기분이 한껏 부풀어 오른 이유는 그 '보물'이 여전히 4학년 1반 교실에 있었기 때문입니다. 조금 더 손때가 묻고 여기저기 찢어진 자국이 눈에 띄게 늘었지만, 거기에서 뿜어져 나오는 알 수 없는 무슨 광채 같은 것은 한결같았기 때문입니다. 그 '보물'을 맨 처음 언제, 누가 거기에 갖다 놓았는지 그것까지는 알 수야 없었지만, 아무튼 나는 그것이 있어 비로소 우리 4학년 교실이 고학년 교실이 될 수 있다고 생각했습니다. 어둡고 칙칙한 교실의 외관과는 달리 교실 안은 제법 따스하고 정갈한 분위기가 느껴지는 것도 다 그 '보물'

덕분이었습니다.

운동장 북쪽에 있다고 해서 북관.

시커멓게 기름 먹인 나무판자가 공룡의 비늘처럼 건물 외벽을
둘러싸고 있고, 지붕 역시 시커먼 기와가 얹혀 있는 오래된 일본식
목조건물 북관. 겨울에 가장 추운 곳이라는 소문이 퍼져 모두들
꺼리는, 교실 네 칸을 품고 있는 건물 북관.

그러나 북관은 정확하게 말하자면 두 얼굴을 가진 건물이었습니
다. 낡았으면서도 장중하고, 서향으로 비탈져 흘러내린 학교 터 그
산줄기를 깎고 들어가 옴폭하게 자리 잡은 1학년 교실은 음습하고
추우나, 반대편 운동장 쪽으로 훤히 드러난 4학년 교실은 밝고 환
하며, 북쪽 복도는 겨우내 북풍한설이 몰아쳐도 학교에서 온실을
지어둔 남쪽 창가는 더없이 따뜻한 곳, 높은 언덕 위에 우뚝 솟은
본관 건물에 비해 지대가 낮아서 갑갑하지만, 운동장과 같은 높이
에 자리하고 있어 놀다가 퍼뜩 교실로 뛰어들어갈 수 있는 건물,
거기가 바로 상동국민학교 북관이었지요.

북관엔 네 칸의 교실이 있었습니다.

운동장에서 보면 맨 안쪽에 변소, 북관과 변소를 잇는 현관, 1학
년 교실 두 칸, 그다음에 4학년 교실 두 칸, 이런 순이었습니다. 북
관의 동쪽은 비를 맞지 않고 바로 변소로 갈 수 있는 현관을 만들
어 내느라 완만하게 흘러내린 팔작지붕 모양으로 돼 있었으나, 서
쪽은 급하게 맞배지붕으로 마무리해 그 밋밋한 옆구리에는 커다
란 시멘트 주춧돌이 하나 놓여 있고, 주춧돌 위에는 미닫이문 하

나가 덩그렇게 걸려 있었지요.

　북관에 있는 4학년 1반 교실을 향한 나의 짝사랑은 꽤 뿌리가 깊
었습니다.

　그때는 아마 내가 3학년이 되고 나서도 달포나 지났을 때였습니
다. 하늘에 흙먼지가 뿌옇게 일고, 우물 옆 늙은 살구나무가 피워
낸 하얀 튀밥 같은 꽃 무더기들이 운동장 한 귀퉁이를 환하게 밝
혀 주던 어느 날 점심시간이었지요. 남관 2학년 생활을 청산하고
본관 3학년 교실과 한참 새롭게 정을 붙여가는 얼마 동안은 북관
교실 부근으로 놀러 갈 일이 없었는데, 그날 점심시간 햇볕 도타운
온실 부근을 서성이다가 열려 있는 창문을 통해 나는 우연히 4학
년 1반 교실을 구경하게 되었습니다.

　'아하, 우리 한 해 선배들 교실은 요렇게 생겼구나아. 내년에는 우
리가 요기로 오겠네.'

　학년마다 1반과 2반이 있는 우리 학교에서는 한 번 1반이면, 졸
업할 때까지 1반이었으므로, 나는 창턱에 턱을 걸고 까치발을 한
채 4학년 1반 교실 안을 찬찬히 둘러보았습니다.

　4학년 교실이라고 해서 대단한 건 아니었습니다. '때려잡자 김일
성', '불안에 떨지 말고 자수하여 광명 찾자.'와 같은 구호도 보이고,
반공 포스터도 몇 점 있고, 어느 교실에서나 빠지지 않는 무장공
비 소탕전 성과나 월남전 소식도 사진과 함께 게시돼 있었습니다.

　우리는 간첩이나 베트콩에 대해 관심이 많았지만, 특히 베트콩에
대한 적개심은 대단했습니다. 간첩이나 무장공비가 뭔지는 대충

알겠는데, 베트콩이 뭐하는 사람들인지 그들이 무슨 잘못을 저질 렀는지 그것까지는 우리가 자세히 알 도리가 없었지만, 머나먼 이 국땅 정글 속에서 베트콩을 섬멸하는 사람들이 우리 국군장병 아저씨들이니 베트콩은 저절로 우리의 적이 돼 버렸습니다.

가끔씩 예닐곱 칸 군인들만 태운 열차가 우리 동네 앞을 지나 부산 쪽으로 내려가면 우리는 하던 일을 멈추고 모두 철길 옆으로 바짝 달려가곤 했지요. 그러면 차창을 열어젖힌 군인들은 포장지에 읽기 어려운 영어가 적힌 이런저런 먹을 것들을 던져 줄 때도 있었고, 악이 받치는 건지, 신이 난 건지 아주 갈라 터진 목소리로 줄기차게 합창을 할 때도 있었는데, 얼마나 우렁차게 부르는지 객차가 아주 기우뚱거릴 정도였습니다. 어디에서나 자주 울려 퍼지던 '맹호부대가'는 우리도 훤히 외울 수 있었지요.

자유통일 위해서 조국을 지키시다
조국의 이름으로 님들은 뽑혔으니
그 이름 맹호부대 맹호부대 용사들아
가시는 곳 월남 땅 하늘은 멀더라도
한결같은 겨레 마음 임의 뒤를 따르리라
한결같은 겨레 마음 임의 뒤를 따르리라

우리 옥산리 아이들은 다른 동네 아이들보다 월남전에 더욱 관심을 쏟지 않을 수 없었습니다. 그것은 홍수 형님 때문이었습니다. 홍수 형님은 우리 동네에서 이발소를 하는 홍철이 아저씨의 둘째 동생이었는데, 처음에는 해병대에 입대했다가 그만 청룡부대원이 되어 월남까지 가 버렸던 것입니다.

홍수 형님 어머니 양촌 아지매는 아들 얘기만 나왔다 하면 늘 눈물을 찔끔거렸지만, 우리들에게 홍수 형님은 이미 돌아오기도 전에 우상이 돼 버렸습니다. 그 형님이 가슴에 훈장을 하나 달고 돌아오면 우리가 들어야 할 이야기는 정말 무궁무진할 것 같았으니까요. 그리고 어른들 말에 의하면 월남전에 참전한 군인들은 모두 부자가 돼 돌아온다고 했으니까요. 우리는 월남전 소식에 등장하는 국군들은 다 홍수 형님으로 보여서 괜히 유심히 살펴보곤 했습니다. 어쩌다 일 년에 한두 번 영화를 보러 유천국제극장에 가서도 마찬가지였습니다. 영화를 보기 전에 '대한늬우스'에서 월남전 소식이 나오면 우리는 농담 반, 진담 반으로 옆 친구의 옆구리를 쿡 찌르며 그랬지요.

"바라! 홍수 형님 나왔다!"

"어데? 어데?"

화염방사기를 앞세우고 밀림을 수색하고 있는 화면 속 국군들을 자세히 살펴보면 과연 홍수 형님 같기도 했습니다.

우리는 몸은 아직 한참 어렸지만, 마음 하나만은 벌써 오래전부터 무장공비 소탕전이나 월남전에 참전하고 있었습니다. 마을 공터에 남자아이들이 제법 많이 모였다 싶으면 우리는 '도망구'를 할 때도 있고 '깡통차기'를 할 때도 있었지만, 그보다 더 자주하는 게 '전쟁놀이'였으니까요. 가위바위보를 해서 진 서너 명의 아이들을 간첩이나 베트콩으로 만들어 동네 안에 숨게 만든 후, 나머지 아이들은 M16소총 대신 막대기 소총을 들고 수색에 나섭니다. 여기저기 헛간이며, 변소며, 여물통이며, 짚동 사이를 가만가만 뒤져나가지요. 그러다가 적군을 모조리 사살하거나 생포하면 놀이 한 판이 끝납니다.

그런데 이 마을 안 전투는 생각보다 시간이 오래 걸리고 승리하려면 힘이 많이 듭니다. 왜냐하면 적군들도 무기를 갖고 있어서 얼마든지 국군을 사살할 수가 있었으니까요. 누구든 상대방을 먼저 발견하는 사람이 상대방 이름과 함께 '탕!' 하는 총소리를 질러 버리면 먼저 발견된 사람은 바로 전시헤 버립니다. 그러니 적군 서너 명을 아군 희생 없이 사살하거나 생포하기가 결코 쉬운 일이 아니었지요. 어쩌다가 운 좋게 등을 보이고 있는 적을 발견하면 생포할 수도 있었고요.

한번은 해가 뉘엿뉘엿 지고 있을 때 전쟁놀이를 시작했는데, 아군이 적군 한 명을 생포해서는 그만 마을 구석 전봇대에다 온몸을 꽁꽁 묶어 놓았습니다. 우리는 그것도 모르고 좀 놀다가 "자, 집에 가자." 하고 흩어져 버렸는데, 나중에 그 어린 적군이 울음을 터트리는 통에 어른들에게 제법 심한 야단을 맞은 적도 있었지요.

우리들의 전투 준비는 실로 진지했습니다. 우리보다 나이가 서넛 많은 동네 형들은 막대기 총이 아니라 진짜 총을 만들기도 했습니다. 속이 빈 우산대 한 뼘 정도, 권총 모양으로 자른 두꺼운 나무판자 하나, 못 쓰는 구릿빛 탄피 한 개, 제법 굵은 철사만 있으면 이것들을 고무줄로 결합해 실제로 유리 파편이나 자잘한 돌멩이가 발사되는 수제권총을 만들 수 있었습니다.

진짜 발사하려면 전방에 가서 붉은 종이에 곰보처럼 다닥다닥 붙어 있는 화약을 두어 판 사와야 합니다. 한 번에 화약알 여남은 개쯤을 까 넣은 후 고무줄에 묶어 놓은 철사 공이로 격발시키면, 엄청난 소리와 함께 솜으로 슬며시 막아두었던 우산대 총구 속 파편들은 제법 멀리까지 날아갔습니다. 어른들은 이 총을 볼 때마다 정색을 하고 나무랐습니다.

그 정도로 그치지 않았습니다. 하루는 동네 형들이 남자아이들 전원을 집합시켜 제안, 아니 명령을 내렸습니다. 모두 삽을 들고 나가 동네 앞 방죽 너머 느릅내 드넓은 모래밭에 우리들만의 참호를 파자고요. 한 이삼일 팠을 겁니다. 키 작은 아이는 그냥 걸어 다녀도 밖에서는 안 보일 정도로 꽤나 길고 깊었던 참호는, 커다란 나뭇가지 형태로 갈라져 있었는데 참호 중간 지점 한 곳은 제법 넓고 둥그렇게 팠습니다. 거기를 우리는 '본부'라고 불렀지요.

그다음 해 여름, 큰물에 사라져 버릴 때까지 우리는 참 열심히도 그 참호를 들락거렸습니다. 막대기 소총을 들고 본부에 빙 둘러앉아 있으면 우리는 영락없는 전우들이었습니다. 그럴 때면 나뭇가지 맨 끝 지점에는 보초도 내보냈지요. 둘러앉은 우리는 제법 심각한 얼굴로 자주 의논들을 했습니다. 베트콩은 너무 멀리 있으니 우리 힘으로는 어쩔 수 없다, 무장공비도 그렇다, 저 울진이나 삼척 같은 데는 몰라도 여기까지는 못 온다, 온다 하더라도 무장공비한테는 안 된다, 그렇다면 우리 목표는 간첩이다, 만일 우리가 간첩을 신고하거나 잡는다면 포상금이 무려 200만 원이나 될 텐데, 그 돈으로 무얼 할까, 어떻게 나눌까….

어떨 땐 저녁을 먹고 참호 근무를 나가기도 했습니다. 그럴 땐 꼭 강변 저쪽 모래톱 너머에서 옷에 흙이 좀 묻은 비쩍 마른 사나이 하나가 "여기가 옥산리 맞지비?" 하면서 불쑥 나타날 것만 같아 머리끝이 주뼛 서기도 했지요.

우리는 좀 만만하다 싶으면 아무 데나 베트콩 이름 갖다 붙이기를 좋아했습니다. 길을 가다가 숨이 덜 끊어진 쥐나 개구리 같은 게 보여도 대번에 어딘가로 보고부터 했습니다.

"아, 여기 베트콩 출현, 베트콩 출현, 오버!"

그러면 옆에 있던 친구가 냉큼 맞장구를 쳐 주지요.

"알았다, 사살하라, 오버!"

비로소 막대기로 흠씬 두들겨 패 줍니다.

그래도 역시 4학년 교실은 고학년 교실다웠습니다. 우리 3학년 교실에는 없는 대단한 그림 한 장이 붙어 있었거든요. 그것은 바로 '세계전도'. 나는 교실 앞쪽 칠판 옆 벽에 붙어 있는 총천연색 세계 전도를 보는 순간 참을 수 없는 호기심이 솟구쳐 올랐습니다.

'그래, 이 세상이라는 게 바로 저렇게 생겼구나! 이 세계가 저거구나!'

2, 3학년 사회 교과서나 집에서 듣는 라디오 뉴스 같은 데서 간혹 낯선 나라 이름이 튀어나올 적마다 나는 그런 나라가 어디에 있는지, 땅덩이가 얼마만큼 큰지, 우리나라에서 얼마나 멀리 떨어져 있는지 등등 여러 가지로 궁금한 점이 참 많았지만, 어디 좀 더

자세하게 확인할 길이 없었거든요.

그날 나는 남의 교실 창턱에 붙어 서서 다짐을 했습니다. 나도 어서 4학년이 돼야겠다고, 그래서 저 세계전도에 나오는 모든 나라들의 이름을 다 외우고야 말겠다고, 어른이 되면 그 나라들을 하나하나 직접 찾아가 보겠다고.

1년 전부터 점찍어 두었던 나만의 '보물' 세계전도가 그대로 남아 있다는 사실 하나만으로 나는 4학년 교실이 너무 좋았습니다. 며칠 동안은 쉬는 시간이면 세계전도 앞에서 거의 붙어 지냈지요. 붙어 서서 익히 들어왔던 약간 낯설고 까다로운 지명들을 하나하나 손가락으로 짚어가며 불러보았습니다. 마치 라디오 아나운서처럼.

"사하라사막, 로키산맥, 오스트레일리아…."

불러보는 것만으로도 마치 그곳에 가본 것처럼 가슴이 두근거렸지요. 지리산, 울릉도, 김해평야 같은 곳보다는 에베레스트, 바이칼호수, 캘리포니아가 훨씬 더 근사해 보였습니다.

그 무렵 나에겐 세계전도를 대충대충 들여다보면 안 되는 또 하나의 사정이 생겨 버렸습니다. 우리 반 반장, 김종수 때문이었지요.

다른 아이들은 교실에 걸어놓은 두 종류의 지도, 즉 대한민국전도와 세계전도를 소 닭 보듯 했지만, 종수는 아니었습니다. 날마다 나만큼이나 열심히 마치 도장 새기듯 낱낱이 훑어보는 것을 좋아했습니다. 우리 둘은 세계전도를 또 다른 친구 삼아 3학년 때보다 더욱 친해졌습니다.

우리는 며칠마다 한 번씩 서로의 실력을 점검해 보곤 했지요. 그

중 기본기는 뭐니뭐니해도 세계 여러 나라와 수도 이름을 한 짝으로 외우기였습니다. 한 사람이 나라 이름을 말하면 다름 한 사람은 즉각 수도 이름을 대야 하는 일종의 게임 같은 것이었지요.

"태국."

"방콕."

"이란."

"테헤란."

"헝가리."

"부다페스트."

"루마니아."

"부…, 부…, 부크…. 안 되겠다. 말해 봐라."

"부쿠레슈티."

"그라마, 이번에는 세계에서 이름이 가장 이상한 나라는?"

"으응웅, 버마? 방글라데시?"

"아니다, 코트티부아르."

"에이 그기나, 그기나…."

"그라마 인자 내가 한번 내보께. 세계에서 싸움 젤 잘하는 나라는?"

"으음 싸움이라, 소련? 미국?"

"아니다, 칠레다."

"그거는 세계에서 젤 긴 나란데…"

한동안 그러고 있는데, 나에게 엄청난 행운 하나가 또 찾아왔습니다. 나는 우연히 보물 중에서도 진정한 보물 하나를 손에 넣는데 성공했거든요. 그것은 다름 아닌 중학교 표준 『사회과부도』. 우리 동네 어느 집 헛간에 들어갔다가 거기에서 먼지를 뽀얗게 뒤집어쓴 채 버려진 중학교 표준 『사회과부도』라는 책을 발견하고 얼마나 가슴이 쿵쾅거렸는지 모릅니다.

중학교 표준 『사회과부도』는 우리 교실에 붙어 있는 세계전도와는 아예 차원 자체가 달랐습니다. 세계전도는 교실에서 그것도 눈이 빠져라 벽에 붙어 서서 봐야 하지만, 『사회과부도』는 순전히 나만의 책 나만의 보물이어서 마음만 먹으면 언제라도 편안하게 방바닥에 배를 깔고 누워 양껏 볼 수가 있었습니다. 세계전도는 그저 큰 종이 한 장에 세계 모든 나라의 국경과 수도 그 밖에 좀 큰 도시 몇 개 정도를 오밀조밀하게 표시해 놓았지만 『사회과부도』는 그것이 아니었습니다. 예를 들어 프랑스 편을 펼치면 수도 파리 말고도 한 페이지 가득 프랑스의 곳곳이 아주 자세하게 표시돼 있었습니다. 리옹, 마르세유, 피레네산맥, 론강, 코르시카…. 마치 아주 높이 뜬 비행기에서 한눈에 내려다보는 것처럼 말입니다.

그뿐만이 아니었습니다. 『사회과부도』의 진정한 매력은 책 맨 뒤쪽 몇 장에 숨겨져 있었습니다. 세계 여러 나라의 인구수나 국토 면적, 온갖 산과 강들의 높이나 길이, 자원 생산량, 기후, 고대국가의 영토 같은 것들이 낱낱이 실려 있었으니까요. 중학교 표준 『사회과부도』를 손에 넣고 보니 공부할 거리가 무궁무진해졌습니다. 교실 벽에 걸려 있는 세계전도는 금세 밍밍한 맛으로 변해 버렸습니다.

나는 그 진정한 보물, 아니 예리한 무기를 앞세워 종수를 이겨보려고 무진 애를 썼습니다만, 쉽지는 않았습니다. 종수는 나보다도 머리가 맑아 뭐든지 잘 외웠으니까요. 어쩌면 말은 안 했지만, 종수도 나처럼 엄청난 보물 하나를 이미 손에 넣고 있었는지도 모를 일이었고요.

아무튼 종수와 나의 지리 공부는 더욱 가속도가 붙었습니다. 얼마나 공부가 깊어졌는지 며칠마다 한 번씩 종수와 나는 서로서로 점검을 해주었습니다.

"세계에서 가장 작은 나라는?"

"모나코."

"틀렸다, 리히텐슈타인."

"리히텐슈타인? 그런 나라도 있었나?"

"찾아봐라, 있다. 유럽 한가운데…."

"세계에서 금이 제일 많이 나는 나라는?"

"남아프리카공화국."

"어쭈, 제법인데."

"오대호 이름 다 외웠나?"

"슈피리어호, 미시간호, 휴런호, 온타리오호…, 하나는 뭐더라? 뭐더라? 그게…. 안 되겠다. 힌트!"

"아우~ 아우~ 무서운 동물. 늑대 사촌."

"알았다! 이리호!"

"딩동댕!"

아참, 세계전도와 『사회과부도』 이야기 때문에 그보다 먼저 있었던 우리 반 반장 선거를 빠뜨릴 뻔했군요.

개학을 하고서 한 사나흘이나 지났을까요, 담임선생님은 아침 1교시부터 우리 4학년 1반 반장 선거를 하자고 말씀하셨습니다. 다른 반처럼 선생님이 그냥 반장과 부반장을 지명해도 될 것을 우리 선생님은 굳이 누런 갱지를 자그맣게 오려 우리들에게 한 장씩 나눠 주셨습니다.

'누구 이름을 쓸까? 지금까지는 반장 하면 당연히 공부 제일 잘하는 종수밖에 없었는데….'

우리가 막 투표지에 쓸 이름을 고민하고 있는데 갑자기 우리 선생님이 출석부로 책상을 탁탁 치면서 호통을 치셨습니다.

"전부 주목! 내 잠깐 교무실에 다녀올 일이 있다. 그때까지 다 한 명씩 이름을 써 놔라이! 잘 생각해서 써야 한다. 장난치지 말고, 알았나?"

"예!"

선생님이 교실 문을 열고 나가자, 그때부터 우리는 희희낙락 떠들기 시작했지요. 분단 사이로 돌아다니면서 다들 어떤 이름들을 적고 있는지 힐끗거리는 아이도 있었고, 투표용지를 손으로 가린 채 제법 신중하게 반장 후보자를 고르고 있는 아이도 있었고….

그때였습니다. 공부는 좀 못하지만 장난기 하나만큼은 차고 넘치는 재규가 소리를 질렀지요.

"야, 바라바라! 4학년 때는 필순이가 우리 반 반장 하면 어떻겠노?"

"뭐? 필순이? 으하하하, 거 조오치!"

재규의 느닷없는 제안에 아이들은 자지러졌습니다. 숲촌에 사는 우리 반 여학생 필순이는 공부도 뒤처질 뿐만 아니라 말이 많이 어눌해서 친구들 사이에서는 좀 그랬습니다. 그런 필순이가 우리 반 반장이라면 좀 재미있을 것인가? 필순이는 벌써 책상에 엎드려 있고, 필순이와 한 동네에 사는 여학생 몇몇이 뭐라고뭐라고 우려 섞인 말로 이의를 제기했지만, 그 말은 곧 아이들의 함성과 박수 소리에 묻히고 말았습니다.

"좋다, 좋다! 우리 반 반장은 필순이다! 너그 다, 필순이 이름 써 내라이!"

"가시나들, 너그도 알았제? 필순이 반장 안 되믄 너그 다 직있뿐 다이!"

어떤 녀석은 벌써 여학생들에게 어깃장을 놓고 있었고, 남학생 대부분은 재규의 제안에 동참한다는 증거라도 내보이려는 듯 손으로 종이쪽지를 가리지도 않고 커다란 글씨로 쓱쓱 '구필순'이라고 쓰고 있었지요.

이윽고 교실로 돌아온 우리 선생님은 매일 2교시나 3교시가 끝날 즈음 운동장 조례대로 가서 학교빵을 받아올 때 쓰는 '빵통'을 교탁 위에 탁 엎어놓으시더니, 거기에 꼬깃꼬깃 접은 투표용지를 던져 넣도록 시키셨습니다. 곧 시작된 개표.

"구필순, 구필순, 김종수, 구필순, 구필순….."

개표는 얼마 못 가 중지되고 말았습니다. 우리는 모두 책상 위에 올라가 무릎을 꿇고 눈을 감고 앉아 있어야 했고요.

"이 노무자슥들 이거, 장난치자고 맨 먼저 말한 늠이 누고? 빨리 자수해라!"

모두들 눈치만 보며 사태 추이를 재고만 있었습니다. 재규가 선동한 짓이란 걸 다들 알고 있었지만 그렇다고 먼저 고자질을 할 수도 없는 일. 뜻밖의 사태에 재규도 많이 당황하는 눈치였지요. 선생님의 목소리에는 더욱 짜증과 노기가 보태졌습니다.

"어라? 한번 해보자 이거제? 이 노무 새끼들 이거…."

평소 선생님들이 잘 안 쓰는 약간 험한 말까지 튀어나오자, 부스럭부스럭 삐걱삐걱 결국 누군가 책상에서 내려오는 소리가 들렸습니다. 실눈을 뜨고 보니 고개를 푹 숙인 재규가 다리를 와들와들 떨며 교탁 쪽으로 걸어나가고 있었습니다. 그리고는 곧 찰싹찰싹, 여린 살과 살이 세차게 부딪치는 소리가 들렸습니다. 책임감이 없다며, 임시 반장을 맡고 있었던 종수도 불려 나갔습니다. 역시 선생님의 손에 한쪽 볼이 잡힌 채 찰싹찰싹 뺨을 여러 대 얻어맞았지요.

우리는 정색을 하고 다시 투표를 했습니다. 반장은 역시나 종수 몫이었습니다. 나는 또다시 부반장. 비로소 우리 선생님은 흡족한 듯 아무 말씀이 없었고, 1교시 끝종이 울리자 겨우 고개를 든 필순이의 얼굴에는 눈물 자국이 얼룩져 있었습니다.

4학년 1반. 우리 반 담임선생님은 남자 진자, 김남진 선생님이셨습니다. 선생님은 연세도 꽤 많아 보였습니다. 가까이 다가가면 몸에서 무슨 쌉싸래한 한약 냄새 같기도 하고, 술 많이 마신 사람들 몸에서 나는 숙취 냄새 같기도 한 그런 냄새를 솔솔 풍기는 선생님이셨지요. 키는 작달막하고 몸매와 얼굴은 깡말라 살집이라곤 전혀 없는데다가 돋보기안경까지 끼고 있어서, 어찌 보면 병 티가 완연한 환자요, 또 어찌 보면 꼬랑꼬랑한 촌할아버지 같다고나 할까요.

그래도 나는 우리 담임선생님이 싫지 않았습니다. 왜냐하면 반장 선거 때 한번 불같이 화를 내시긴 했지만, 공부를 그렇게 모질게 시킨다거나 숙제를 아주 많이 내주지는 않았으니까요. 혹 낱말 조사나 반대말 비슷한 말 찾기, 짧은 글짓기와 같은 숙제를 내긴 했지만 악착같이 검사를 하는 법이 거의 없었습니다.

그리고 무엇보다 우리 선생님은 다른 선생님이 지니지 못한 굉장한 묘기 하나를 보유하고 계셔서 늘 우리를 즐겁게 해 주었습니다. 그 묘기란, 글씨를 쓰려고 칠판에 분필을 갖다 대면 분필과 칠판이 극히 짧은 순간에 무수히 부딪쳐 아주 재미있는 소리를 내는 바로 그것이었습니다.

'따르륵! 따딱… 딱… 따다닥!'

피나는 연습을 거듭해도 감히 아무나 그런 소리를 쉽게 내지 못한다는 것을 우리는 4학년이 되고 나서 며칠 만에 알아냈습니다. 선생님이 교실에 안 계시면 우리 남자애들은 너도나도 분필 토막을 들고 그런 소리를 터득해 보려고 칠판 앞에 붙어 서서 팔을 일부러 달달달 떨어가며 글씨를 써 보건만, 우리 담임선생님 수준엔 도저히 이를 수가 없었지요. 글씨를 쓸 때뿐만 아니라 우리 선생님은 다른 일을 할 때도 손을 많이 떨곤 했습니다.

담임선생님이 좋은 이유는 이것 말고도 여럿 더 있었지요. 다른 선생님은 분단 사이에 서서 우리를 가르쳤지만, 김남진 선생님은 교실 앞 칠판 밑에 있는 선생님용 책상에 한 번 앉았다 하면 좀처럼 일어설 줄을 몰랐습니다. 자연히 분단 뒤쪽에 있는 아이들은 슬금슬금 놀기가 아주 좋았습니다. 참 하루가 빨리 지나가는 편안한 봄날이었지요.

그 무렵 나는 내 머리로는 좀처럼 해석을 내릴 수 없는 일 하나와 마주친 적도 있습니다. 청소시간이라 우연히 선생님 책상 위를 젖은 걸레로 닦고 있었는데, 삐죽이 열려 있는 책상 서랍 속으로 붉은색 붓글씨체로 '진로'라고 쓴 술병 하나가 눈에 띈 것입니다. 아버지 심부름으로 가끔씩 전방에서 사다 나르던 바로 그 두 홉들이 진로 소주였지요.

나는 반쯤 남은 그 액체의 정체가 궁금해 재빨리 종이 마개를 빼내고 병 주둥이에 코를 대보았습니다. 분명 술이었습니다. 교실과 술, 마시다 남은 술병과 선생님 책상. 나는 아무리 생각해도 그들의 상관관계를 알아낼 수가 없었지요. 그냥 그것은 술병이 있어야 할 자리가 아니라는 생각만 들 뿐이었습니다. 그리고 그것을 내 눈으로 직접 목격했다는 것이 좀 쑥스럽기도 했고요.

그 뒤로도 나는 선생님 책상 부근에서 술병을 두어 번 더 발견했지만, 누가 그걸 들고 오는지 누가 그걸 마시는지에 대해서는 도무지 짚이는 데가 없었습니다.

촌동네 순둥이 할아버지인 줄로만 알았던 우리 선생님이었지만, 그래도 어디까지나 선생님은 선생님이었습니다. 반장 선거 이후 한동안 벌을 시키거나 매를 맞는 아이들이 없었는데, 내가 뜻하지 않은 일로 선생님께 크게 한 번 혼나고 말았습니다.

날짜도 분명합니다. 그날은 4월 19일이었습니다.

아침 먹고 학교에 가려고 마을 회관 앞 공터로 나갔습니다. 잠시 기다리니 아이들이 몇몇 모여들기 시작했지요. 학교는 늘 '애향단' 깃발을 앞세우고 다 함께 씩씩하게 대열을 지어 가야 하는 곳이니까요. 아이들이 웬만큼 모일 때까지 웅성웅성 기다리고 있는데, 난데없이 어떤 아이 하나가 당돌하게 이의를 제기했습니다.

"야, 오늘은 4월 19일인데 학교 가는 날 맞나?"

"…"

"맞다, 오늘 학교 안 가도 되는 날인 것 같다. 3월 1일, 4월 5일, 4월 19일, 5월 5일, 이거 다 노는 날 맞다 아이가!"

"아일 낀데…, 4월 5일은 식목일, 5월 5일은 어린이날, 그라마 4월 19일은 무슨 날이고?"

"보자, 오늘이 무슨 날인 거는 맞는데, 책에도 나오는데, 무슨 날이더라?"

갑론을박 티격태격 논쟁은 길어졌지만, 답을 찾아낼 뾰족한 방법이 좀처럼 떠오르질 않았습니다. 그만한 일로 마을에 두 대밖에 없는 전화를 쓰자고 할 수도 없고, 금산리처럼 마을에 선생님이 살고 계시는 것도 아니고….

그때였습니다. 언제 나타났는지 용덕이 형이 불쑥 끼어들어 한마디 던졌습니다.

"야이 자슥들아, 그라지 말고 둑 위에 한번 뛰 올라갔다 와 바라. 학교 가는 날 맞으면 길바닥에 아아들이 몇이라도 비일 거 아이가?"

생각해 보니 그게 정말 정확한 방법 같았습니다. 말이 떨어지기가 무섭게 몸이 가벼운 아이 하나가 쪼르르 둑방길로 뛰어 올라갔습니다. 그 위에서 미어캣처럼 사방을 휘휘 둘러보던 그 아이가 둑길을 뛰어 내려오면서 소리 질렀습니다.

"없다, 아무도 없다, 오늘 학교 가는 날 아이다!"

길게 생각할 틈을 주지 않고, 다시 용덕이 형이 쐐기를 꽉 박아버렸습니다.

"바라, 오늘은 노는 날 맞다, 학교 가는 날이라 카마 우째 다른 동네 아아들이 아직 꼼짝도 안 하겠노? 가들은 머 바보가?"

"…그런 갑네."

"인자 그라마 우리, 산에 소꼴 뜯으러 가자. 책보 놔두고 다시 우리 집 앞에 모이라, 알았제?"

이렇게 해서 용덕이 형과 용덕이 형을 유독 잘 따르던 우리 또래 서넛은 긴가민가하는 기분으로 뒷산 야시듬 감밭으로 올라갔습니다. 한참 엎드려 소꼴을 뜯다가, 누군가 뒤를 돌아보았습니다. 그리고는 힘없이 외마디 비명을 질렀습니다.

"어? 저 봐라, 너그. 저게 학교 가는 아아들 아이가?"

낫을 놓고 뒤돌아서니 맙소사, 4월 19일은 노는 날이 아니었습니다. 학교로 가는 자갈 깔린 신작로 길바닥에는 등교하는 아이들이 점점이 늘어서 있었습니다.

"우리…, 가봐야, 안 되겠나?

"집에 먼저 가자. 지금도 빨리만 가면 지각은 안 한다."

"그라면…."

눈앞의 광경이 워낙 또렷한지라 4월 19일을 놓고 더 이상 왈가왈부할 일이 아니었습니다. 다들 주섬주섬 짐을 챙겨 들었습니다. 그때 다시 용덕이 형이 큰 대못을 하나 꽉 박으면서 나섰습니다.

"새애끼들 의리 없기는, 사나자슥이 한 번 칼을 뺐으마 썩은 호박이라도 찔러야지, 내리가기만 내리가 봐라. 지금 학교 가는 늠은 낼부터 우리 집에 놀러 못 온다이!"

용덕이 형의 낯빛은 비장했고 말투는 싸늘했습니다. 우리들은 단번에 오금이 찔끔했습니다. 의리, 사나자슥 이런 말도 목에 탁 걸리긴 걸렸지만, 무엇보다 지금 산을 내려가 버리면 용덕이 형 집에 다시는 발걸음을 못 한다는 그 경고는 너무 무시무시했습니다. 만일 그리돼 버린다면 그것은 살아도 산목숨이 아닐 게 분명했습니다. 그 말은 마치 선생님께서 나에게 '야 문정태, 너는 이제 학교는 와도 되는데 교실에는 못 들어온다.' 이렇게 선언하시는 것과 하나도 다르지 않기 때문입니다. 또 학교야 설령 하루쯤 안 가더라도 그리 큰 문제가 되지는 않았습니다. 동네마다 전화라고는 달랑 한두 대뿐이니 엄청난 큰일이 아니면 학교에서 집으로 연락을 해 오는 법은 좀처럼 없었으니까요. 더군다나 우리 담임은 마음씨 좋은 할아버지 선생님이 아닙니까?

용덕이 형은 본래 우리 동네 태생이 아니었습니다. 우리보다 네댓 살이 더 많은 용덕이 형은 본가가 청도 동곡 하고도 어디였는데, 집안 형편이 넉넉지 않아서 국민학교를 졸업하자마자 우리 동네에 있는 먼 일가뻘인 최 부자댁에서 머슴 비슷한 모습으로 얹혀 살고 있었습니다. 눈이 도리도리하고 손아귀 힘이 빡빡하고, 어른들 말대로 좀 '올된 데'가 있어서 세상 물정에도 아주 밝았습니다.

왠지는 몰라도 용덕이 형은 자기와 나이가 비슷한 우리 동네 형들과는 좀처럼 어울리지 않았고, 늘 우리를 불렀습니다.

우리가 용덕이 형과 만나서 한가롭게 노닥거릴 수 있는 장소는 대개 정해져 있었습니다. 소죽 끓일 필요가 없는 여름에는 주로 마을 앞 철교 부근에 있는 편편한 시멘트 바닥. 낮에는 눈코 뜰 새가 없어 놀 수가 없고, 저녁을 먹고 땅거미가 살짝 내리면 우리는 거기에서 만나 완전히 어두워 앞이 안 보일 때까지 근처에 있는 풀잎을 꺾어다가 똑똑 떼 놓으며 '꼰'을 두고 놀았습니다. 거기엔 누군가 굵은 쇠못으로 시멘트 바닥을 찍어 제법 옴폭옴폭하게 '꼰판'을 하나 새겨 놓았는데, 철길 바로 옆이라 열차가 지나갈 때마다 비릿한 기름 냄새와 쇳가루 냄새가 우리를 확확 덮치곤 했습니다. 그래도 늘 바람이 설렁설렁 불고 모기가 없어 놀기에는 아주 그만이었지요.

철길 바로 옆에서 놀고 있는 우리 때문에 열차는 자주자주 기적을 길게 울리기도 했다가 어떨 땐 짧고 다급하게 여러 번 울리면서 스쳐 지나가곤 했지만, 그런 건 용덕이 형에게는 안 통했습니다. 기관차 이마에서 환한 불빛이 쏟아지고 기적 소리가 울리면 우리는 한 발짝이라도 뒤로 물러나지 않고서는 도저히 버틸 수가 없었지만, 정작 철로 쪽에 바싹 붙어 앉아서 등 뒤로 열차가 덮치듯 다 지나갈 때까지 눈 하나 깜짝하지 않고 꼰만 두는 사람이 바로 용덕이 형이었거든요.

가을이 되어 바람이 쌀쌀해지면 용덕이 형은 우리를 최 부자댁으로 불러들였지요. 그 집이라고 해서 아무 데서나 놀지는 못했습니다. 우리가 편하게 놀 수 있는 장소는 딱 두 군데 정도였습니다.

우선 해거름 녘 소죽 끓이는 집 뒤란 부엌 아궁이 앞. 장작을 아궁이 속으로 툭툭 던져 넣으며 용덕이 형은 오불오불 붙어 앉은 우리들에게 기상천외한 질문을 자주 던졌습니다.

"야 인마, 너그, 꼬치에 터래기 났나?"

"아직…"

"그렇제? 그래도 사나자슥은 알 거는 다 알고 해 볼 거는 다 해 봐야지."

"너그, 술은 마시 봤나?"

"응, 그거는 쪼꼼, 우리 집에 담가놓은 포도주."

"니는?"

"나는 탁주."

"짜슥들, 술이라 카마 소주 아이가, 캬! 그라마 너그, 여자들 오줌 누는 거, 자세히 처다봤나?"

"아니, 우째 처다 보노? 또 누가 처다보게 놔두나?"

"인마들 이거 순진하기는, 유천역 변소에 가 봐라. 남자 칸하고 여자 칸 사이에 있는 벽 밑에 쪼매난 구멍 하나 뚫리 있다."

아무튼 용덕이 형은 교과서에 나오는 그런 것만 아니라면 도무지 모르는 게 없었습니다. 잠시도 우리를 심심하게 놓아두지를 않았습니다. 형만 같이 간다면 아무리 낯선 나라, 낯선 도시에 버려지더라도 굶어 죽지는 않을 것 같았습니다.

어떨 땐 정말 어른들이 피우다 버린 담배꽁초를 주워 와서 뻐끔뻐끔 연기를 빨아보다가 우리들 입 앞으로 쑥 내밀기도 했지만, 아직 우리들은 그것만큼은 따라 할 자신이 없었습니다.

또 한 군데는 용덕이 형이 밤에 누워 자는 최 부자댁 문간방이었습니다. 용덕이 형은 방에까지는 우리를 잘 부르지 않았지만, 일단 그 방에 놀러 가기만 하면 우리들은 눈도 즐겁고 입도 즐거웠습니다. 우선 그 방에는 누런 비료포대 종이로 표지를 한 만화책이나 『선데이서울』 같은 잡지가 항상 몇 권은 굴러다니고 있었으니까요. 또 늘 소소한 군것질거리들도 잘 떨어지지를 않았습니다. 미숫가루, 건빵, 떡 부스러기, 강냉이 박산… 용덕이 형은 일은 많이 했지만 우리들처럼 배를 곯지는 않는 것 같았습니다.

할 수 없이 우리는 다시 낫을 잡았습니다. 마음은 저만큼 산길을 달려 내려가고 있었지만 다리는 한 발짝도 움직일 수가 없었습니다. 아니, 움직이지 않아야 했습니다. 학교와 동네, 선생님과 용덕이 형, 매 몇 대와 긴긴 따돌림, 몇 번이고 머릿속으로 계산을 해보았지만, 산에서 내려가서는 안 될 이유가 너무나 분명했습니다.

다시 뒤를 흘끔 쳐다보니 학교 가는 아이들 행렬이 좀 듬성듬성했습니다.

'아, 용덕이 형이 지금이라도 보내주면 좋겠는데….'

그때 용덕이 형이 다시 한마디 했습니다.

"요 너머 가면 소꼴이 여기보다 훨씬 더 많다. 거게로 가자. 따라온나!"

우리는 용덕이 형을 따라 자그마한 산등성이 하나를 넘어가서 소꼴을 뜯기 시작했습니다. 소꼴이 더 많은 것 같지는 않았지만 더 이상 뒤를 돌아볼 일은 없었습니다.

다음 날 학교 아침조회 시간. 우리 선생님은 나를 보자마자 앞으로 나오라고 하셨습니다. 그리고 하루 결석한 이유를 물으셨습니다. 나는 떠듬떠듬 사실대로 말씀드렸습니다. 단, 뒤늦게 학교 가는 날인 줄 알았지만 어떤 동네 형한테 걸려들어 눈 뻔히 뜨고 결석을 할 수밖에 없었다는 고 부분은 쏙 빼고요. 다 듣고 난 우리 선생님은 어이가 없다는 듯 피식 웃으셨습니다. 그리고 대뜸 손바닥으로 내 머리통을 두어 대 철퍼덕 후려갈기며 호통을 치셨습니다.

"야, 이노무 자슥아, 그걸 말이라고 하나? 부반장이라는 늠이! 저게 칠판 밑에 가서 꿇어앉아 있거라. 허허, 참 내…"

위기는 그렇게 넘어갔습니다. 그래도 용덕이 형 집에 출입을 못하는 것보다는 백 배나 나은 마무리였습니다.

교장 선생님은 본관 뒤편에 있는 사택에서 가족들과 함께 살고 계셨습니다. 담벼락 대신 잎 푸른 사철나무가 빽빽이 둘러싸고 있는 검은 기와집인 사택은, 그 풍기는 분위기로 보아서는 아마도 본관이나 북관과 함께 일본 사람들이 지어 놓고 간 건물임이 분명해 보였습니다.

한 해 전부터였던가, 교장 선생님은 개를 한 마리 키우기 시작했습니다. 그러나 그 개는 그냥 개가 아니었지요. 우선 이름부터가 달랐습니다. 누렁이나 복실이, 독꾸가 아니라 포리였거든요. 포리, 포리, 누가 지었는지 부르면 부를수록 엄청 세련된 이름이었습니다.

포리는 생김새도 여느 개와는 딴판이었지요. 털 빛깔부터가 독특했습니다. 그저 누르퉁퉁한 게 아니라, 배 부분만 약간 누른빛을 띠고 있을 뿐 몸 전체가 고결한 검은 빛의 짧은 털로 덮여 있었습니다. 참기름을 바른 듯 윤기도 자르르 흘렀고요. 다리는 유독 길쭉해서 어디로든 단 몇 걸음이면 대번에 쫓아갈 것 같았고, 귀도 앞으로 축 늘어진 순한 모양이 아니라 작고 쫑긋했습니다. 눈은 아주 작았지만 눈빛은 너무나 날카로웠습니다. 더군다나 포리는 꼬리마저 뭉툭하게 잘리고 없었습니다. 이 모든 것들로 인해 우리 학교 아이들은 누구나 먼빛으로 포리를 보기만 해도 오줌을 지릴 정도였습니다.

그런 포리를 발로 툭툭 걷어차거나 귀와 뭉툭한 꼬리를 손으로 슬슬 아무렇지도 않게 만질 수 있는 사람은 우리 학교에서 5학년에 다니고 있는 교장 선생님 막내아들 영현이 형밖에 없었습니다. 영현이 형 뒤에는 교장 선생님에다 포리까지 버티고 있어서, 6학년 형님들도 버거워하는 눈치였습니다.

더구나 포리를 따라 다니는 무용담 하나도 우리를 떨게 하기에 충분했습니다. 어떤 사람이 제법 큰 소 한 마리를 몰고 학교 운동장엘 올 일이 있었는데, 그 소를 본 포리의 눈이 아연 빛나더니 번개같이 그 소에게 달려들어 목덜미를 물어서는 단박에 쓰러뜨리더라는 것이었습니다. 직접 목격한 증인이나 소 주인이 누군지, 또 교장 선생님이 그 비싼 소값을 물어줬는지 어쨌는지는 좀처럼 밝혀지지 않았지만, 우리들 중 그 소문을 못 미더워하는 아이는 아무도 없었으니까요.

운동장 가에 줄지어 선 철봉대 중 가장 높은 데를 포리가 식은 죽 먹듯이 휙 뛰어넘었다는 얘기가 나돈 지는 벌써 오래전부터였고요.

그래도 신기한 일은, 그동안 수백 명이 바글거리는 학교였지만 정작 포리에게 종아리를 물어 뜯겼다는 아이는 좀처럼 나타나지 않았습니다.

그래도 포리는 종종 우리에게 자잘한 손해를 끼칠 때가 잦았습니다.

우리들이 운동장에서 플라타너스나무 두 그루를 골대 삼아 축구를 하고 있을 때, 점수도 비등비등하고 한창 몸에 열이 오를 만큼 올랐을 때, 바로 그때 느닷없이 나타난 포리가 축구공을 덥석 낚아채 물고서는 사택 쪽으로 유유히 사라져 버리기도 하지요. 그럴 때 우리는 멍하니 서서 그냥 "어,어?" 하는 것 말고 다른 무슨 조치를 취할 수가 없습니다. 스코어가 어찌 됐든, 무슨 내기를 걸었든, 축구공 임자가 누구든, 축구경기는 그걸로 끝입니다. 그럴 때 누가 사택으로 가서 포리에게 축구공을 뺏어 와 경기를 이어간다는 것은 우리 능력으로는 도무지 불가능, 아니 상상해 볼 수 있는 일이 아닙니다. 마치 우리들 중 누군가가 대가리 박치기를 해서 김일 선수에게 이길 수 있다고는 아무도 믿지 않았던 것처럼.

그렇게 사라진 공은 십중팔구 며칠이 지나면 펑크가 나서 쪼글쪼글해진 채 사택 부근 울타리 밑이나 텃밭 부근에 나뒹굴고 있기 십상이지요.

사실 나는 포리를 만나기 전에도 몹시 무서운 동물이 하나 있긴 있었습니다. 그것은 바로 집이 학교 옆인 우리 반 여학생 순영이 아버지가 키우고 있던 황소였습니다. 그 황소는 그냥 우리들 집에서 자주 볼 수 있는 그런 소가 아니라 바로 싸움소였는데, 당당하게 이름도 있었습니다. '낙동'이라고. 낙동이는 덩치도 보통 황소 두 배는 되고, 특히 뿔이 아주 굵고 곧고 뾰족해서 만일 거기에 한번 들이받히면 우리 같은 것들은 대번에 대꼬챙이에 꽂힌 오뎅 신세가 돼 버릴 게 너무도 뻔했습니다.

순영이 아버지는 곧잘 낙동이를 몰고 빈지소 강변 모래밭으로 나가곤 하셨지요. 거기서 뭘 하나 가만히 지켜보면 황소를 훈련시키는데 그 방법이 또 재미있었습니다. 발이 푹푹 빠지는 모래밭을 계속 낙동이와 함께 걸어 다닐 때도 있고, 또 어떨 때는 아주 큰 자동차 타이어를 줄에 묶어 낙동이에게 끌리기도 하셨습니다. 나는 몇 번인가 낙동이를 관찰하고 나서는 내 나름대로 결론을 내리게 되었습니다.

'만일 저 순영이네 싸움소 낙동이가 고삐를 끊고 날뛰기 시작하면, 또 그때 마침 순영이 아버지가 어디 가고 안 계시면, 그건 보나마나 큰 사고로 이어질 것이다. 이 금산리 사람들 대부분은 죽거나 다치고 말 것이다. 마치 용가리가 서울 시내를 그 모양으로 만들어 버렸듯이…'

언젠가 나는 낙동이와 제법 가까운 거리에서 마주친 적도 한 번 있었는데, 그땐 그만 한순간에 다리 힘이 쑥 빠져버려 발걸음이 잘 떨어지지지를 않았지요. 낙동이의 온몸 근육은 마치 일일이 다 살아 있는 듯 꿈틀꿈틀했습니다. 눈엔 흰자위가 많았고, 입에는 무슨 거품 같은 것도 좀 물고 있었고요. 나는 너무 겁을 먹은 나머지 길구석으로 비켜서며 으으으 하고 떨고 있는데, 순영이 아버지는 태연하게 그러셨습니다.

"어허 와 카노? 괘안타, 괘안타! 가만히 있거라, 안 들받는다!"

나는 그 말을 전혀 믿을 수가 없었습니다. 들이받고 안 들이받고는 순전히 낙동이 마음에 달렸을 테니까요. 또 만일 낙동이가 나를 들이받기 시작한다면 그때는 순영이 아버지도 어쩌지 못할 것만 같았으니까요. 나는 낙동이가 땅을 쿵쿵 울리며 저 멀리 사라질 때까지 거의 숨 한 번 쉬지를 못하고 얼어붙은 채 담벼락에 바짝 붙어서 있을 수밖에 없었습니다.

그나마 다행인 것은 낙동이는 늘 순영이 아버지 손에 고삐가 꽉 틀어 잡혀 있어서 좀처럼 있는 성깔 그대로를 다 부리지 못한다는 것이었습니다. 또 우리와는 그렇게 자주 마주칠 일도 흔치 않다는 것이었습니다.

그런데 포리는 그게 아니었습니다. 목줄도 없이 아무 데나 나다니는 포리, 낙동이보다 훨씬 빠른 포리, 송곳 같은 날카로운 이빨을 가진 포리, 어쩌면 포리는 낙동이와 맞붙어도 이길지도 몰랐습니다.

포리는 학교에서만 우리를 겁주는 것이 아니었습니다. 우리가 가는 곳이면 어디든 포리는 나타났습니다. 심지어 우리 집 방 안에까지도 따라왔으니까요.

교실 문이 꼭꼭 잠긴 걸 두 번 세 번 확인한다. 나는 심호흡을 한번 크게 하고 나서 포리를 골려 먹기로 작정한다. 저기, 누군지는 몰라도 친구들도 몇 명 보인다. 다시 한 번 문단속을 하자. 앞뒤 출입문에다 창문까지 일일이…. 됐다, 이 정도면 포리가 아니라 포리 저그 할배가 온다 해도 교실 안은 안전할 것이다. 자, 이제 포리를 부르자.

"포리! 포리!"

귀 밝은 포리가 금세 나타난다. 어느새 친구들도 거든다. 우리는 입에 손나팔을 하거나 혹은 엿 먹이는 시늉을 하며 포리를 놀려먹는다.

"야, 포리 니, 바보 천치제? 똥개제? 어디 한번 뎀벼 바라, 뎀벼 봐!"

순하던 포리가 점점 열을 받는다. 날카로운 이빨을 드러낸 채 으르렁거리면서 유리창 밖을 길길이 날뛰기 시작한다. 눈에서는 무슨 불빛이 나오는 것 같다. 그런데 이게 웬일인가? 포리는 직립 인간, 아니 직립 개가 되어 앞발을 손처럼 사용하기 시작한다. 복도로 돌아 들어와 출입문을 열려고 삐걱삐걱 흔들어 보기까지 한다. 아차, 이건 우리가 전혀 예상치 못한 상황이다.

"어어… 저러면 안 되는데, 문이 열리면 정말 안 되는데…."

나와 친구 몇몇은 안에서 힘껏 출입문을 버티고 있다. 유리창 너머로 보이는 포리의 송곳니가 오늘따라 유난히 날카롭다. 교실 안의 공기가 통쾌함과 안도감 쪽에서 점점 불길함과 패배감 쪽으로 흘러간다. 옛날 전쟁 때 성이 함락되기 직전의 성내 분위기가 이랬을까? 손에 땀이 나고 가슴이 쿵쾅거린다. 아, 드디어 나는 후회하기 시작한다. 저 엉성하기 짝이 없는 교실 문을 믿고 감히 포리에게 도전할 생각을 다 하다니! 포리가 우리 동네 똥개들과는 처음

부터 다르다는 것을 왜 또 나는 깜박하고 말았던가? 바보 같으니,
바보 같으니라고…. 그러다가 한순간, 아니나 다를까,

"쨍그랑, 와장창!"

창문 깨지는 소리와 함께 시커먼 물체 하나가 내 눈앞 가득 덮쳐
온다. 이럴 때 꼭 포리는 여러 사람 가운데 나를 표적 삼는다.

"으으으, 아아악!"

눈을 떠보니 우리 집 건넌방, 포리는 온데간데없고 둘러앉은 어
른들만 나를 내려다보며 빙긋이 웃고 있었습니다.

"아이고 야야, 무신 낮잠을 자다가 꿈을 다 꾸노? 키 클랑갑다."

어느새 1학기도 며칠 안 남았습니다. 자갈 깔린 신작로 길에 들
어서면 밑창 닳아버린 검정고무신 바닥이 자꾸 뜨거워지고, 가로
수 나뭇가지마다 매미도 자지러지게 울어대는 한 여름이 찾아왔습
니다.

그러다가 마침내 여름방학.

모두들 생활 통지표를 받아들고 집으로 흩어져 갔지요. 공부에
소질이 없는 몇몇 아이들은 또 한 며칠 숨죽이며 지내야 하는 때
가 닥쳐왔습니다. 특히나 그런 아이들은 아버지가 술 취한 날에는
그저 눈에 띄지 않는 게 상책이었습니다. 어른들은 대개가 그랬지
요. 생활 통지표를 받아들면 아이들 키가 얼마나 컸는지, 결석은
않고 학교는 잘 다녔는지, 가정 통신란에 담임선생님은 뭐라고 쓰
셨는지, 이런 걸 눈여겨볼 생각은 않고 대뜸 수나 우를 몇 개 받았
는지 그 하나로 학교생활의 모든 걸 판가름해 버렸거든요. 학교라

면 대개 교문 앞에도 가보지 못한 어른들이었지만, '수-우-미-양-가'
이 다섯 글자와 그 순위만큼은 훤히 알고 있었습니다.

"수는 하나도 없고, 전부 양가가미⋯. 이 노무 자슥아, 이기 뭐
꼬? 남 공부할 때 니는 머 했노? 이것도 공부라고 했나, 엉? 마 때
리치우고 낼부터 지게나 져라!"

어느 동네고 한둘은 있기 마련인 공부 잘하는 아이들과 견줌을
당해 공부 못하는 아이들의 설움은 무척 컸습니다. 여름에 한 번
겨울에 한 번, 일 년에 꼭꼭 두 차례씩 닥쳐오는 이 큰 시련을 이
겨내야만 비로소 즐거운 방학 속으로 풍덩 뛰어들 수가 있었지요.

방학 중간에는 등교하는 날이 딱 하루 있었습니다. 이름하여 '돼
지 당번일'. 학교에서는 본관 뒤 교장 선생님 사택 앞 빈터 돼지우
리에 큰 흑돼지 한 마리를 키우고 있었는데, 고학년 남학생들이 마
을별로 돌아가며 돌봐야 했거든요.

옥산리 우리 동기 대여섯이 학교 돼지를 돌보러 아침을 먹고 일
찍 길을 나섰습니다. 두어 달 전에 '자전거오토바이 사건'을 겪었던
바로 그 신작로 옆 담배밭 근처에 이르렀을 때 누군가 다급하게 소
리쳤습니다.

"어? 이기 뭐꼬? 배암 아이가!"

도랑 풀섶에 제법 큰 뱀 한 마리가 똬리를 틀고 있었습니다. 모
두들 뱀 주변을 둘러쌌지요. 목 부위가 알록달록한 꽃뱀, 익히 보
아오던 유혈목이였습니다.

"야, 요것 봐라!"

"때리 직이자!"

모두들 길바닥에 수북이 깔린 밤자갈을 한 움큼씩 쥐고 있었습니다. 그런데 누군가 우리의 팔뚝을 제지하며 또 엉뚱한 질문을 던졌습니다.

"배암하고 돼지하고 싸우면 누가 이기노?"

"인마, 그거를 말이라꼬 하나? 당연 돼지가 이기지. 덩치를 바라."

"배암하고 돼지는 상극이라서, 배암이 이긴다 카는 말도 있던데…."

"그라면 우리 이 배암, 학교 돼지하고 쌈 붙이 보까?"

"좋다! 학교까지 들고 가 보자."

"그래그래, 단디 해서 살리라, 직이지 말고!"

몇몇은 신작로 부근을 한참 뒤져 먼지 뽀얗게 뒤집어쓴 비닐봉지 하나를 구해 왔고, 또 누군가는 도로 옆 산비탈로 뛰어 올라가서 이빨로 여린 칡넝쿨 한 가닥을 끊어왔습니다. 어찌어찌 봉지에 뱀을 몰아넣어 칡넝쿨로 묶은 다음 다시 막대기 끝에 매달았습니다. 무슨 보물처럼 아주 조심조심 학교까지 들고 갔습니다.

학교에 가니 돼지는 우리 바닥에 누워 있었습니다. 봉지를 풀어 뱀을 철퍼덕 돼지우리 바닥에 던져 넣었지요. 그 순간, 눈에서 반짝 빛이 난다 싶던 돼지가 벌떡 일어났습니다. 일어나더니, 앞발로 뱀을 툭툭 몇 번 건드려 보았습니다. 건드려 보더니, 입으로 뱀 머리 쪽을 덥석 물어버렸습니다. 그리고는 자근자근 씹어 먹기 시작했습니다. 이 모든 동작이 순식간에 일어나고 말았습니다. 우리가 몹시 허기진 날 보름달을 닮은 김 무럭무럭 나는 하얀 찐빵을 먹는 것보다 더 맛있게 먹었습니다. 뱀 꼬리가 돼지 입안으로 완전히 사라질 때까지, 우리는 놀라움에 눈만 동그랗게 뜨고 돼지의 입만 쳐다보았습니다.

"돼지가 이기네!"

"맞다."

여느 때처럼 돼지 점심을 주려고 포리를 피해 살금살금 교장 선생님 사택으로 올라갔습니다. 그 날 사택 부엌 앞 구정물 바케스 안엔 좀 이상한 것이 많이 섞여 있었습니다. 늘 보던 밥풀때기, 과일 껍질, 생선 머리 같은 것은 조금이고 쪼글쪼글해진 이상한 모양의 포도알이 많이 들어있었지요. 그래도 우리는 사모님이 어련히 알아서 내놓으셨겠지, 생각하면서 그걸 들고 와 돼지 죽통에 와르르 쏟아 부었습니다. 뱀을 산 채로 한 마리 삼킨 돼지는 그래도 배가 고팠던지 등겨에 버무린 그 음식 찌꺼기를 잘도 먹어치웠습니다.

어디 가서 좀 놀다가 집에 가려고 마지막으로 돼지우리를 들여다보던 우리는 깜짝 놀랐습니다. 아무리 봐도 돼지가 이상했습니다. 계속 누워서 눈을 희번덕거리며 꿀꿀꿀 비명 같은 소리만 질러대고, 배를 쿡쿡 찔러봐도 좀처럼 일어날 생각도 않고, 입에서는 무엇을 좀 토해내는 것 같기도 하고…. 우리는 대번에 겁이 더럭 났습니다.

그때 누군가 또 재빨리 돼지의 상태를 진단했습니다.

"배암이 배 속에서도 계속 돼지하고 싸우고 있는 거 아이가?"

아무래도 그럴 것만 같았습니다. 그리고 그 싸움은 뱀의 승리로 굳어져 가고 있는 눈치였습니다. 다들 말은 안 해도 사태의 심각성을 간파한 것 같았습니다. 얼굴에 핏기들이 걷히고, 멍하니 돼지우리 밖에 한동안 서 있을 수밖에 없었지요.

그때 누군가 작고 떨리는 목소리로 말했습니다.

"토끼자, 우리!"

교무실에 계시는 선생님께는 온다간다는 말도 없이, 우리는 한걸음에 집으로 달려와 버렸습니다. 마을로 와서는 그 뒤로 누구도 학교 돼지 얘기를 꺼내지 않았습니다. 그래도 서로 불안한 눈빛만은 숨길 수가 없었지요.

'보나 마나 돼지는 죽었을 것이다. 돼지의 마지막 몰골로 봐서는 뱀독이 돼지 배 속에 퍼질 대로 퍼진 게 맞다. 만일 돼지가 죽어버리면 어떻게 되나? 다 큰 돼지는 엄청 비쌀 건데, 우리 집에 그걸 물어줄 만한 큰돈이 있을까? 없다. 그러면 어떻게 되나? 우리는 아마도 선생님이나 아버지들한테 두들겨 맞아 죽겠지. 돼지도 죽고 우리도 죽고…….'

우리 옥산리 마을 남자 동기는 모두 일곱인데, 대체로 한데 뭉쳐 늘 흙먼지 뿌옇게 일고 자갈 와삭와삭 깔린 신작로 길을 걸어 학교에 다녔습니다. 그런데 어른들처럼 그냥 묵묵히 길을 걷는 법은 좀처럼 없었습니다. 늘 무슨 일인가를 저지르지 않으면 좀처럼 우리들 머리로는 확인 불가능한 문제를 놓고 자주 논쟁을 벌이곤 했지요. 태권도 9단하고 가라데 9단하고 싸우면 누가 이기는지, 펠레의 바나나킥을 이세연 골키퍼가 막아낼 수 있는지 없는지, 하늘에 날아다니는 헬리콥터의 실제 크기가 버스보다 큰지 작은지…….

우리들이 4학년 들어 논쟁을 벌이고 벌이다 끝내 해결 못한 것 가운데 하나가 바로 '자전거오토바이' 문제였습니다. 즉 오토바이에는 속도와 출력을 조절할 수 있는 기어가 있다, 자전거에는 그런 게 없다, 그렇다면 뼈대 튼튼한 짐자전거에 황소 불알만 한 플라스틱 기름통을 달고 뿔뿔뿔 하얀 연기를 내뿜으며 달리는, 우리가 제멋대로 이름을 붙인 그 '자전거오토바이'에는 기어가 있을까 없을까, 우리는 온갖 추측과 상상을 다 해 보았지만 쉽게 결론을 지을 수가 없었습니다. 근방에 '자전거오토바이' 있는 집도 전혀 없었고요.

그런데 다른 논쟁을 하느라 '자전거오토바이' 문제는 잠시 잊고 있던 어느 날, 집으로 터덜터덜 걸어가고 있는데 우리 앞쪽에서 문제의 그 귀한 '자전거오토바이' 한 대가 짐을 잔뜩 싣고서 떡하니 나타나는 게 아니겠습니까? 우리는 순간 모두 눈이 반짝했습니다. '자전거오토바이'는 점점 우리 곁으로 다가왔습니다. 운전하는 사람은 늙수그레한 아저씨인데 낯설었습니다. '야, 좋은 기횐데, 이참에 논쟁을 확실히 끝낼 수도 있는데…. 그러려면 저 '자전거오토바이'를 누가 세우긴 세워야 할 텐데, 누가 어떻게 세우지?' 다들 망설이고만 있는데 호중이가 불쑥 달려오는 '자전거오토바이' 앞으로 나서며 외쳤지요.

"아저씨예, '자전거오토바이'에도 기아 있어예?"

"…머라꼬?"

"'자전거오토바이'는 기아 있어예, 없어예?"

"뭐?"

아저씨는 엔진 소리 때문에 호중이 말을 잘 알아듣지는 못했지만, 자기가 모르고 있는 운전에 필요한 중대한 정보, 말하자면 고무 밧줄이 길게 늘어져 끌려오고 있다든지, 저 뒤에 짐이 하나 떨어졌다든지 뭐 그런 것을 말해 주는 줄 알고 저만치 앞쪽에서 그만 '자전거오토바이'를 떡하니 세우고 말았습니다. 주위가 조용해지자 호중이가 '자전거오토바이' 쪽으로 두어 발짝 다가서며 다시 물었습니다.

"아저씨예, 이 '자전거오토바이'에도 기아 같은 거 있어예?"

"뭐? 기아?"

"예, 오토바이에 있는 그…."

"에라, 이늠의 새끼들이 이거, 멀쩡한 사람 허파를 뒤집고 지랄이네. 안 그래도 무거버 죽겠는데!"

얼굴이 새까맣고 광대뼈가 튀어나온 아저씨는 두 손으로 길바닥에 널려 있는 밤자갈을 한 움큼 움켜쥐더니 우리들 머리 위로 확 뿌리며 버럭 소리를 질렀습니다.

"이늠의 자슥들, 거 섰거라, 어느 집 새끼들이고!"

우리는 죽기 살기로 내달렸습니다. 아저씨는 밤자갈을 집어 우리 등 뒤로 다시 한 번 뿌렸습니다. 한참을 뛰다가 뒤를 돌아보니 '자전거오토바이'는 비틀비틀 좀처럼 출발을 못 하고 있었습니다.

우리들은 대체로 그랬습니다. 아침 등굣길은 앞만 보고 발랑발랑 걸어갔지만, 하굣길은 무슨 빌미라도 만들어 그것과 놀며 마냥 어정거리기를 좋아했지요. 길을 따라 줄지어 서 있는 시커먼 나무 전봇대에 조롱조롱 달린 하얀 사기 애자를 꼭 돌팔매질로 한 개는 깨뜨려 먹고서야 발걸음을 옮긴다든지, 남의 밭에 들어가 풋과일이나 막 부풀어 오르는 미영 꽃봉오리를 따먹는다든지, 애꿎은 개구리 똥구멍에 빨대를 꽂아 배를 빵빵하게 만든 다음 놓아 준다든지, 한겨울에는 강정모랭이 절벽에 얼었다가 제 무게를 못 이기고 굴러떨어진 커다란 얼음덩어리 몇 개를 굴려다가 신작로 한가운데에 갖다놓고 지나가는 차가 어떻게 치우고 가는지 근처 도랑에 엎드려 구경한다든지….

그래도 등하굣길에서 우리들에게 가장 인기가 많았던 것은 단연코 '국방군'이었습니다. 국방군은 우리들 아버지보다도 나이가 좀 많아 보이는 남자 거지였는데, 항상 상의만큼은 때에 절은 푸르딩딩한 군복을 입고 다닌다고 해서 우리들 중 누군가가 그렇게 이름을 붙여 버렸습니다. 어느 마을 다리 밑에 사는지 어느 동네 어귀 버려진 헛간에서 자는지 그런 것을 알 수는 없었지만, 아무튼 국방군은 늘 혼자였고 다리를 좀 잘숙잘숙 절었습니다. 어쩌다 국방군이 저만치 나타나면 우리는 와락 반가워서 대뜸 외칩니다.

"어이, 국방군!"

"헤이, 국방군, 어데 가노?"

"국방군, 오랜만이네."

그래도 국방군은 좀처럼 대꾸를 안 합니다. 우리가 한참을 떠들어대면 어쩌다 한 번씩 힐끗 돌아보며 아주 빠르고 굵은 목소리로, 특히 '데래이' 하는 앞말에다 힘을 왈칵 주며 고함을 지릅니다.

"데래이, 짜슥들아!"

그래 놓고는 무엇을 넣었는지 불룩한 주머니에 손까지 넣고서는 자기 갈 길을 묵묵히 가기만 합니다. 그런 국방군이지만 가끔 행동을 보일 때도 있었습니다. 우리가 너무 국방군 가까이로 다가가거나 돌을 집어던지거나 하면 국방군도 길바닥에 흩어져 있는 돌멩이를 집어 들지요. 그리되면 사태는 아주 급박해져서 우리는 일단 아주 멀찌감치 물러서야 합니다. 그래도 국방군은 남자 어른이어서 우리보다는 팔 힘이 훨씬 셌으니까요. 그래서 우리와 국방군은 늘 넘지 말아야 할 선이 어디인지를 잘 가늠해 가며 길에서 만나고 길에서 헤어지고 그랬습니다.

우리 동네 친구 중에서 누군가는 국방군이 간첩이 아닐까 하고 의문을 제기했지만, 전혀 그런 것 같지는 않았습니다. 만일 간첩이라면 이런 촌동네에서 공작할 일이 뭐가 그리 많겠습니까?

나는 오히려 국방군이 거지로 변장한 도사가 아닐까 싶었습니다. 어디인지는 모르겠지만, 국방군이 잠을 청하는 거기까지 꼭 한번 따라가 보았으면, 그와 촛불을 켜고 마주 앉아 보았으면, 그러면 그의 입에서 아주 놀라운 말이 튀어나올 것 같은 즐거운 상상을 혼자서 몇 번이나 해 보았거든요.

"정태야, 어서 오너라. 여기가 나의 거처란다. 나는 너희들의 이름을 이미 다 알고 있단다. 정태야, 여기서 내 모습을 보고 많이 놀랐지? 그래, 나는 몇 년 전부터 너희 동네에서 공부를 하고 있는 중이란다. 그 공부란 바로 길을 걸으며 무엇이든, 그것이 돌멩이든 멸시의 눈초리든 놀리고 조롱하는 말이든 묵묵히 참고 받아들이는 것이란다. 너는 아직 어려서 모르겠지만, 우리 인생이란 것도 사실은 길을 걷는 일과 별반 다를 게 없단다. 걷다 보면 꽃 피고 새 우는 길도 있고, 소낙비 쏟아지는 길도 있고, 오르막도 있고 내리막도 있고…. 내가 너희들을 만날 때마다 한 번씩 버럭 고함을 지르는 건 사실은 그래, 내가 화가 나서가 아니라 너희들이 좀 심심해할까 봐 그래 주는 거야. 정태야, 명심해야 한다. 네가 여기서 나를 만났다고 소문을 내면 절대 안 된다. 그러면 난 여기를 떠나가야 해. 알았지? 그리고 너의 생각이 어떤지 모르겠구나. 넌 아주 차분하고 생각이 깊은 아이니까, 네가 좋다면 몇 년 뒤에는 널 나의 제자로 받아 줄 수도 있는데… 천천히 한 번 생각해 보려무나, 허허허."

만약 국방군이 나의 상상처럼 이렇게 또박또박 말하며 우리들의 등을 토닥여 준다면 얼마나 놀라운 일이겠습니까? 그러나 국방군은 그 모습을 자주 드러내지 않았을 뿐만 아니라, 길에서 마주쳐도 어디에서부터 걷기 시작했는지 또 어디로 가고 있는지 우리는 도무지 짐작을 할 수가 없었습니다.

우리가 거지라고 불러서 그렇지 국방군이 정말 거지인지 아닌지도 사실은 조금 애매했습니다. 정말 거지라면 양지바른 담벼락 밑에서 이가 바글거리는 머리칼을 풀어헤친 채 쓰러져 잔다든지, 끼니때마다 우리들 대문 앞에서 자주 얼쩡거린다든지, 마을에 잔칫집이나 초상집이 생기면 아주 공손한 태도로 나타나 한 상 받아먹고 사라진다든지, 아니면 입으로라도 아주 상스럽거나 무서운 말을 내뱉는다든지 그랬을 텐데, 국방군은 오직 묵묵히 혼자 길을 걷는 모습만 보여 주었으니까요.

긴긴 겨울 동안 뜸하다가, 따뜻한 봄날 군복 위에 시커먼 외투를 한 벌 더 껴입은 국방군이 저만치서 뒤뚱뒤뚱 나타나면 얼마나 반가운지 모릅니다. 그래도 우리들의 인사는 늘 한결같습니다.

"어이 국방군, 살아있네!"

"안 춥더나, 국방군?"

"데래이, 짜슥들아!"

정신없이 놀다 보니 방학은 잘도 흘러갔습니다. '방학생활' 책도 풀어야 하고, 식물채집도 해야 하고, 반공포스터도 한 점 그려야 하고, 틈나는 대로 잔디씨나 아카시아씨도 훑어서 편지봉투에 넣어가야 하는데, 그런 걸 미리미리 하는 아이는 좀처럼 없었지요. 개학 하루 이틀 전쯤 돼야 비로소 얼렁뚱땅 구색들을 맞추곤 했습니다.

수달처럼 날마다 강물에 몸을 담그다 보니 등짝은 새까맣게 타서, 허물이 벗겨진 자리에 새살이 돋았다가 다시 허물이 지고 있었습니다. 어른들은 우리들 몰골을 보며 쯧쯧 혀를 차기도 했습니다.

"아이고, 쟈들 좀 보소. 꼭 인도지나늠들 같네."

그러나 마나 우리는 한낮이 되면 마을 앞 방죽 너머 여울목으로 몰려 나가 피라미와 함께 물속을 헤집고 다녔습니다. 헤엄치기나 자맥질에 지치면 물고기를 쫓으며 놀기도 했지요. 직접 어항을 놓고, 금파리를 치다가 그것도 심심하면 좀 더 씨알 굵은 고기를 구경하려고 작살을 쏘거나 투망을 던지는 형들 뒤꽁무니를 따라다녔습니다. 구름이 해를 가려 주위가 으스스해지면 따끈한 모래밭에 몸을 파묻었다가, 햇빛이 쨍쨍해지면 다시 풍당풍당 물속으로 뛰어들기도 했습니다.

그러나 방학이란 것은 참 묘했습니다. 우리가 기다릴 때는 지렁이처럼 꾸물꾸물 게으름을 피우다가 일단 우리 곁에 왔다 하면 그때부터는 팬텀기보다 더 빨리 스쳐 지나가고 마는 게 방학이었거든요.

학교에 가니 돼지가 죽었다는 소식 대신 새로운 뉴스가 우리를 기다리고 있었습니다. 우리 담임선생님이 돌연 사표를 내시고 학교를 관두신 것이었습니다.

개학날 운동장 조회 시간, 우리 반 앞에는 김남진 선생님이 아니라 덩치가 그야말로 산 같은 '프로레슬링 선수' 한 사람이 떡 버티고 서 있었습니다. 키는 보통 사람보다 목 하나는 더 있고, 목은 짧고, 배는 튀어나오고, 어깨는 떡 벌어진, 정말 웬만한 어른 덩치 두 배도 넘어 보이는 거인.

여기저기서 웅성거리기 시작했습니다. 그 짧은 순간에도 나는 대번에 눈치 챌 수 있었습니다. 천규덕, 이노끼, 자이언트 바바 이런 텔레비전에 자주 나오는 거구들과 나란히 서 있어도 하나 뒤질 것 없는 저 레슬링 선수가 바로 우리 4학년 1반 새 담임선생님이란 것을.

이윽고 조례대로 올라오신 교장 선생님의 느릿느릿한 설명이 시작되었습니다.

"에… 또 오늘은 새로 오신 선생님 한 분을 소개하겠습니다. 성함은 한만희, 한만희 선생님. 4학년 1반 김남진 선생님은 일신상의 이유로 이번 여름방학 중에 학교를 그만두게 되었고…, 에, 그 후임으로, 단장면 태룡국민학교에 계시던 선생님을, 우리 학교로 모시게 되었습니다. 에, 4학년 1반은 선생님 말씀을 잘 듣고 학교생활 열심히 하도록…, 자, 그러면 새로 오신 우리 한 선생님 인사 한 말씀…."

정말로 프로레슬링 선수가 링에 오르듯이 천천히 그렇게, 거대한 황소가 걸어가듯이 삐걱대는 조례대의 나무 계단을 하나하나 밟고 그렇게, 우리 새 담임선생님은 교장 선생님 옆에 우뚝 서셨습니다. 교장 선생님이 별안간 꼬맹이로 변해 버렸습니다.

순간 쫑알대던 수백 명 전교생의 입이 일제히 닫혀 버렸습니다. 눈길도 완벽하게 오직 한 곳으로만 모여들었고요. 우리 새 담임선생님은 역시 입도 쉬이 열지 않았습니다. 마치 프로레슬링 선수가 경기를 하기 전에 심판을 사이에 두고 서로 기를 꺾기 위해 째려보듯이 그저 눈을 가늘게 뜨고 어금니를 꽉 깨문 채 잠시 전교생을 훑어보기만 하셨지요. 수백 명의 아이들이 한 사람의 눈길에 완전히 압도당하고 말았습니다. 펄렁한 반팔 여름 남방을 입으신 한만회 선생님의 팔뚝이 웬만한 어른 허벅지만큼 굵어 보였습니다. 숱적은 스포츠형 머리칼 밑으로 햇빛을 받은 두피도 유난히 반짝였습니다.

"흐음, 방금 소개받은 한만휩니다. 열심히, 화끈하게 지도하겠습니다. 여러분들도 잘 따라주기 바랍니다. 이상!"

짧고도 화끈한 인사말이었지요. 화끈하게라는 말이 이상하게 나의 가슴을 조금 짓누르는 것 같았습니다.

그렇게 해서, 9월 1일부터 우리 4학년 1반은 정말 화끈하고 빡세게 새 담임선생님을 맞아들여야 했습니다. 어떨 땐 말없이 우리를 '프로레슬링 선수'에게 인계하고 떠나가 버린 김남진 선생님이 얄미웠고, 어떨 땐 새 담임 선생님이 너무 우람하고 한없이 씩씩해 보여 다른 학년, 다른 반 앞에서 괜히 어깨가 으쓱해질 때도 있었습니다. 이 세상에 '프로레슬링 선수'가 자기 반 담임선생님인 경우가 그리 흔하겠습니까?

나는 어두컴컴하고 낡아 보이는 북관이 그리 싫지 않았지만, 용변 해결하는 문제 하나만큼은 아주 불편했습니다.

상동국민학교엔 변소가 모두 세 군데 있었습니다. 본관 뒤뜰 퇴비장 부근에 하나, 남관 후문 들머리에 하나, 그리고 우리 4학년과 1학년 학생 4개 반이 함께 쓰는 북관 변소가 또 하나.

그런데 나는 그 변소들 중에서 북관 안쪽 푹 꺼진 언덕 밑에 자리 잡은 시커먼 나무 건물 변소가 그렇게 무서울 수가 없었습니다.

1학년 1반 교실과는 현관 하나를 사이에 두고 바로 이어져 있는 곳. 들어가면 오른쪽에 소변 누는 곳이 기다랗게 터져 있고, 왼쪽으로 대변기가 예닐곱 칸 마련돼 있는 곳. 거친 시멘트 바닥 곳곳이 움푹 패어 청소시간에 고인 물은 하루 종일 마르지 않았고, 문짝이며 대들보는 대부분 나무로 돼 있었는데 언제 칠했는지 옅은 하늘색 페인트는 군데군데 벗겨지고, 쳐다보면 저 높은 천장 부근에는 늘 허연 거미줄 몇 가닥이 바람에 일렁이고 있는 곳. 다른 변소에 비해 구린내나 지린내가 유독 심한 곳. 대변기 안에 들어가

앉으면 나무 발판은 심하게 삐걱거렸고, 변기통은 너무 깊어 밑이 잘 안 보이며, 머리 위에서는 '쩌적! 투둑! 뚝!' 가끔씩 나무 부러지는 듯한 소리가 들려 끙끙 아랫배에 한참 힘을 모아 막 바깥으로 빼내려던 그 무엇을 도로 쏙 들어가 버리게 만드는 곳. 그곳이 바로 북관변소였지요.

일본 사람들이 개교할 때 지었다는 그 변소는 아무튼 으스스하고 음습한 어떤 기운이 감돌고 있어, 심장 약한 나의 목을 늘 은근히 조르는 것이었습니다. 나만 그런 게 아닌 모양이었습니다. 다른 애들도 다들 그곳이 무섭다고 했습니다.

나와 한 동네에 사는 우리 반 정오는, 그 변소에서 흰옷 입은 달걀귀신을 만난 누나 한 명을 알고 있다고도 했습니다. 정오 큰 누나와 단짝이었던 그 누나는 지금 가까운 요 인근 동네로 시집가 살고 있는데, 그때 받은 충격으로 요즘도 밤에는 대소변을 무조건 요강으로만 해결한다고 했습니다.

달걀귀신이 어떻게 생겼냐고 내가 물으니 정오는 자세히 곁에서 본 듯 말해 주었습니다. 가냘픈 몸매와 예쁘장한 뒷모습으로 사람들, 특히 남자들을 홀려서 가까이 오게 만들지만, 다가가 말을 걸면 그때야 얼굴을 획 돌리는데, 얼굴에 당연히 있어야 할 눈, 귀, 코, 입이 하나도 없어 그야말로 달걀처럼 생긴 귀신이라고. 다른 귀신들처럼 사람을 직접 해치는 게 아니라 그냥 제풀에 제가 놀라서 기절하거나 심하면 죽게 만드는 귀신인데, 꼭 흰옷을 입고 다닌다고. 그리고 나타나는 시간은 주로 깜깜한 밤이 아니라 낮도 밤도 아닌 어둑어둑한 해거름이라고.

엎친 데 덮친 격으로 한 해 전부턴 우리보다 세 살 많은, 지금은 졸업을 해 버린 영석이 형님의 생생한 귀신 목격담까지 학교에 떠돌고 있었으니, 나는 웬만하면 우리 북관 변소에서는 볼일을 잘 보지 않았지요. 평능에 사는 영석이 형님은 공부는 별로였지만 축구라면 아파 누웠다가도 벌떡 일어날 정도로 열렬한 축구광이었습니다. 그 형님은 웬만한 초겨울 날씨에도 운동복 반바지만을 입고 학교를 돌아다녔는데, 다리는 항상 탱탱하고 까무잡잡했습니다. 그 형님은 늘 입에 달고 다녔지요. 자기가 이 세상에서 존경하는 사람은 딱 세 사람밖에 없다고요. 바로 펠레, 이회택, 이세연.

그 영석이 형님이 6학년이었던 어느 가을날 오후, 운동장에서 친구들과 축구를 하며 놀고 있었는데 퍼뜩 정신을 차려 보니 운동장엔 벌써 땅거미가 지고 있더랍니다. 거기다가 난데없이 먹구름이 몰려오고 바람도 수런수런 불고, 곧 비라도 한바탕 쏟아질 그런 기세더랍니다. 그래서 "야, 우리 그만하고 집에 가자," 하면서, 다들 벗어 놓은 윗도리도 찾고 책보도 둘러메고 있는데, 갑자기 그 형님은 뒤끝이 마려워 오더랍니다. 기다려달라고, 같이 가자고 해도 친구들은 저만치 멀어져 가고 똥끝이 막 바지에 닿을 지경이었던 그 형님은 할 수 없이 가장 가까운 북관 변소로 냅다 뛰어들었답니다. 입구에서 가장 가까운 대변기에 앉아 막 용을 쓰려는 순간, 변소로 누가 저벅저벅 들어서는 소리가 들리더랍니다. 그러더니 그 소리가 자기가 앉아 있는 대변기 앞에서 딱 멈추더랍니다. '어이쿠, 지금 북관 교실에는 아무도 없을 텐데, 뒤따라오는 사람도 없었는데…' 그 형님은 대번에 머리끝이 쭈뼛 서고 나오려던 똥이 도로 쏙 들어가 버리고, 눈앞이 캄캄해져 버리더랍니다. '이제는 죽었구나!' 그 형님은 똥이고 오줌이고 간에 다 잊어버리고 바지춤을 엉거주춤 움켜잡고 일어서서 속으로 하나, 둘, 셋을 센 다음 발로 문을 쾅 박차고 나와서는, 친구들 이름을 부르며 앞만 보고 죽어라 뛰었다지 뭡니까. 그 바람에 신발도 잃어버렸다는 그 형님이 경험담 끝부분에 덧붙인 한마디는 이랬습니다.

"내가 변소 문을 튀 나오면서 뒤를 한 번 휙 돌아봤지."

"그래서?"

"내 앉았던 변기통에 털이 난 시커먼 손 하나가, 그것도 억수로 큰 손 하나가 쑥 올라와 있다 아이가!"

"에이, 구라치지 마라."

"새꺄, 그라면 니가 저녁에 혼자 거게 한번 가 봐라. 내기 됐나?"

"…"

그 뒤로 나는 대변 하나만큼은 절대 북관 변소에서 해결하지 않았습니다.

개학식 날 아침, 우리 새 담임선생님께서 운동장에서 한 인사는 정말 맛보기에 불과했습니다. 새 담임선생님과 우리 반 아이들과의 정식 인사는 아직 남아 있었거든요.

교실에 들어와 오들오들 공포에 떨고 있는 우리들 눈앞에, 한만회 선생님은 더욱 거대하고도 실감 나는 모습으로 우뚝 다가왔습니다. 나는 그 순간 정말 믿어 의심치 않았지요. 진짜 프로레슬링 판에서 성적이 그리 신통치 않은 선수 한 명이 그만 국민학교 선생님으로 직업을 바꾼 게 확실하다고요. 어쩌면 우리 새 담임선생님은 김일, 천규덕, 장영철 이런 선수들과 아는 사이인지도 모를 일이라고요.

우리는 너나 할 것 없이 호흡을 멈춘 채 몸의 부피를 최대한 줄여, 되도록 약하고 불쌍하게 보이려고 무진 애를 쓰며 앉아 있었습니다. 선생님은 운동장에서처럼 칠판 앞에 서서 한참 동안 우리들 한 사람 한 사람 얼굴을 그저 지그시 노려볼 뿐이었습니다. 천천히 몇 걸음 옮겨 디딜 때마다 낡은 교실 바닥 판자들이 삐걱삐걱 힘든 소리를 냈습니다.

이윽고, 선생님은 눈길을 한 곳에 고정한 채 처음으로 입을 여셨습니다.

"야, 너, 이리 나와!"

"저, 저요?"

"아니, 그 옆에. 그래, 너 말이다, 너!"

불려 나온 친구는 송진복. 선생님은 대뜸 그 우람한 양손으로 각각 진복이의 멱살과 바짓가랑이를 나눠 잡고, 그 비쩍 마른 몸을 가로로 뉘인 채 가슴높이까지 들어 올리셨습니다. 마치 역도선수가 역기를 1차로 들어 올리듯이. 그러고는 교실 천장을 향해 진복이를 훌쩍 집어던져 버렸습니다. 교실 천장에 살짝 닿은 것도 같은 진복이의 몸이 다시 떨어질 때를 기다려 교실 바닥 부근에서 가볍게 사뿐 받아낸 선생님은, 이번에는 진복이를 세로로 휙 돌려 불려 나와 본래 서 있던 모습 그대로 세워 놓으시고, 손을 탁탁 터셨습니다.

이 모든 동작이 눈 깜짝할 사이에 벌어지고 말았지요. 우리는 정말 놀라움과 무서움에 몸을 떨었습니다. 요 몇 년간 레슬링 경기는 하나도 놓치지 않고 보아 온 우리들이지만, 이런 기술을 본 기억은 전혀 없었거든요. 매 한 대 맞지 않았건만 진복이는 그 자리에서 그만 홀쩍홀쩍 울기 시작했습니다.

우리는 더욱더 책상 가까이로 몸을 낮추면서 선생님의 눈길을 피해 보려고 무진 애를 쓸 수밖에 없었습니다.

그러나 웬걸, 또 한 명이 걸려들었습니다. 가곡에 사는 정호였지요. 다리를 너무 덜덜 떨어 책상까지 삐걱삐걱 소리를 나게 만들었던 것입니다. 이번엔 '던지기'가 아니었습니다. 눈에 띄게 와들와들 떨고 서 있는 정호에게 선생님은, 양미간에 '땡콩' 한 대라는 다소 가볍게 느껴지는 벌칙을 가하겠노라고 선언하셨습니다.

'어, 땡콩이라? 그거야 우리가 티격태격 때리고 노는 장난인데? 여남은 대 맞아도 이마빼기가 벌게질 뿐, 그런 정도는 별거 아닌데…. 휴, 이번에는 좀 봐 주는구나.'

그런데 우리가 건 일말의 기대는 단 몇 초 만에 와르르 무너지고 말았습니다. 선생님은 보통 어른들보다 훨씬 더 크고 굵어 보이는 오른손 중지를 엄지로 걸어 쑥쑥 바람 소리가 나도록 두어 번 팅겨 보이면서, 누구든 이걸로 양미간을 한 대만 맞으면 코피를 와락 쏟으며 바로 그 자리에서 즉사할 거라는, 친절하고도 생생한 설명을 덧붙이셨기 때문입니다. 도무지 허풍으로 들리지가 않았습니다. 코피를 쏟는 정도가 아니라, 아예 머리통이 두 쪽으로 쫙 쪼개질 것만 같았습니다.

만약 새 담임선생님 손에 의해 우리 반 친구가, 가곡에서 십 리 신작로 길을 걸어서 다니면서도 해마다 개근상을 받는 정든 친구 하나가, 뽀얀 피부로 늘 웃는 얼굴을 하고 다니는 심성 고운 우리 동기 한 명이 우리 보는 앞에서 황당하게 죽음을 맞는다 해도 내 생각으로는 정호 부모님이나 상동지서 순경 아저씨도 어쩌지 못할 것 같았습니다. 학교에서 말을 안 듣거나 숙제를 안 해 오거나 수업 시간 중에 떠드는 아이는 무조건 다리몽댕이를 분질러 달라고, 우리들 부모님들이 가정방문 나오는 선생님들께 누누이 부탁하는 걸 우리는 누구보다 잘 알고 있었으니까요.

다행스럽게도 선생님은 온정을 베풀어 정호를 그냥 들여보내 주었습니다. 그러나 분단 사이를 걸어 들어오는 정호의 얼굴은 진복이 얼굴보다 더 심하게 일그러져 있었지요.

우리 선생님과의 대면식은 그게 끝이 아니었습니다. 마치 교장선생님께서 1학기 동안 풀어져 해롱해롱 놀기만 했던 우리들을 크게 혼내주라고 새 담임선생님에게 시키기라도 한 듯, 우리는 또 한동안 듣도 보도 못한 '제식훈련'이란 걸 심하게 받아야 했습니다.

"사열종대로 집합!"

"좌향앞으로 갓! 뒤로 돌아 갓!"

"이 자식들 이거, 영 절도가 없네. 손바닥 앞으로!"

매를 맞아 손바닥이 벌겋게 달아오를 때마다 소리 소문 없이 우리들을 버려두고 가버린 김남진 선생님 얼굴이 자꾸 떠올랐습니다.

이래저래 우리는 개학하는 날부터 새 담임선생님에게 완전히 무장 해제를 당한 채 2학기를 시작할 수밖에 없었지요.

그렇게 무섭게 굴던 우리 선생님이 부산 집으로 다녀오곤 하던 어느 월요일 아침, 선생님은 마치 산타클로스 할아버지처럼 교실로 주둥이를 동여맨 큰 자루 하나를 낑낑 둘러메고 오셨습니다. 우리는 몹시 궁금했지요. 우리 선생님이 힘겨워하는 걸로 봐서는 꽤나 무거운 물건임이 분명하긴 한데….

우리는 선생님이 안 계시는 틈을 타서 손끝으로 더듬어 그것이 책이라는 사실 하나만은 알아냈습니다.

'책은 책인데 무슨 책일까? 전과? 교과서? 아니면 이따가 겨울 난로에 쓸 불살개?'

이윽고 종례시간.

자루는 주둥이가 풀려 거꾸로 뒤집어지고, 그 안에 든 책은 교실 바닥에 한꺼번에 쏟아졌습니다. 수십 권이나 되는 책들은 모두 『소년중앙』아니면 『어깨동무』. 우리는 한순간 눈이 휘둥그레지고 말았습니다. 누가 먼저랄 것도 없이 일제히 함성을 지르고 박수를 쳤습니다. 그것들이 얼마나 구하기 힘든 책인지, 얼마나 재미있는 책인지, 또 정기구독은 고사하고 낱권으로만 산다 해도 얼마나 비싼 책인지, 우리는 이미 희미하게나마 알고는 있었으니까요. 다만 새 책이 아니라 누군가의 손때를 조금 탔다는 점이 아쉽다면 조금 아쉽다고나 할까요.

"자, 오늘부터 이 책을 우리 반에서만 돌려가며 읽는다. 한 사람 앞에 한 권씩, 3일간 빌릴 수 있다. 3일 후엔 다시 바꿔 읽어도 된다. 알았나?"

"예!"

"집에 가져가도 됩니꺼?"

"된다. 그런데 책에다 낙서하거나 찢으면 절대 안 된다. 특히 어린 동생들 조심하고…."

"와아!"

"그런데 잠시 주목! 이 책들은 그냥 읽기만 해서는 안 된다. 읽으면서 궁금한 것이 생기면 그냥 넘어가지 말고 '의문록'에 기록해야 한다."

"의문록, 그기 먼데예?"

"내일까지 모두 만물상회나 경산상회에 가서 손바닥만 한 수첩을 한 권씩 구입한다. 그 수첩 이름이 '의문록'이다. 수첩 꺼풀에다 모두 '의문록'이라고 써 놓는다. 그 밑에 번호 이름도 쓰고. 그리고 그것을 나한테 한 번씩 제출해야 한다. 그러면 내가 답을 해 주겠다. 알았나?"

"…예."

'의문록'이 뭔지는 잘 모르겠고, 아무튼 빨리 대답부터 해 놓아야 책을 펼쳐볼 수 있을 것 같았습니다. 살다 보니 세상에 이런 신나는 일이 우리 교실에서 일어나고 말았습니다. 박 속에서 보물이 막 쏟아졌을 때 흥부네 심정이 우리 같았을까요?

우리는 책을 못 읽어 죽은 귀신들처럼 우르르 덤벼들어 가능하면 좀 덜 낡은 책으로, 최신호의 책으로 골라잡았지요. 책 속에는 천연색 사진, 만화, 이런저런 상식들, 퀴즈 같은 재미나는 내용들이 빼곡했습니다.

그다음 날부터 우리는 축구나 닭싸움보다 책 읽기를 더 좋아하게 되었습니다. 숙제를 안 해 와서 매 맞는 아이는 있어도,『소년중앙』이나『어깨동무』를 3일 만에 못 읽어치우는 아이는 아주 드물었거든요.

『소년중앙』이나『어깨동무』속엔 완전히 새로운 세상이 하나 들어 있었습니다. 서울 남산에 있는 하얗게 빛나는 둥근 지붕 모양을 한 건물이 바로 어린이회관이고, 서울에서 가장 높은 빌딩이 31층이며, 우리는 배고프면 물항아리에 담가 놓은 풋감을 꺼내 먹었지만, 서울 부잣집 아이들은 끼니마다 새하얀 액체 우유를 마신다는 것을 다 그 책 속에서 배웠습니다.『사회과부도』만큼이나 흥미진진한 책이 바로『어깨동무』와『소년중앙』이었습니다. 아니, 재미는 지리부도보다 조금 더 나았습니다.

거기에 연재되는 만화들은 인기가 아주 그만이었지요. '꺼벙이', '방울범', '타이거마스크'는 그 어떤 연재물보다 더 재미있었습니다. 거기 나오는 명대사를 줄줄 외워 놀이 중간에 써먹는 아이들도 여럿이었지요. 만화가 길창덕이나 윤승운을 모르는 남자아이는 대화에 끼어드는 게 조금 힘들 정도였습니다.

어쩌다 한 번씩 우리는 선생님에게 '의문록'을 제출했습니다. 한 일주일 정도 기다리면 '의문록'은 다시 우리들 손으로 돌아왔습니다. 펼쳐보면, 어떤 분야든 무슨 궁금증이든 우리들의 질문에는 몇 줄씩이라도 선생님 손글씨로 답이 다 달려 있었지요.

(문) 이 세상에서 가장 빠른 것은 무엇입니까?

(답) 빛이다. 초속 약 30만㎞. 총알은 초속 600~700m밖에 안 된다.

(문) 지구에서 달과 태양까지의 거리는 얼마입니까?
(답) 달까지는 32만㎞, 태양까지는 1억5천만㎞.

(문) 하늘은 왜 파랗습니까?
(답) 태양빛이 지구의 대기를 구성하고 있는 질소·산소 등과 같은
기체 분자와 부딪치면 여러 색깔로 분산되는데, 이때 파란색이나
보라색 빛이 훨씬 많이 퍼지기 때문이다.

(문) 어떻게 하면 우리나라 사람도 노벨상을 받을 수 있습니까?
(답) 녹말은 식물의 광합성 작용으로만 만들어지는 물질인데, 공장
에서 인간이 녹말을 만들어낼 수만 있다면 식량 부족 문제는 대번
에 해결된다. 그런 걸 우리가 연구해야 한다. 성공하면 노벨상 두세
개를 한꺼번에 받을 수도 있다. 노벨화학상, 노벨평화상….

특히 우리 반 반장 종수는 선생님의 녹말과 노벨상 이야기에 크
게 감동을 받았습니다. 자기는 커서 녹말을 만드는 과학자가 될 거
라며, 이제부터는 지리 공부보다 과학 공부를 더 열심히 하겠노라
고 공공연히 다짐을 하고 다녔습니다. 나는 종수가 노벨상을 받으
면 정말 좋겠다는 생각이 들었습니다. 왜냐하면 그리되면 나는 노
벨상을 받은 과학자의 친구가 되니까요.

2학기 개학하고 나서 며칠 동안은 담임선생님 안 바뀐 2반 아이들이 부럽기만 하더니, 책 더미 속에 파묻히고 나서는 같은 4학년인데도 1반이라는 사실이 그렇게 다행일 수가 없었습니다. 우리 선생님은 가을 내내, 다달이 한 자루씩의 책을 우리 교실로 메고 와서는 매번 우리들을 책의 늪 속으로 빠뜨려 버렸습니다. 하늘은 높고 책은 재미있어 썩 괜찮은 가을이었지요.

하루는 선생님께서 선생님 친구 한 분을 우리 교실로 모시고 왔습니다. 언뜻 보기에도 그분은 우리 선생님의 친구임이 분명했지요. 체구며 말투며 짧게 깎은 스포츠형 머리 따위가 한마디로 '나 운동하는 사람이오.' 이렇게 말해주고 있었거든요. 다만 우리 선생님보다 체구가 조금 작았고, 피부가 약간 까무잡잡한 게 다르다면 좀 다르다고나 할까요.

부산에 있는 무슨 도장 관장 선생님이라고, 우리들에게 친구를 간단히 소개한 선생님은 아주 놀라운 선언을 하셨습니다.

"오늘 공부는 이것으로 끝. 지금부터 재미있는 것을 보여주겠다. 자, 책은 다 집어넣는다. 실시!"

"예?"

"막간을 이용해 우리 둘이 차력쇼를 보여주겠다."

공부를 안 하는 것만도 이미 기분이 째지는데, 차력쇼라니! 우리 마음은 대번에 보름달처럼 환해져 버렸습니다.

"우와아! 야아! 짝짝짝!"

우리 선생님이 자루를 엎어 책 폭탄을 투하하던 그때처럼, 또 우리는 시키지도 않았는데 마구마구 박수를 치고 책상을 두드렸지요.

가끔씩 유천장터에 유랑 약장수 패거리가 와서 원숭이도 보여주고, 난쟁이 여자가 발로 접시도 돌리고, 차력쇼 비슷한 것도 하긴 했지만, 나는 아직 진짜배기 차력쇼를 본 적은 한 번도 없었습니다. 당수로 병 주둥이를 날려 버린다고 장담하던 수호지의 노지심 비슷하게 생긴 사내는 약이 다 팔리면 슬그머니 놓아두었던 병을 치워버리며 시치미를 뚝 떼곤 했으니까요.

차력쇼 1탄은 그 친구분의 가슴 근육으로 철삿줄 끊기였습니다. 가느다란 철사 한 발과 펜치 등 미리 소품들이 준비돼 있었습니다. 우리 선생님은 친구의 웃옷을 벗긴 후, 신체검사 때 우리가 가슴둘레를 잴 때처럼 철삿줄을 가슴팍에다 두르더니 펜치로 등뼈 부근에서 꽉 조였습니다. 이어서 딸깍하는 소리와 함께 여분은 남김없이 끊어내 버렸고요. 철삿줄은 그분의 가슴살을 파고들 듯이 팽팽했습니다. 잘못하면 살갗이 터져 피가 흐를 것만 같았습니다.

"자, 이제 기합을 주면 하나 다치지 않고 철삿줄이 끊어져 버린다. 이건 엄청난 내공이 필요한 기술이다. 너희들은 절대 따라 하지 마라!"

우리는 모두 눈을 동그랗게 뜨고 숨을 죽이고 친구분의 절구통 같은 가슴팍만을 응시했습니다. 뒷자리에 앉은 아이들 몇몇은 일어서기도 했고요. 그러다가 한순간, 어금니를 꽉 깨물고 양손을 배 부근에서 맞잡고 천천히 숨 고르기를 몇 번 하던 그분의 입에서 힘찬 기합소리가 터져 나왔습니다.

"야아아압… 합!"

동시에 그분의 가슴 근육이 꿈틀한다 싶더니, 툭 하는 소리와 함께 끊긴 철삿줄 토막이 교실 바닥으로 떨어졌습니다. 우리가 그분에게 경의를 표할 수 있는 방법은 또 한 번 우렁차게 박수를 치는 것뿐이었습니다. 친구분의 가슴팍엔 피는 나지 않고 철삿줄 눌린 자국만 선명했습니다.

'야아, 우리가 공부하던 교실에서 돈 한 닢 내지 않고 차력쇼를 다 보는구나!'

차력쇼 2탄은 우리 선생님이 준비한 코너였습니다. 젓가락만 한 큰 쇠못을 하나 미리 준비해 오셨는데, 그걸 망치도 없이 우리들이 공부하는 나무책상에 맨손으로 박아 넣겠다고 선언하셨습니다.

'설마?'

그러나 선생님은 마른걸레를 두어 장 가져오게 해서는 그걸로 대못 머리 부근을 몇 겹 감싼 다음, 두 손으로 못을 덮어 눌러 온몸의 힘과 체중을 못 하나에 모으기 시작하셨습니다. 우리 눈에도 그건 요령이나 눈속임이 아니었지요. 오직 필요한 것은, 또 통하는 것은 엄청난 힘과 집중력뿐.

대여섯 차례나 기합소리가 울려 퍼지고, 온몸이 부들부들 떨리고, 책상이 삐걱대고, 우리 선생님의 이마에 땀방울이 조금 비친다 싶었을 때 선생님은 못 박기를 끝내고 우리들 중 맨 앞에 앉은 여학생에게 그 못을 빼보라고 시키셨습니다. 못은 끄떡도 하지 않았습니다. 다시 남학생 한 명에게 빼보라고 시키셨습니다. 역시 못은 튼튼했습니다.

우리는 또다시 박수를 쳤습니다. 아까보다 더 크게 더 오래 쳤습니다. 왜냐하면 우리 선생님의 차력쇼였으니까요.

그것 말고도 그 시간에는 끊어진 고무줄 감쪽같이 이어붙이기와 같은 마술 몇 가지가 더 이어져 북관 4학년 1반 교실을 들썩이게 만들었습니다. 우리는 그만 김남진 선생님은 까맣게 잊어버리고 말았습니다.

이런 것 말고도 우리 선생님은 참 재주가 많으셨습니다. 얼른 보기에는 체육만 잘하실 것 같았지만 자잘한 손재주도 남달랐습니다.

4학년 2반 선생님은 우리 선생님과 나이가 비슷해 보이는 남자 선생님이셨는데, 한동안 그 선생님은 1, 2반 합쳐서 체육 수업만 하시고 우리 선생님은 1, 2반 합쳐서 음악 수업만 하셨습니다. 우리 선생님이 솥뚜껑만 한 손으로 봉봉봉~ 풍금을 치며 노래를 부르면 이리 보아도, 저리 보아도 참 신기하게만 보였습니다.

엄마가 섬 그늘에 굴 따러 가면
아기가 혼자 남아 집을 보다가
바다가 불러주는 자장노래에
팔 베고 스르르르 잠이 듭니다.

올해도 과꽃이 피었습니다.
꽃밭 가득 예쁘게 피었습니다.
누나는 과꽃을 좋아했지요.

꽃이 피면 꽃밭에서 아주 살았죠.

우리가 음악 수업과 체육 수업을 왜 그렇게 하느냐고 여쭤보니까, 우리 선생님께서 그러셨지요.

"2반 선생님이 음악 수업을 힘들어 하니 할 수 있나? 이렇게라도 해야지."

우리가 보기에는 그 반대일 것 같은데 참 의외의 일이었습니다.

미술 수업만 해도 그랬습니다. 다른 선생님들은 늘 도화지에 크레파스로 그림만 그리게 하셨지만, 우리 선생님은 그게 아니었습니다. 한번은 미술 시간에 불쑥 그러셨지요.

"자, 우리 연극할 때 얼굴에 쓰는 탈을 한번 만들어 보자."

"예? 우리가 그걸 어떻게…."

"아니다, 내 시키는 대로만 하면 쉽다."

그러면서 준비물을 죽 불러 주셨습니다. 밀가루로 끓인 풀 좀 많이, 못 쓰는 종이 특히 신문지처럼 얇고 부드러운 종이 좀 많이, 그리고 못 쓰는 헌 물바가지 한 개.

우선 물에 적신 종이를 잘게 찢어서 밀가루 풀과 섞어 범벅을 만들었습니다. 말하자면 종이찰흙이 된 거지요. 그놈을 잘 치대고 으깨 헌 바가지 엎어놓은 위에다 살살 얼굴 모양으로 발라나갔습니다. 눈도 두 개 뚫고, 입도 뚫고, 코는 세우고…. 그냥 심심한 사람 얼굴이 아니라, 좀 우습게도 만들고 좀 과장해서도 만들고 좀 무섭게도 만들었습니다.

우리 선생님은 그것을 우리 교실 앞에 있는 학교 온실에다 갖다 넣으라고 하셨습니다. 한 2~3일 지나 피덕피덕 마른 종이탈 속에서 바가지를 빼낸 다음, 다시 사나흘 더 말리고 보니 그만 종이탈은 해골바가지처럼 따글따글하게 말라 버렸습니다. 마지막으로 종이탈에다 물감을 칠했습니다. 화려하게, 혹은 기괴하게, 아니면 우습게….

그걸 둘러쓰고 가을 운동회 때 우리 반은 탈춤을 추었는데, 얼마나 큰 박수를 받았는지 모릅니다. 그 탈은 모두들 애지중지 집으로 다 가져갔지요. 집에 있는 식구들도 그 탈을 보고 다들 신기해서 만져 보고, 써 보고 연방 감탄사를 내뱉었습니다.

또 하루는 어떤 반이 운동장에서 기마전을 하다가 한 아이가 그만 말에서 떨어졌는데, 그 아이의 팔이 좀 이상해져 버렸지요. 딱히 피가 나는 것도 아니고 딱히 부러진 것도 아닌데, 그냥 힘을 못 쓰고 좀 축 늘어져 버렸다고나 할까요. 그 반 담임선생님은 안색이 창백해져서 찔끔찔끔 울어대는 그 아이를 데리고 우리 선생님을 찾아오셨습니다. 우리 선생님이 그 아이 팔을 가만히 들여다보시더니 그러시는 것이었습니다.

"아이갸, 이거 팔이 빠졌네. 괜찮다, 울지 마라, 내가 금세 고쳐주께."

선생님은 우리더러 큰 바케쓰에 찬물을 한 바케쓰 떠오라고 시키셨습니다. 우리가 냉큼 찬물을 떠오자, 그 속에 다친 아이의 팔을 쑥 집어넣었습니다. 그리고 우리 선생님은 실눈을 뜬 채 아주 조심조심 물속에서 그 아이의 팔을 주무르기도 했다가, 어떻게 좀 힘을 쓰기도 했다가, 그러시는 것이었습니다. 그렇게 한 5분이나 지났을까요. 그 아이 얼굴에 서서히 안도의 화색이 돌았습니다. 그때 우리 선생님이 그 아이에게 그러셨습니다.

"야, 이제 된 것 같다. 한번 팔에 힘을 줘 봐라."

그 아이가 조심조심 팔을 물 밖으로 꺼냈습니다. 그리고 슬슬 흔들어보았습니다. 주먹도 꾹 쥐어 보았습니다. 그리고 그랬습니다.

"괜찮은데에."

그 아이 담임선생님 얼굴에도 웃음이 번졌습니다.

하루는 종례시간에 우리 선생님께서 아주 진지하게 우리들 앞에서 나직나직 부탁을 하셨습니다.

"내가 앞으로 한 일주일 동안 없을 테니까, 2반 선생님 말씀 잘 듣고, 공부 열심히 하고, 뭐든지 내 있을 때처럼 열심히 해라, 알았나?"

"예?"

난데없는 소식에 다들 가슴이 쿵 내려앉았습니다. 김남진 선생님 때처럼 또 우리 반 선생님이 바뀌나? 그러나 그런 건 아니었지요.

"너희들, 해마다 가을에 한 번씩 열리는 전국체육대회라고 들어봤나? 내가 이번에 거기에 레슬링에 출전한다, 부산 대표로. 좀 이상하지? 그런데 할 수 없다. 내 주소가 아직 부산 해운대로 돼 있거든."

선생님은 우리를 놀라게 만드는 데는 선수였습니다. 그간 우리 모두의 짐작이 틀리지 않았습니다. 그럴 수도 있다 짐작은 했지만, 막상 두 귀로 '레슬링'이란 말을 듣고 보니 정말 놀랍고도 기뻤습니다. '그럼 그렇지, 덩치로 보나 차력쇼를 할 때의 힘으로 보나 그 친구들로 보나, 우리 선생님이 운동선수가 아니라면 그게 더 이상한 일이겠지.'

언젠가 우리 선생님이 따낸 여러 가지 무술 단수를 합치면 10단이 넘을 거라고 우리 반 어떤 친구 녀석이 반짝이는 눈초리로 말했을 때도 우리 반 남자아이들 대부분은 그 자리에서 고개를 끄덕였거든요.

다만 경남 대표가 아니라 부산 대표라는 게 좀 그렇기는 했지만, 그런 건 아무래도 괜찮았습니다. 어쨌든 우리 선생님은 레슬링 선수임이 분명해졌으니까 말입니다.

그때 누군가 선생님을 염려했는지 궁금해서 그랬는지 불쑥 외쳤습니다.

"선생님, 거기에 김일이나 천규덕 선수도 나옵니꺼?"

"아니다. 프로들은 그런 데는 안 나온다. 전국체전 레슬링에서 박치기나 당수를 쓰면 반칙이다. 그런데 너희들은 잘 모른다. 프로 레슬링은 쇼고 아마추어 레슬링은 기술이다. 차이가 크다."

"그라면 쇼하고 기술하고 붙으면 누가 더 센데예?"

"음…, 누가 더 세냐고? 쇼하는 사람도 기술은 있고 기술하는 선수도 쇼를 해보일 수는 있다. 순전히 기술로만 싸운다면 나는 누구한테도 질 생각이 잘 없다."

우리는 누가 먼저랄 것도 없이 또 함성을 질렀습니다. 쇼와 기술이 무슨 말인지 또 어떤 차이가 있는지 정확히는 모르겠지만, 누구에게도 질 생각이 없다는 선생님 말은, 이미 우리 선생님이 시상대 맨 위에 서서 금메달을 목에 건 것처럼 우리들을 들뜨게 만들었지요.

우리 선생님이 안 계시는 며칠 동안은 주로 2반 선생님과 학년은 다르지만 옆 교실에 있는 1학년 여자 선생님이 우리를 챙겨 주셨습니다. 가끔씩은 교감 선생님이 조종례를 들어오기도 했고요.

어떤 아이들은 신문의 전국체전 소식이란 데서 우리 선생님 이름을 봤다고도 했지만 확실한 증거는 없었고, 아무튼 라디오 뉴스에서는 전국체육대회 소식을 자주 전해 주고 있었습니다.

그러다가 한 4~5일쯤 지났을까요. 아직 우리 선생님이 예고하고 간 일주일이 좀 멀었는데, 이른 아침 우리 반 어떤 아이가 얼굴이 벌겋게 상기돼 교실로 뛰어오며 외쳤습니다.

"아야, 내 말 들어바라이! 내 오늘 아침에 우리 선생님 봤다이! 역 대합실에서 걸어 나오더라."

"에이, 꽁까지 마라, 이 자슥아."

"일주일이라 캤는데 마알라꼬 벌써 왔겠노?"

"그건 나도 모르지. 하여튼 우리 선생님 맞더라. 내 거짓말하면 오늘 학교빵 받으마 너그 다 주께, 씨…."

그 맛있는 학교빵을 걸고 말하는 걸 보니 뭔가 심상찮기도 했습니다. 또 몇몇 선생님들은 아침마다 열차를 타고 우리 학교 앞 유천역에 내리기도 하니, 친구의 목격담이 허황된 이야기는 아닐 것도 같아서 우리는 몹시 궁금해졌습니다.

"땡땡, 땡땡땡!"

이윽고 조회시간을 알리는 종이 울렸습니다. 우리는 웅성웅성 자리에 앉아 있어도 귀만은 온통 복도 쪽으로 열어놓고 있었지요.

그때였습니다. 저벅저벅 삐걱삐걱, 우리 선생님이 아니면 도저히 낼 수 없는 육중한 발걸음 소리가 나기 시작했습니다. 뒷문에 붙어서서 망을 보던 친구가 작지만 숨 가쁜 소리를 질렀습니다.

"맞다, 맞다, 우리 샘이다!"

출석부를 들고 드르륵 문을 열고 들어와 교탁 앞에 우뚝 선 사람은 분명 우리 선생님이었습니다.

그러나 선생님 모습이 아무래도 좀 이상해 보였습니다. 목이 좀 뻣뻣해 보이기도 하고, 걸음걸이가 좀 둔해 보이기도 하고, 며칠 전보다 살이 좀 찐 것 같기도 하고….

"차렷! 경례!"

"안녕하십니까아!"

어쨌든 우리는 종수의 구령에 맞춰 아주 우렁차게 인사를 했습니다. 선생님도 우리가 반가웠는지, 전에 없이 인사를 받으며 고개를 조금 숙이셨습니다. 그리고는 돌아가며 한 사람, 한 사람 우리들 얼굴을 다 쳐다보고 나서야 입을 여셨지요.

"좀 일찍 끝내고 왔다. 레슬링 헤비급 그레꼬로만형 준결승에서 부상을 당해 버렸다. 갈비뼈에 금이 가서 지금은 치료를 좀 받고 있다."

남자 선생님들이 팔토시와 함께 곧잘 입고 다니는 비둘기빛 윗도리 단추 몇 개를 끌러 흰 러닝셔츠를 들어 보이는데, 세상에나, 우리 선생님 가슴팍은 온통 흰 붕대로 칭칭 감겨 있는 게 아니겠습니까!

순간 교실은 숙연해졌습니다. 모두들 할 말을 잃어버렸습니다.

왜 이렇게 된 건지는 몰라도 참 가슴이 아프고 화부터 났습니다. 우리들 가슴이 욱신욱신 아픈 것 같았습니다. '김일이나 천규덕, 장영철 같은 선수는 안 나오는 대회라고 우리 선생님이 분명 그러셨는데, 누가 반칙을 해서 우리 선생님을 저 꼴로 만들어 놓았단 말인가? 자이언트 바바나 이노키 같은 외국인 선수가 우리나라 전국체육대회에 나올 리도 없고….' 지금 그 선수가 누구건 우리 눈앞에 나타난다면 우리들 예순 명이 한꺼번에 달려들어 물어뜯고 할퀴고 해서 묵사발로 만들어 놓아도 분이 안 풀릴 것 같았습니다.

성질 급하고 목소리 큰 호윤이가 좀 떨리는 목소리로 외쳤습니다.

"선생님예, 뼈 부러지게 하는 건 반칙 아닙니꺼?"

"반칙? 그런 건 아니고…."

"에이, 사기다!"

우리는 모두 호윤이의 말이 좀 심했나 싶어 움찔했는데, 선생님은 그저 빙그레 웃을 뿐 호윤이를 나무라지는 않았습니다. 우리는 호윤이의 생각이 딱 우리 모두의 생각이라 여기며 말 없는 맞장구를 치며 앉아 있었지요.

'그러면 뭐가 반칙이란 말인가? 반칙을 하지 않았다면 우리 선생님을 이기는 사람이 어떻게 있을 수 있단 말인가? 이건 보나 마나 어느 못된 선수 하나가 반칙을 저지른 게 분명하다. 우리 선생님의 목을 노끈으로 조른 뒤 접이의자로 머리를 내리쳤거나, 우리 선생님이 잠시 링 바닥에 쓰러져 있을 때 포스트에 올라가 온몸으로 선생님을 덮쳤거나…. 말만 전국체육대회였지 거기에는 나비넥타이에 줄무늬셔츠를 입은 심판도 없었을 것이고….'

잠시 뒤, 우리 선생님은 조용히 미소 띤 얼굴로 다치게 된 사정을 자세히 설명하셨습니다.

"김성률이라고, 마산 선순데 정말 힘이 장사지. 그냥 잡혀 넘어지면서 밑에 깔렸는데…, 내가 운동량이 부족했다고 봐야지. 이번에 우승도 그 선수가 차지했고…. 참 세긴 세더라."

우리 선생님은 선생님을 다치게 한 선수에게 오히려 지극한 경의를 표하고 있었습니다. 반칙도 없었음이 분명한 것 같았고요.

그로 인해 우리들의 의문도 많이 풀렸지만, 마산하고도 김성률, 그 이름 석 자는 그대로 또렷이 우리 머릿속에 새겨 지고 말았습니다.

우리는 우리 선생님 덕분에 색동무늬 천 끝에 대롱대롱 달린, 커다란 10원짜리 동전 같은 전국체육대회 동메달을 돌아가며 만져보고, 비춰보고, 목에도 걸어 보았습니다. 그리고 레슬링에 자유형과 그레코로만형이 있다는 것도 그때 처음 알았습니다.

하루는 선생님이, 이제껏 앉아 왔던 자리를 해체하고 새로 짝지를 정하고 분단도 새로 만들고 분단장도 다시 뽑는다고 선언하셨습니다. 짝지 정하는 방법도 재미있었습니다. 누구든 같이 앉고 싶은 사람 이름을 부르고, 이름을 불린 사람도 싫다고만 하지 않으면 바로 짝지가 된다고 했습니다. 남자 여자가 같이 앉아도 된다고 했습니다.

그러나 다들 남학생은 남학생끼리, 여학생은 여학생끼리 자기와 좀 친한 친구를 호명하여 새로운 짝지가 되었지요. 서로 눈을 찡긋

거리면서 미리 합의를 한 탓에 쉽게 쉽게 새로운 짝지, 새로운 분단이 이뤄져 가는 듯했습니다.

나는 늘 우리 선생님이 시키신 대로, 우리 동네 친구 기용이를 지명하여 분단 맨 뒷자리에 일찌감치 앉아 있었습니다.

기용이는 집 나이로는 나보다 한 살이 위였지만 학교는 같이 다녔습니다. 어릴 때 다쳐서 다리가 좀 불편하고 공부에도 취미가 적어 수업 시간에도 종종 사라지기 일쑤였지요. 기용이가 교실에 없으면 선생님은 곧바로 나를 향해 눈을 찡긋하셨습니다. 기용이가 어디에 있는지, 놀아도 안전하게는 놀고 있는지 확인하고 오라는 신호였지요.

그래도 기용이는 종례 때 나눠주는 학교빵, 그놈을 받아 쥐기 전까지는 좀처럼 집에 가는 법이 없었습니다. 주로 본관 화장실 부근 쓰레기 소각장이 기용이 놀이터였지요.

3학년 진숙이 아버지이기도 한, 주사아저씨는 전교생들이 버려대는 쓰레기를 주로 불에 태워 없애버렸습니다. 아침에 불을 질러 놓으면 불꽃은 없고 연기만 무럭무럭 피어오르면서 시나브로 쓰레기들을 태우는데, 기용이는 거기가 교실보다 훨씬 더 재미있었던 게지요. 막대기로 여기저기 쑤셔서 불도 옮기고, 쓰레기더미에서 쓸 만한 물건도 고르고, 강한 열에 이상한 모양으로 녹아버린 유리병 같은 것도 주워 모으고….

그러다가 한번은 쓰레기 소각장과 맞붙어있는 퇴비장에 제법 큰 불을 내는 바람에 기용이보다 내가 더 꾸지람을 듣기도 했습니다.

순조롭게 진행되던 짝지 정하기는 난데없는 대목에서 복병을 만나고 말았습니다. 우리 반에서 제일 말수가 적은 여학생 순늠이, 신덕골이라는 꽤나 먼 동네에 살고 있어 곧잘 우리 선생님이 남는 학교빵 하나를 더 주곤 하던 그 순늠이가 끝까지 누구와 앉고 싶은지 말을 안 하고 버티고 있었으니까요. 교실 안 모든 눈들이 순늠이 얼굴만 바라보고 있는데도 도무지 순늠이 입은 열릴 기미가 없었습니다.

"안순늠, 말을 해야지, 말을! 같이 앉고 싶은 사람 누구야?"

"음…"

"니 혼자 맨 뒤에 앉을래?"

"…"

"아니면, 지금 네 짝지하고 계속 같이 앉을래?"

"…"

"어허, 이거 참!"

순늠이는 고개를 푹 꺾은 채 오래오래 버티고만 있었습니다. 안 되겠다 싶었던지 우리 선생님은 작은 종이쪽지 하나를 오려 순늠이 곁으로 다가가 책상 위에 올려놓으셨습니다.

"말하기 싫으면 거기다 적어라, 빨리!"

선생님은 얼굴색도 좀 변하고 목소리마저 커져 버렸습니다.

마침내 순늠이는 연필을 꺼내 뭐라고 몇 자 쓰는 것 같았습니다. 선생님은 기다렸다가 그 종이쪽지를 빼앗듯이 휙 낚아채 쥐고 눈앞으로 갖다 댔습니다. 그리곤 혼잣말처럼 중얼거렸습니다.

"허참. 그으래?"

정말 의외였던지 우리 선생님은 몇 번이고 고개만 갸웃거렸습니다. 그러다가 좀 재미있기도 하다는 듯이 희미한 웃음 띤 얼굴로 우리들 중 누군가를 찾아 휘휘 둘러보던 우리 선생님은, 나와 눈길이 딱 마주치자 그 쪽지에 적힌 이름을 또박또박 읽으셨습니다.

"문, 정태."

순간 나는 내가 잘못 들었나 싶었습니다. 그런데 그게 아니었습니다. 교실 안 아이들이 전부 나를 쳐다보고 있었으니까요. 비로소 숨이 컥 막히고, 얼굴이 화끈거리기 시작했습니다.

퍼뜩 이해가 되지 않았습니다. 아무리 생각해도 내가 순늠이에게 잘해 준 것은 눈곱만큼도 없었거든요. 물론 순늠이도 나를 덤덤하게 대해 왔고요.

그러나 규칙은 규칙인지라 내 짝지는 다시 바뀌었습니다. 나도 왠지 순늠이와는 앉기 싫다는 말이 나오지를 않았고요. 막상 순늠이와 함께 앉게 되었어도 나와 순늠이는 소곤소곤 말을 주고받지는 않았습니다. 다른 짝지들처럼 연필 깎는 칼로 책상 한가운데를 죽 그어 땅 싸움을 벌이는 일도 없었고요. 순늠이는 얼굴 뽀얗고 공부 잘하는 몇몇 여자아이들처럼 남학생들에게 인기가 있는 편은 아니었지만 그렇다고 밉상도 아니었습니다. 그저 수수하고, 조용하고, 말수 적은 마치 가을 산 깊은 곳에 홀로 피어 있는 쑥부쟁이 같은 여자아이라고나 할까요.

하루는 순늠이가 그만 학교에 나오지를 않았습니다. 2학기 들어 우리 반 첫 결석이었습니다. 아침 조회 시간에는 좀 기다려 보자던 우리 선생님이 1교시 수업이 끝나도 순늠이가 안 오자 버럭 고함을 지르셨습니다.

"야, 순늠이 집이 유산동인데 누가 순늠이 소식 알고 있는 사람 없냐?"

유산동 사는 여학생 하나가 기어들어가는 목소리로 대답했습니다.

"순늠이는 유산동은 유산동인데…, 거서 더 떨어진 신덕골에 살고 있어서, 우리도 잘 모리겠는데예…."

"신덕골이라? 거기는 우리 반에 또 누가 살고 있어?"

"아무도 없는데예."

"뭐라, 허참!"

버럭 높아진 선생님 목소리 때문에 우리도 덩달아 기가 죽어 눈치만 살피며 앉아 있었습니다.

말들은 안 했지만, 우리는 이미 아침에 순늠이가 학교를 안 올 때부터 이미 다들 기억해 내고 있었습니다. 2학기에 부임해 오신 우리 선생님이 우리들 혼을 다 빼놓고 난 다음 우리에게 부탁한 몇 가지 중에서 '우리 반은 전원 1년 개근상을 받는 반이 되어야 한다.'고 몇 번이나 강조했던 사실을. 그리고 그 불문율이 지금까지는 잘 지켜져 왔다는 것도. 잠시 침묵이 흐르는가 싶었는데, 선생님은 우리들에게 의외의 지시를 내리셨습니다.

"누군가 신덕골로 가서 오늘 중으로 순늠이를 학교로 데리고 와야 한다. 그러면 지각이다. 나는 순늠이가 올 때까지 한밤중이라도 교실에서 기다리고 있다가 결석 표시를 지각 표시로 바꿔 놓겠다. 알았냐?"

"예!"

선생님은 그 임무를 순늠이 짝지인 나에게 부여하셨습니다. 한 사람을 더 데리고 갈 수 있다는 말에 나는 우리 동네 친구 용수를 지목했지요. 한 번도 가본 적이 없는 신덕골이지만 유산동까지는 눈을 감고도 찾아갈 수 있었고, 또 나도 순늠이 일이라면 왠지는 몰라도 내가 나설 수밖에 없다는 생각이 대번에 들었습니다.

'어쨌거나 순늠이는 내 짝지다. 순늠이가 아프다고 하는데, 내가 안 가면 누가 간단 말인가?'

순순히 따라 주는 용수가 너무 고마웠습니다.

동네 들머리에 늙은 팽나무 한 그루 서 있는 유산동까지는 훤한 길이었습니다. 마을을 뒤에서 포근히 감싸 안고 있는 저 산이 낙화산이라는 것도 이미 알고 있었고요. 유산동 사는 여자애들이 미리 일러 준 대로라면 순늠이 집에 가려면 유산동에서도 한참이나 더 산골짝으로 걸어 들어가야만 했습니다.

그런데 유산동 마을 안길에 들어서기는 했지만 신덕골 가는 산길 들머리가 어딘지 도통 알 수가 없었습니다. 마침 마주친 동네 어른 한 분에게 여쭸지요.

"저 못둑 뵈제? 저게를 올라가서 도래솔 있는 데를 지나, 감나무밭 사이로 좁지란 길이 있는데, 그리로 한참 더 올라가면 거게가 신덕골이다. 집이 딱 두 채 있구만은. 하나는 절이고, 하나가 순늠이 가가 사는 집이다."

혼자 와서는 될 일도 아니었습니다. 용수와 나는 이마에 땀을 찔찔 흘려 가며 계속 걸었습니다. 가파르고 좁다란 산길에는 노란 갈비들이 푹신하게 깔려 있고 놀란 산토끼가 후다닥 제 혼자 뛰어

달아나기도 했습니다. 여기저기 키 작은 가을꽃들도 하얗게 고개를 들고 있었고요.

한 시간쯤 걸었을까, 야트막한 고개 하나를 넘어서자 눈앞이 툭 트이면서 마침내 편편한 구릉지대가 펼쳐졌습니다. 키 큰 나무들은 없고, 여기저기 무리 지어 바람에 일렁이고 있는 것은 모두가 하얀 억새꽃들이었습니다. 어느 집이 절이고 어느 집이 순늠이네인지는 금방 알아볼 수 있었지요. 빙 둘러선 산봉우리가 외로운 집 두 채를 포근히 감싸 안고 있는 것 같았습니다.

가까이 다가가 보니 지붕을 인 것은 볏짚이 아니라 억새였습니다. 집 주변에는 고삐도 없는 흑염소들이 떼를 지어 풀을 뜯고 있었지요. 정말 아름답고 조용하고 쓸쓸해 뵈기까지 하는 가을 산속 풍경이었습니다.

너무 조용해 우리가 먼저 인기척을 냈습니다.

"순늠아, 순늠아, 안순늠!"

멈칫멈칫 마당으로 들어서니, 집 뒤란에서 남자 어른 한 사람이 걸어 나왔습니다. 우리들 아버지보다도 약간 더 늙어 보였지만 얼굴에는 웃음이 가득했지요. 한눈에 보아도 순늠이 아버지임이 분명했습니다. 뒤이어 예닐곱 살 돼 보이는 남자아이 하나가 쪼르르 뛰어와 아버지 바짓가랑이를 잡고 서서 우리를 뚫어지게 쳐다보기만 했습니다. 둥글넓적한 얼굴 윤곽과 크고 순해 보이는 눈빛에서 순늠이 모습이 겹쳐졌습니다.

"순늠이 델로 학교에서 왔다꼬? 하이고, 너그가 여까지 우짠 일이고? 여어 좀 앉거라. 허허, 집이 이래놔서, 아이고 참, 사는 기 이렇다!"

수건으로 먼지를 툭툭 털어 마당가 나무 평상에 우리를 앉힌 순늠이 아버지는, 우리 몰골이 말이 아니었던지 대뜸 부엌으로 들어가 찬물 한 대접을 들고 나오셨습니다. 그리고는 안방 문을 열더니 보자기로 덮어 놓은 조그마한 대소쿠리 하나를 꺼내셨습니다. 보자기 밑엔 색깔 좋은 찐 고구마가 소복이 들어 있었습니다.

"각중에 너그가 오니 줄 기 없네. 이기라도 함 묵어 바라. 햇기라서 아직 맛이 덜 들었을 끼다."

흔해 빠진 고구마가 그렇게 달고 맛있기는 처음이었습니다. 비로소 좀 살 것 같았습니다.

그리고 우리는 몸살감기로 아침도 못 먹었다는 순늠이가 누워 있는, 천장이 낮고 컴컴한 건넌방 방문을 열어 보았습니다. 열꽃으로 상기한 순늠이는 우리를 보자마자 더욱 얼굴이 붉어져 고개를 돌렸습니다. 뻔히 알면서도 내가 떠듬떠듬 입을 열었습니다.

"샘이, 니, 델꼬… 오라 카더라. 모, 못 가겠제?"

"…"

짝지 정하던 그날처럼 순늠이는 대답이 없었습니다. 이번에는 용수가 말했습니다.

"낼은 학교 온내이!"

순늠이는 누운 채로 고개만 끄덕였습니다. 용수는 어떤지 몰라도, 막상 아파 누운 순늠이를 보자 내 가슴이 찌르르해졌습니다. 마치 나도 덩달아 아플 것처럼.

누가 봐도 순늠이를 학교로 데려가는 것은 불가능해 보였습니다. 나는 용수의 옆구리를 찔렀지요.

"가자, 우리."

용수도 눈짓으로 그러자고 했습니다. 돌아서는 우리들을 순늠이 아버지는 한참이나 따라오시면서 걱정스럽게 말씀하셨습니다.

"너그, 학교 잘 찾아가것나? 고구마 몇 개 더 주까, 가다가 묵을래?"

"됐심더, 걱정 마이소. 길을 잘 압니더."

학교에 돌아오니 4교시 수업 중이었습니다. 우린 혹시 선생님께 혼이 날까 봐 가슴이 조마조마했지만, 임무를 완수하지 못하고 돌아온 우리들의 보고를 들으신 선생님은 별말씀을 안 하셨습니다.

내가 학교에서 순늠이를 도와줄 수 있는 일은 그리 많지 않았습니다. 받아쓰기 같은 것을 할 때 조금 까다로운 낱말이 나온다 싶으면 순늠이도 볼 수 있게 내 공책을 슬쩍 순늠이 쪽으로 펼쳐주거나, 순늠이와 다른 여학생들이 섞여 고무줄놀이를 하고 있을 때는 훼방을 잘 놓지 않는 그런 것밖에는.

그런 순늠이가 한번은 우리 반을 웃음으로 발칵 뒤집어 놓기도 했습니다. 국어 시간이었지요. 어떤 글에서 세종대왕이라는 말이 나왔는데, 선생님은 세종대왕을 아주 존경한다면서 어떻게 왕이 되었는지, 왕이 된 후에는 무슨 일을 했는지 따위에 대해서 아주 자세히 설명을 하셨습니다. 수업이 끝날 즈음 선생님은 복습을 하자며 내 짝지 순늠이를 지명하여 일으켜 세웠습니다. 그리고는 물으셨지요.

"세종대왕의 이름이 뭐더라?"

나는 순늠이가 볼 수 있게 공책 뒷장에다 연필로 커다랗고 희미하게 쓱쓱 썼습니다. 충녕대군. 그러나 순늠이는 내 공책은 아예 쳐다볼 생각도 않고 한참을 멈칫멈칫 난처한 표정을 짓더니, 떠듬떠듬 정말 의외의 답을 내놓고 말았습니다.

"이…, 세, 종."

"뭐? 이, 세종? 이세종? 이세종이라? 으하하하! 허허, 어허허허!"

우리 선생님은 눈물이 찔끔 나도록 웃고 또 웃으셨습니다. 친구들도 모두 책상을 두드리며 웃었습니다. 뭔지도 모르면서, 웃는 선생님 모습이 우스워 따라 웃는 아이들도 많았습니다. 교실 안에서 웃지 않는 아이는 순늠이와 나 둘뿐이었습니다.

학교 화단에서 짙은 향기를 뿜어대던 국화도 어느새 바싹바싹 말라 비틀어져 버렸습니다. 어느 동네선가 첫얼음이 얼었다는 얘기도 들려왔습니다. 선생님들이 보통 양 주사라고 부르는, 3학년 여학생 진숙이 아버지가 부쩍 바빠지는 철이 돌아온 것이지요.

교실마다 앞 다퉈 모래를 깐 난로 받침대가 들어오고, 그 위엔 무쇠난로가 놓이고, 양철 연통들은 탱크포 주둥이처럼 일제히 창문을 뚫고 나가 운동장 쪽으로 향하기 시작했습니다. 특히 우리 북관 교실 네 칸에는 제일 무겁고 큰 무쇠난로들이 놓였습니다.

교실 난로 땔감으로는 조개탄이 최고였습니다. 씨알 굵은 조개처럼 생겼다고 해서 조개탄인데, 이놈은 1학년 교실 옆 북관 변소 부근 허름한 창고 하나에 그득히 들어 있었습니다. 그런데 문제는 교장 선생님이 그 조개탄을 교실로 가져가도록 좀처럼 허락을 하지 않는다는 것이었지요.

대신 조개탄 창고 옆 칸에는 전교생이 가끔씩 학교 뒤에 있는 분항산에 올라가서 주워온 솔방울, 나무토막, 솔가지들이 수북이 쌓여 있었는데, 교무실은 몰라도 교실은 그걸 주로 때야만 했습니다. 처음엔 노란 연기만 엄청 날 뿐 불이 잘 안 붙다가, 한번 달아오르면 난로를 통째로 벌겋게 만들고 마는 조개탄에 비해 나무 부스러기들은 불땀이 턱없이 약해 늘 교실이 으슬으슬 추울 수밖에 없었지요.

어느 날 오후, 다시 교장실에서 명령이 떨어졌습니다. 4학년 이상 고학년들은 전원 빈 책보자기를 들고 운동장에 집합하라는 전갈이었습니다. 보통 우리들이 '솔방울 줍기'라고 부르던 그 행사였는데, 사실 우리는 그렇게 오후 수업을 안 하고 산속을 쏘다니는 것이 그리 싫지만은 않았습니다. 책보자기 네 귀퉁이를 어긋나게 묶어 임시로 자루처럼 만들어 팔에 걸고는 숲속을 뒤져 주로 솔방울을 주워 담는데, 그게 딱딱한 책걸상에 앉아 공부하는 것보다는 열 배, 백 배 더 재미있고 수월했으니까요.

그리고 무엇보다 학교 뒷산에는 그 '지하 아지트'가 있어서 좋았습니다. 잘만 하면 선생님들 눈길을 피해 잠시 거기를 탐사해 볼 수도 있었기에, 이래저래 우리는 솔방울 줍기를 은근히 기다리곤 했습니다.

'지하 아지트'란 바로 일제시대 때 일본사람들이 철광석 채굴을 위해 파놓은 광산굴이었습니다. 분항산 산자락 3~4부 능선쯤에 뚫려 있는 그 동굴은 소나무 숲에 가려 입구가 잘 보이지 않았지만 제법 길고 깊었지요. 더더욱 재미있는 것은 동굴은 한 개가 아니라 두 개, 즉 쌍굴이라는 점입니다. 한 30여 미터 정도 떨어져 있는 입구는 두 곳 다 무너져 허리를 숙이고 겨우 들어가야 하지만, 일단 안에 들어서기만 하면 어른들도 마음대로 서서 다닐 만큼 천장이 높았습니다.

동굴 안은 참 조용하고, 서늘하고, 기괴하고, 신기했습니다. 동굴 벽 쪽으로는 다시 얕은 작은 새끼 동굴들이 군데군데 파여 있는데, 마치 작은 방처럼 오붓하고 고요하여 빠끔히 들여다보면 자주자주 박쥐들이 퍼드덕 날아 나와 우리들을 깜짝 놀라게 만들기도 했고요. 동굴 곳곳에는 우리보다 먼저 다녀간 사람들의 흔적이 희미하게 남아 있었습니다. 짝을 잃은 놋수저, 먼지를 뒤집어쓴 호롱, 깨진 질그릇 조각….

그런데 이 동굴은 진정한 매력을 동굴 통로 맨 안쪽에다 숨겨 놓았습니다. 입구는 각각 별개였지만 맨 안쪽 막다른 곳에서 두 동굴은 서로 하나로 이어져 있었거든요. 그것도 그냥 평평하게 슬며시 이어져 있는 게 아니었습니다. 동굴 바닥 높이가 어른 키 두어 길쯤은 차이가 져, 그 지점을 통과하기가 쉽지 않았습니다.

동굴 바닥이 층만 져 있는 것으로 끝나지도 않았습니다. 낮은 동굴 맨 안쪽에는 제법 커다란 웅덩이가 하나 파여 있었지요. 일본사람들이 물을 쓰려고 굴을 팔 때 함께 파 놓은 건지, 낮은 곳이라 물이 저절로 고였는지, 그것도 아니면 수직 동굴인지, 아무튼 내력은 잘 모르겠지만 항상 검푸른 물이 고여 있어 돌멩이를 던져 보면 아주 기괴한 소리가 동굴 안에 울려 퍼지곤 했습니다.

나는 지금까지 서너 번 동굴에 들어가 그 웅덩이 옆을 스쳐지나 왔지만, 매번 비슷한 생각이 들었습니다. '지옥의 입구가 있다면 꼭 저와 같을 것이다, 저 검푸른 액체는 물처럼 보이지만 사실은 물이 아니다, 저 액체를 한 바가지만 떠먹어도 죽을지 모른다, 『어깨동무』에서 보았던 영국 어딘가에 있다는 네스호수의 괴물 비슷한 것이 우리나라에도 산다면 아마 저 웅덩이 속에 웅크리고 있을 것이다…'

우리는 누구나 그 웅덩이를 두려워했습니다. 높은 동굴에서 뛰어내리거나 낮은 동굴에서 올라서다 보면 자칫 그 웅덩이 가장자리에 빠질 수도 있었기에, 아무리 덜렁꾼이라 해도 그 근처에서는 아주 조심들을 했지요. 더구나 그 웅덩이에 얽힌 전설 같은 이야기들은 더욱 우리를 떨게 만들었습니다.

언제였는지 누구인지 세세하게 알려진 바는 없지만, 제법 오래전 이 인근 동네 사람 몇몇이 소문으로만 듣던 동굴 구경에 나섰더랍니다. 그런데 일행 중 좀 뒤처진 한 사람이 그 문제의 웅덩이를 얕보다가 그만 풍덩 빠져버렸다네요. 외마디 비명 소리에 부랴부랴 일행들이 그를 구하려고 웅덩이 근처로 달려갔지만, 물에 빠진 사람을 도무지 발견할 수가 없더랍니다. 웅덩이 물은 자꾸 빙글빙글 돌기만 하고.

결국 시신도 못 찾고 일행은 새파랗게 겁에 질린 채 동굴을 빠져나올 수밖에 없었는데, 한 사나흘 뒤에는 더 큰 변고가 터졌답니다. 그 동굴 웅덩이에 빠져 죽은 사람의 시신이 밀양강 빈지소에 떡하니 떠올랐고 하니까요.

그때부터 이 인근 동네 사람들은 비로소 알게 되었답니다. 분항산 동굴 안 웅덩이는, 저 건너 서쪽 옥교봉 밑을 감돌아 나가는 밀양강 검푸른 빈지소 물길과 땅속 아주 깊은 곳으로 서로 연결돼 있다는 사실을.

또 최근까지도 우리는 어른들에게 동굴 출입을 삼가라는 말끝에 심심찮게 들어야만 하는 말이 있었습니다.

"야, 이늠들아, 거게 함부래 들락거리지 말아라이. 그 안에 있는 웅덩이 얼매나 짚은지 아나? 누가 명주실꾸리 하나를 다 풀어도 밑이 안 대인다 카더라."

우리들의 '지하 아지트'는 쪼르르 달려가면 몇 발짝 안 되는 학교 뒤 산자락에서 늘 우리보고 머리도 식힐 겸 자주 놀러 오라고 유혹의 손짓을 보내왔지만, 또 우리도 더욱 샅샅이 탐사할 거리들이 많이 남아 있었지만 우리들 발걸음은 쉽게 그리로 향하지 않았습니다.

우선은 좀 무섭기도 했고 또 미리 준비해야 할 것도 만만찮았으니까요. 아지트 탐사에 나서려면 아버지들이 집에서 쓰는 손전등 두어 개쯤이나 하다못해 양초라도 몇 자루 미리 확보해 놓아야 합니다. 또 선생님들에게 동굴 탐사 나선다는 소식이 미리 알려져 버리면 매타작을 당할지도 모르니, 네댓 명 무서움 잘 안 타는 대원들을 확보하고 종례 때까지 그들을 입단속 시키는 것도 수월한 일이 아니었지요.

그런데 우리 선생님은 올겨울 들어서도 이미 두어 번 다녀온 행사 '전교생 솔방울 줍기'를 영 마뜩찮아 하는 눈치였습니다.

"작년에도 많이 남겼다면서, 또 산에 간다고? 그 조개탄이 다 어디로 간 거야, 엉? 남기고 빼돌리고 할 게 따로 있지 말이야."

"…"

도통 모를 말씀을 하시면서 고함까지 버럭 지르셨습니다. 벌써 4학년 2반 아이들은 다 나갔는지 옆 교실이 조용해졌습니다. 밖을 보니 벌써 고학년 대부분 아이들이 다 운동장에 모여 인원 점검을 하고 있었지요.

우리 반 때문에 출발을 못 하는 전교생들은 운동장에서 와글와글 대기 중이었고, 운동장 조회 때마다 사회 보는 대머리 선생님이 삐삐거리는 마이크를 잡고 거듭거듭 재촉하고 있었습니다. 4학년 1반 빨리 나오라고, 다들 기다리고 있다고.

그러나 우리 선생님은 요지부동이었습니다. 아니, 요지부동을 넘어 강력한 역습을 가해 버렸습니다.

"지금부터 우리 교실과 복도에 있는 창문은 모두 다 연다, 실시!"

"…예?"

"이 자식들, 뭐하나? 빨리빨리!"

결국 우리 4학년 1반 교실과 복도에 있는 창문이라는 창문은 모조리 다 활짝 열리고 말았지요. 안 그래도 우리 교실로 못 들어와 삐걱삐걱 덜컹덜컹 사납게 창문을 흔들어 대던 북풍은 이때다 싶어 북관 복도와 우리 교실을 그대로 관통해 내달렸습니다. 한쪽 귀때기가 얼얼했습니다. 펼쳐놓은 책의 책장들이 펄럭펄럭 넘어가기도 했습니다.

그런데 그게 끝이 아니었습니다. 추워서 오들오들 떨고 있는 우리들과 우리 교실 쪽으로만 시선을 모으고 서 있는 수백 명 전교생들 앞에서, 우리 선생님은 아무도 상상하지 못할 두 번째의 역습을 가하셨으니, 그건 바로 선생님이 반팔 흰 러닝셔츠만 남긴 채 웃옷을 다 벗어 버렸다는 것입니다. 옷만 벗어 던진 게 아니었지요. 얇은 반팔 러닝셔츠 차림으로, 흔히 어른들이 싸울 때 그러는 것처럼 두 손을 허리 양옆에 꽂아 세운 채 창가에 서서 운동장을 한참이나 노려보기까지 하셨습니다. 그리고는 돌아서서 우리들에게 물었지요.

"너희들 춥냐?"

"…"

"춥냐니까 왜 말이 없어? 벙어리야, 뭐야, 엉?"

그 순간 대번에 우리는 말귀를 알아차렸습니다. 실은 엄청 추웠지만, 춥다고 대답해서는 절대 안 된다는 것을.

"춥냐? 추워?"

"아니예. 안 춥습니더!"

"정말 안 춥지?"

"예, 하나도 안 춥습니더!"

결국 우리 반의 버티기에 기가 질렸는지, 4학년 이상 전교생들은 우리만 남기고 모두 산으로 사라져 갔습니다.

그 후로는 우리 반이 다른 반보다 조개탄을 조금 더 많이 가져다 땔 수 있었습니다. 우리 교실은 늘 훈훈한 편이었고, 혼식 검사를 안 해도 쌀밥을 싸 올 형편이 못되는 우리들의 도시락이지만 점심시간마다 자주자주 난로 위에서 그 안에 든 반찬통의 김치와 함께 푹푹 눋는 냄새를 풍기곤 했습니다.

"아이고 선생님, 여기는 어떻습니까? 우리 교실은 너무 추워
서…"

옆 반 1학년 여선생님이 하루에도 두어 번씩 손바닥을 싹싹 비
비며 우리 교실로 찾아와 불을 쐬다 가곤 했지요.

"1학년이 제일 어린데, 조개탄 좀 갖다 때세요."

우리 선생님은 그렇게 조언을 하셨지만, 1학년 여선생님은 그 말
에 대한 대꾸는 좀처럼 하지 않고 그저 오들오들 떨며 종종걸음만
칠 뿐이었습니다.

난로가 놓이자 우리 선생님은 공부 잘하는 아이들을 난로 가까
이로 불러들이고, 그렇지 못한 아이들은 찬바람 이는 창문 근처에
앉게 했습니다. 추우면 이 악다물고 공부 더 열심히 하라는 말과
함께. 우리가 보기에는 영 이상한 조치였으나 누구도 이의를 제기
하는 사람은 없었습니다.

난로가 벌겋게 달아오르면 종수를 위시해서 몇몇 공부 잘하는
아이들 얼굴도 덩달아 벌겋게 달아올랐습니다. 한번은 난롯가에
바싹 붙어 앉은 아이의 책상에서 연기가 모락모락 피어 오르는 바
람에 한바탕 소동이 벌어지기도 했습니다. 얼마나 난롯불이 뜨거
웠던지 책상 나무판자에 박힌 옹이에 불이 붙어버린 것이었지요.

난롯가에 앉은 아이들은 이래저래 편했습니다. 손발이 안 시린
건 둘째 치고, 4교시 마치는 종이 땡땡땡 울리면 팔을 냉큼 뻗어
난로 위에 도시락을 얹을 수 있으니 남보다 먼저 더운밥을 먹을 수

있었지요. 화력이 좋은 날에는 '사고'도 종종 났습니다. 맨 먼저 도시락을 올려놓고 퍼뜩 오줌 누고 오는 사이에 밥이 타고 밥과 함께 눌러 넣어놓았던 조그만 반찬통 안의 반찬까지 누릇누릇 타서 누룽지를 먹어야 했으니까 말입니다.

반면 창문가나 출입문 근처에 앉은 아이들의 고충은 이만저만이 아니었지요. 난로 위 도시락 층수로 3층 정도에서 데워지느라 밥 먹는 차례가 자연스럽게 뒤로 밀릴 수밖에 없었거든요. 그래도 가끔씩은, 자기 아들딸 자리가 창문가인데도 그런 것에는 아랑곳하지 않고 짐자전거에 잘 마른 장작을 한 아름 학교로 싣고 와 놓고 가는 고마운 아버지들도 계셨습니다.

팍팍한 집안 형편은 우리들의 도시락 안에 그대로 담겨 있었습니다. 대부분 꽁보리밥에다 반찬이라야 쿰쿰한 김치나 깻잎, 짠지, 콩장 같은 게 다였거든요. 간혹 논마지기나 있고 밥술이나 좀 뜬다는 집안 아이들은 부연 쌀밥에다 멸치볶음, 오징어채 같은 것을 싸오기도 했지만.

그래서 그랬는지 우리들은 도시락 뚜껑을 활짝 열어 놓고 천천히 밥을 먹을 때가 좀처럼 없었습니다. 꼭 왼손으로는 도시락 뚜껑을 세워 도시락 안을 감춘 채, 오른손으로 수저질을 하면서 볼이 미어터지도록 허겁지겁 먹어치웠지요.

그래도 우리는 씩씩하게 학교를 다녔습니다. 부실한 도시락의 빈틈을 메워주는 이 세상에서 제일 맛있는 먹을거리, 학교빵이 있었으니까요.

선생님들은 학교빵을 줄 때만은 어떤 차별도 하지 않았습니다.

공부를 잘 해도 못해도, 숙제를 해 와도 안 해와도, 집이 멀어도 가까워도 학교에만 왔다하면 무조건 한 개씩은 얻어먹는 게 바로 학교빵이었습니다. 어떤 아이들은 제 몫의 학교빵을 먹어치우고도 더 먹고 싶어 자기의 도시락과 빵을 맞바꾸는 물물교환도 서슴지 않았습니다. 배 속 든든하기로 친다면야 도시락이 나왔지만, 맛으로는 빵이 월등했으니까요. 또 어떤 아이들은 집에까지 책보를 대신 날라 준다는 고단한 조건을 내걸고 겨우 빵 한 조각을 얻어먹기도 했습니다.

공부를 두 시간이나 한 세 시간쯤 하고 있으면 비탈진 학교 후문으로 빵차가 들어왔습니다. 빵차는 생김새부터가 아주 재미있었습니다. 바퀴가 앞에 한 개 뒤에 두 개, 모두 세 개뿐이어서 우리는 흔히 '세 발 차'라고 불렀습니다. 빵차는 국방색 두터운 방수천막으로 둘러싸인 짐칸 안에다 빵을 잔뜩 싣고서는 이 학교, 저 학교로 실어 날랐습니다.

학교빵은 우리들의 혀가 닿기도 전에 먼저 코로 쳐들어와 우리들의 혼을 다 뺏어가 버리곤 했습니다. 당번이 학교빵 담긴 빵통을 교실로 들고 와 배고픈 우리들 앞에 턱 놓으면, 아무리 무서운 선생님이 아무리 큰 몽둥이를 휘두른다 해도 우리는 번번이 제 정신으로 수업을 이어가기가 어려웠습니다. 그 노릇노릇 구수한 냄새는 냄새가 아니라 향기였습니다.

담임선생님들은 학교빵을 절대 미리 나눠주지 않으셨습니다. 꼭 종례 때가 돼서야 한 사람 앞에 한 개씩 나눠 주셨습니다. 그러니 우리들이 공부를 하다말고 조퇴를 하고 집에 간다는 것은 아예 상상

할 수 있는 일이 아니었습니다. 차라리 결석을 하는 게 쉬웠지요.

올록볼록하게 이어져 있는 빵은 한 판이 스무 개 정도인데, 한 반에서 받아가는 빵은 인원수에 딱 맞추지 않고 대략 서너 개는 더 딸려왔습니다. 남는 빵을 처리하는 것은 선생님의 재량이었습니다.

"보자, 집이 먼 사람이 누구더라? 맞다, 서정호. 자 받아라, 가다가 하나 더 먹어라. 순늠이 니도 하나 더!"

빵차는 항상 우리 학교 후문을 나서면 처음 왔던 밀양읍내 쪽으로 돌아가는 게 아니라 북쪽 그러니까 우리 옥산리 방향으로 차머리를 돌렸습니다. 고정국민학교로 간다고 하면서.

우리 반에는 장래 희망이 빵차 운전수인 아이도 있었습니다.

조개탄에 불을 붙이려면 처음에는 나무로 불을 피워 무쇠난로를 제법 달궈야 합니다. 나무를 땔감으로 쓰면 난로 연통은 항상 흰 연기만 무럭무럭 토해 내지요. 벌건 숯불이 이글거릴 즈음, 보기보다 무거워서 엉덩이를 삐죽빼죽 대며 남학생들이 양동이에 담아 온 시커먼 조개탄을 난로에 와르르 쏟아 부으면, 운동장 쪽으로 입을 벌린 양철 연통의 연기는 대번에 노란색으로 바뀝니다. 처음엔 저 새카만 돌덩이에 웬 불이 붙으랴 싶어도, 잠시만 기다렸다가 난로 뚜껑을 살며시 열어 보면 난로 저 밑바닥에서부터 주황색 불기운이 서서히 뻗쳐 올라오고, 시간이 좀 더 흐르면 마침내 조개탄은 하나의 거대한 불덩이로 변해 버립니다.

북풍이 복도 쪽 창문을 덜컹덜컹 흔들다가 할퀴다가 하면서 심술을 부렸지만, 우리 교실은 남쪽에서 햇볕이 쏟아져 들어오고 낮에는 난로까지 달아올라 그 어느 교실보다 따스하고 훈훈했습니다. 담임선생님을 향한 우리들의 마음도 난로만큼이나 달아올랐습니다. 5학년이 돼도 우리 반 담임선생님만큼은 바뀌지 않았으면 좋겠다고 말하는 아이들도 생겨났습니다.

안티푸라민을 바르고 발라도 우리들의 손등은 자꾸 쩍쩍 갈라지기만 했습니다. 남자아이들 몇몇은 산토끼털로 만든 귀마개를 하고 학교에 오기 시작했습니다. 『소년중앙』이나 『어깨동무』도 오래되어 꺼풀이 몇 장 떨어져 나간 것들만 교실 안에 돌아다니고 있었습니다.

그러다가 아침부터 칼바람이 불고 하늘마저 어둑어둑해 운동장으로 나와 노는 아이가 거의 없는, 겨울방학을 며칠 앞둔 어느 날 오전 무렵이었습니다. 10분 쉬는 시간에 본관 앞 향나무에 매달아 놓은 스피커가 찡-하고 켜지더니, 곧이어 대머리 선생님의 목소리가 들렸습니다.

"삐삐- 아아, 마이크 실험 중, 마이크 실험 중, 아아, 전교생들에 알리겠습니다아. 삐삐-, 오늘은 일기관계로 학교 빵차가 운행을 못한다고 합니다아. 방금 교육청에서 전화가 왔는데, 오늘은 학교 급식빵이 없답니다. 그리 알고 에, 주번학생들은 조례대로 나오지 않아도 됩니다아. 한 번 더 알리겠습니다아…"

"우와, 이 기 머꼬?"

"에이 씨, 우리 조퇴해서 집에 가뿌자!"

"하이고 망했다아…"

일제히 이 교실 저 교실에서 실망의 함성이 터져 나왔습니다. 아이들 얼굴은 일제히 날씨만큼이나 어두워져 버렸지요. 갑자기 배가 확 고파 왔습니다. 이만한 날씨에 그 큰 차가 못 오다니, 에이, 이건 말도 아닌 것 같았습니다. 그렇다고 안 주는 빵을 모아 놓았다가 그 다음 날 두 개를 주는 것도 아니었습니다.

그때 누군가가 소리쳤습니다.

"야, 눈이다!"

"정말? 어디어디?"

누가 먼저랄 것도 없이 우르르 창가로 몰려가 창문에 얼굴을 갖다 댔습니다. 정말 허공엔 불티같은 것이 자욱하게 흩날리고 있었습니다. 고개를 들어 보니 벌써 앞산 옥교봉은 뿌옇게 지워져 잘 보이지를 않았습니다. 하느님이 학교빵 대신 백설기 가루를 푸짐하게 뿌려주고 계셨습니다. 아이들은 빵차가 오는지 가는지도 다 잊어버리고, 창가에 서서 다시 고함을 질렀습니다.

"와, 눈이다!"

"첫눈이 온다아!"

성미 급한 남자아이 몇몇은 벌써 운동장을 내달리고 있었습니다.

〈끝〉

2장

별을 찾아서

머나먼
스무 살

2장 별을 찾아서

　상동중학교 2학년 3반. 우리 교실은 본관 1
층 서쪽 맨 끝이었습니다. 지금까지 아무도 거기서 공부를 해 본
적이 없는, 지난겨울에 새로 지은 교실이었지요. 우리 교실 위에는
아직 2층이 없었지만, 교실을 더 지어 올릴 계획인지 콘크리트 벽
면에는 녹슨 철근이 그대로 삐죽삐죽 나와 있어서 좀 보기가 흉했
습니다.

　운동장에서 언뜻 본 새로 부임해 오신 우리 담임선생님이 교무
실을 거쳐 첫 조회를 오실 때까지 우리는 먼저 교실로 들어와 웅성
웅성 몰려다니며 놀고 있었지요. 그때였습니다. 누군가 교실 앞쪽
바닥 가장자리 한 부분이 좀 이상하다는 사실을 발견해 냈습니다.
마치 겨울 강에 얼음이 얼었다가 햇살 바른 오후쯤 푸석푸석 녹으
면 생기는 '고무다리'처럼 우리들 한두 명의 체중도 못 이기고 나무
바닥이 울렁울렁하고 있었으니까요.

　"햐, 여기 정말 재미있다아!"

　"얀마, 너그만 탈 끼가? 한 번 비키 바라!"

　"나도, 나도…"

　키가 커서 학급번호가 50번대를 넘길 아이들 대여섯이 조무래기
들을 밀어내고 어깨동무를 한 채 영차영차, 구령도 맞춰가며 신나

게 놀기 시작했습니다. 나도 그 틈에 끼어 싱글벙글 놀았지요. 그런데 이게 웬 날벼락입니까? 얼마 놀지도 못했는데, 담임선생님 오실 때가 딱 돼 가는데, 별안간 발밑에서 우지끈 제법 큰소리가 나더니 그만 바닥이 탄력을 잃고 푹 주저앉고 말았습니다. 어찌 됐나 하고 누군가 발을 슬며시 한 번 더 디뎌보는 바람에 찌지직, 바닥은 좀 더 내려앉아 버렸습니다.

"어? 이기 와 이카노? 안 되겠다. 우리 고만하자."

다들 슬슬 자리로 돌아와 앉았지만 이건 결코 가벼운 사고가 아닌 것 같았습니다. 한순간 불길한 예감이 머릿속을 확 휘젓고 갔습니다. 운동장 조회 때는 입버릇처럼 우리 학생들이 바로 이 학교 주인이라고 말하다가도, 걸핏하면 아이들 뺨을 번쩍번쩍 올려붙이던, 까무잡잡하고 웃음기 없는 교장 선생님 얼굴도 떠올랐습니다. 누가 봐도 교탁과 운동장 쪽 창문 사이 교실 바닥은 눈에 띄게 우묵하게 꺼져 있었습니다.

잠시 뒤 우리 담임선생님께서 교실로 오셨습니다. 저벅저벅 복도를 지나, 드르륵 교실 앞문을 열고, 다시 저벅저벅 교탁 앞에 서실 때까지 우리는 선생님의 눈빛만 살피며 숨 한번 제대로 쉬지 못하고 앉아 있을 수밖에 없었습니다. 선생님은 우선 칠판에 이름 석 자를 크게 써 주셨습니다. 윤명우. 담당 과목은 국어. 아담한 키에 온화한 낯빛을 한, 나이는 한 서른이 됐을까 싶은 한 눈에 봐도 퍽 순해 보이는 남자 선생님이었습니다. 뭐라고 자신을 좀 더 소개하면서 얼굴이 살짝 붉어지기도 하는 것으로 봐서는 체육 선생님들처럼 무지막지하게 때릴 것 같지는 않아 은근히 마음이 놓이기도 했지만, 워낙 발밑에 큰 사고가 나 있는지라 결코 장담할 일은 아니었습니다. 우리는 몇 마디 선생님의 소개말 따위는 아예 귀에 들어오지가 않았습니다. 모두들 얼굴이 납빛이 되어 오직 우리 담임 선생님께서 저 주저앉아버린 교실 바닥에 대하여 어서 빨리 언급해 주시기를, 그리하여 그에 합당한 처분을 어서 내려주시기를 말없이 기다릴 뿐이었습니다. 마침내 교실 안에 가득 찬 어떤 불길하고 초조한 기운을 알아채신 우리 선생님께서 물었습니다.

"야, 왜들 이래? 무슨 일이 있나?"

"…"

"허참, 교실 분위기가…"

교탁 앞에 앉은, 교실 바닥 사고와는 좀 무관한 앞 번호 될 아이 하나가 손가락으로 문제의 교실 바닥을 가리키며 떠듬떠듬 입을 열었습니다.

"저기… 교실 바닥이… 쪼옴 이상해서예…"

"뭐라? 교실 바닥이 왜? 뭐가 이상하다고?"

마침내 문제의 그 부근 교실 바닥 쪽으로 눈길을 던진 우리 선생님은 살금살금 매우 조심스럽게 다가가셨습니다. 그리곤 푹 꺼진 자리를 슬며시 디뎌 보셨습니다. 바닥은 다시 한 번 찌직- 하는 소리와 함께 중력을 이기지 못하는 기색이 역력했습니다.

"왜 이래 이거, 엉? 본래 이랬나? 오늘 이래 됐나?"

"조금 전에, 아아들이, 놀다가…"

다시 교탁 부근에 앉은 몇몇 아이들 입을 통해 자초지종 사건의 전말이 밝혀졌습니다. 한 번이라도 교실 바닥 놀이를 즐긴 아이들을 다 거명하려면 제법 되겠지만, 그래도 제일 오래 굴려댔고, 내려 앉을 때까지 그 자리를 지켰던 우리들 몇몇은 고개를 푹 꺾고 그 어떤 험한 일이 닥쳐도 기꺼이 감내할 각오를 하고 있었습니다.

그런데 참으로 의외였습니다. 우리 선생님은 호통을 치거나 몽둥이로 후려 팰 생각은 않으시고, 우리들보다 더 창백한 낯빛으로 한숨만 몇 번 땅이 꺼져라 쉬시더니 창가로 가서 창밖만 내내 바라보고 계실 뿐이었습니다. 옥교봉 위로 오고 가는 흰 구름을 바라보며 근무지를 잘못 찾아왔다고 후회하고 계시는 건지, 아니면 개학 첫날부터 대형 사고를 친 '주범'들을 어떻게 처단할지 연구하고 계시는 건지, 아무튼 팔짱을 낀 채 그림처럼 돌아서서 어금니를 꽉 깨문 채 오래도록 아무 말씀이 없으셨습니다. 그뿐만이 아니었습니다. 우리 선생님은 주머니에서 손수건을 꺼내 눈자위를 몇 번이고 훔치시는 게 아니겠습니까? 마주 보지 않아도 그 괴로워하는 심정은 무거운 교실 공기에 실려 그대로 우리들에게 전해져 왔습니다.

길고 긴 침묵의 시간은 후다닥 얻어터지고 깨지는 시간보다 훨씬 더 괴로웠습니다. 그러다가 우리 선생님은 아주 힘없이 한마디만 남기시고 축 늘어진 어깨를 한 채 교무실로 도로 가버리셨습니다.

"지금부터… 청소나… 해라."

사고를 친 우리들 몇몇은 다시 모였습니다. 우리가 저지른 일이니만큼 어쨌든 우리가 해결해 보자, 이렇게 무언의 각오를 하고 교실 바닥을 수리할 묘책을 찾아보기로 했습니다. 그때 누군가 소리 쳤지요.

"교실 바깥에 보면 밑바닥에 들어갈 구멍이 있더라 아이가?"

"맞다, 가보자!"

잽싸게 나가보니 정말 교실 외벽 밑에 가로세로 두어 뼘 크기의 네모난 구멍들이 한 교실마다 두 개씩 뚫려 있었습니다. 고개를 들이밀어 보니 특별히 머리통만 크지 않으면 누구라도 기어들어갈 만했습니다.

먼저 덩치 작은 아이들 몇을 들여보냈습니다. 들어가더니 곧 외쳤습니다.

"바라, 들리나? 교실 바닥에 있는 굵은 나무, 그게가 뿔라졌다!"

설명을 더 들어 보니, 교실 바닥을 수평으로 가로지르는 굵은 각목이 군데군데 있는데, 그중 문제가 되는 각목에는 유독 큰 옹이가 하나 박혀 있어 그곳이 그만 부러졌다는 것이었습니다. 그러고 보면 지난겨울 교실 공사를 한 아저씨들이 일을 대충하고 간 것이 분명했습니다.

결국 우리는 교실 바닥을 우리 힘으로 수리하고야 말았습니다. 몇몇은 주사아저씨가 관리하는 창고로 달려가 굵고 짤막한 각목도 몇 개 주워오고, 또 몇몇은 네 발로 엎드려 등으로 영차, 영차 축 내려앉은 교실 바닥을 도로 밀어 올리고, 그러는 사이에 손이 빠른 한 친구가 부러진 자리에 각목을 덧세우고, 높이가 잘 안 맞으면 다시 벽돌 조각을 끼우고….

청소가 끝나고 담임선생님 시간마저 다 끝나가도 우리 선생님은 좀처럼 교실로 오시지 않았습니다. 오전 수업만 하는 개학 첫날이라 벌써 옆 교실 2반 아이들은 웅성웅성 집으로 갈 눈치였습니다.

얼마나 기다렸을까, 심한 몸살감기를 앓고 난 사람처럼 핼쑥한 얼굴을 한 우리 선생님이 마침내 교실로 돌아오셨습니다. 바닥을 내려 앉힌 주범 중 한 명인, 집이 신곡하고도 절골이라는 먼 산골짝 동네라서 날마다 아버지 짐자전거를 삐거덕삐거덕 타고 다니는 상택이가 참지 못하고 소리를 질렀습니다.

"샘예, 우리가 교실 고쳤심더!"

"머라? 고쳤다고? 너그가 그것을 어떻게…"

어른인 우리 선생님이 두 발로 올라서서 몇 번이나 굴려 보아도 교실 바닥은 끄떡없었습니다. 아니 더욱 튼튼해져 있었습니다. 우리 선생님은 두 번 세 번 굴려 보고 디뎌보면서도 믿기지 않는다는 표정이었습니다. 또다시 앞자리 아이들이 교실 바닥 복구공사 과정을 자세히 고해바쳤습니다. 우리 선생님 얼굴에 희미한 웃음이 번졌습니다. 목소리도 한결 밝아졌습니다. 비로소 교실 안과 아이들 얼굴을 찬찬히 둘러보신 우리 선생님께서 종례를 해 주셨습니다.

"자, 오늘은 오전수업이지만 내일부터는 정상수업이다. 그리고 임시 시간표 불러 줄 테니까 낼 부터는 도시락도 싸 오고…"

이렇게 우리들 상동중학교 2학년 3반은 담임선생님의 눈물과 함께 새 학년을 맞았습니다.

교실 환경미화를 해야 하는 때가 닥쳤습니다. 반장인 병찬이를 도와 학급 간부들 몇이 종례 후에도 남아 일을 하기로 했습니다.

그러나 막상 아이들이 다 떠나가고 난 교실 뒤편 게시판은 텅 비어 정말 막막하게 넓어만 보였습니다. 나는 '학습란'을 책임지기로 했습니다. 몇몇 주요 과목 참고서에 나오는 요점 정리를 네댓 장 색깔 있는 도화지에 굵은 사인펜으로 옮겨 적으면 되는지라 그런대로 일의 실마리가 쉽게 풀렸습니다. 그밖에도 '발전하는 우리나라', '반공란' 등이 있었는데, 다들 끙끙대며 머리를 쥐어뜯었습니다. 그래도 선생님이 교무실에서 구해다 주신 이런저런 책자에서 공장 지대나 고속도로 사진 따위를 오려 붙이고, 국군의 날 행사 사진이나 반공포스터 몇 장을 구해다 붙이니 교실 게시판의 빈 공간은 그런대로 메워져 가는 눈치였습니다.

문제는 '우리들 솜씨란'이었습니다. 학생 작품 가운데서 그림이나 글씨 시화 같은 것을 붙이면 된다고 선생님께서 귀띔을 해 주셨지만, 새 학년 새 학기에 어디 그런 게 쉽게 구해집니까? 결국 약속한 환경미화 완성 기간 이틀 동안에도 '우리들 솜씨란'은 영 엉성하기만 했습니다. 어디선가 구해 온 헌 스케치북에서 오려 붙인 수채화 몇 장이 다였으니까요.

이튿날 조회시간, 담임선생님은 게시판을 이윽히 굽어보시며 만면에 웃음을 머금은 채 한동안 고개만 갸웃갸웃할 뿐 말이 없으셨습니다.

'역시 선생님 맘에 안 드시나 봐.'

밝은 햇빛 아래에서 다시 바라보니 우리 눈에도 게시판은 어제 저녁보다 더욱 조잡해 보였습니다. 반 아이들에게 많이 미안했습니다. 그래도 의외로 선생님은 우리들 노고를 칭찬해 주셨습니다.

"마, 이만하면 됐다. 수고했어. 이제 '솜씨란'은 내가 좀 더 해 봐야지."

후련하면서도 좀 아쉬웠습니다. 교실 환경미화 평계 대고 남아 있으면 집에 가서 고된 일 안 거들어도 되고, 4반, 5반 여학생들 교실 기웃대며 낄낄거리는 재미도 덤이었는데….

그러다 한 이삼일 지났을까, 아침에 학교에 와서 교실 뒤편 게시판을 쳐다보니 '우리들 솜씨란'이 그 사이에 그득하게 채워져 있는 게 아니겠습니까? 누군가 약간 두껍고 까실까실한 질감의 꽤 고급스러운 종이에 붓으로 흰 물감을 찍어 멋진 시를 한편 써 붙여 놓았습니다. 그 옆에는 또 큼지막한 사진 한 장도 붙어 있는데, 보니 하얀 눈을 뒤집어쓴 한라산이 발아래 푸른 상록수림을 저만치서 내려다보고 있는 제주도 풍경이었습니다. 보면 볼수록 세련되고 멋진 작품들이었습니다. 붓에다 흰 물감 듬뿍 묻혀 유독 '이응'자에다 힘을 주어 좀 크게 동글동글 쓴 예쁜 손글씨 때문에 시작품은 한결 더 빛을 발하고 있었습니다. 시 옆에 목련꽃 두어 송이도 쓱쓱 그려 놓았습니다.

목련

언 땅을 녹이는 봄바람은
따스한 너의 숨결인가.

풀뿌리를 적시는 봄비는

수줍은 너의 눈물인가.

하얀 면사포 쓴
나의 신부
너, 목련이여.

　그날 아침 '우리들의 솜씨란' 앞에 둘러서서 우리는 좀 옥신각신
했습니다. 사진이야 어떻게 구해 오셨다 치고, 문제는 시화작품이
었습니다.

"저거, 우리 샘이 쓴 거 맞겠제?"

"아이다. 국어샘이라 캐도 저래는 몬 쓴다. 시인 같은 사람만 쓸
수 있다."

"어디 가서 사 온 거 아이가?"

"새꺄, 너그 못 들었나? 샘이 그때 '나머지는 내가 우예 해 보꾸
마.' 안 카더나? 그라마 샘이 쓴 거 맞겠지. 먼 말이 그래 많노?"

"야, 누가 우리 국어책 한 번 바라, 그게 나오는 시 아이가?"

"아일 낀데…"

　아침 조회시간에 비밀은 밝혀졌습니다. 사진은 제주도 여행 가
셨던 선생님이 돈을 주고 미리 사둔 것이었고, 시화는 밤새껏 끙끙
대며 손수 쓰고 그린 것이었습니다. 그러고 보니 어느 대목이라고
꼭 꼬집어 말할 수는 없었지만 '목련'은 국어 교과서에 나오는 진짜
시들과는 뭔가 좀 격이 지는 것처럼 보이기도 했습니다.

그래도 우리 3반 교실에 수업 들어오시는 여자 선생님들은 우리들에게 필기를 시켜 놓고 분단 사이나 게시판 부근을 다니다가는 곧잘 감탄사를 내뱉곤 하셨습니다.

"어머, 이 시 누가 썼노? 글씨도 너무 예쁘다아!"

그럴 때마다 우리는 우쭐거리며 대답하곤 했지요.

"우리 샘예. 그거 우리 샘이 진짜 쓰고 그렸어예."

"정말? 야, 너그 선생님 정말 멋지다야. 너그는 좋겠다아! 어쩌면 이런 재주도 다 있을까?"

우리는 우리가 칭찬받은 것처럼 기분이 좋아져서 꽤 험하게 몸을 굴리며 노는 쉬는 시간에도 이심전심으로 시화작품 '목련'만큼은 상하지 않게 매우 조심하였습니다. 특히 처녀이신 사회 선생님이 '목련' 앞에서 몇 번이고 황홀한 목소리로 감탄할 때는 은근히 샘이 날 지경이었습니다.

사회 선생님은 참 예뻤습니다. 갸름한 얼굴 도톰한 입술에다 연한 갈색의 파마머리를 등 뒤에까지 우아하게 늘어뜨린 사회 선생님이 바로 우리들 옆 분단 사이를 왕래하면서 글을 읽히거나 질문을 할 때면, 우리는 눈을 책에다 두는 척을 하지만 막상 온 신경은 코에다 다 모읍니다. 치마에서일까, 머릿결에서일까, 아니면 그 고운 피부에서일까, 그도 저도 아니면 더 깊은 어디에서일까, 아무튼 사회 선생님은 늘 우리가 익히 맡아 보지 못한 아름다운 향기를 한 아름 몰고 다녔으니까요. 특히 우리는 사회 선생님이 우리들 공책을 점검해 주시기를 은근히 기다리곤 했는데, 어떤 녀석은 질문 같지도 않은 질문을 던지며 선생님을 자기 책상으로 과감히 '유인'하기까지 했습니다.

"샘예? 여기 '삼권분립'이라고 하는데, 삼권이 뭔데예?"

"삼권분립? 아이고, 그거 저번 시간에 벌써 배웠는데…."

"그래도 잘…."

사회 선생님이 허리를 굽혀 책이나 공책을 들여다보실 때에는 그 우아한 선생님의 머릿결이 늘어져 우리들의 목덜미를 간질이기도 하고, 집에서 일하는 엄마, 누나들 곁에서는 도저히 맡을 수 없는 그윽한 향기는 더욱 진해져서 우리들의 정신을 아뜩하게 만들어 놓았습니다.

그럴 때마다 나는 거듭거듭 우리 담임선생님이 멋있어 보였습니다. '글을 잘 쓰면 저렇게 사회 선생님같이 예쁜 여자에게도 인기가 있는 거구나. 나도 언젠가는 저런 시를 한번 써 봐야지. 멋진 시를 쓰려면 무슨 공부를 열심히 해야 하나? 국어? 한문?'

나는 그간 학교에서 가정환경조사서를 나눠 줄 때마다 '장래 희망란'에 딱히 쓸 게 없었는데, 비로소 자신 있게 써넬 직업이 하나 생겼습니다. 그것은 바로 시인. 교과서에 실릴 정도의 시는 아니더라도 우리 선생님이 쓰신 '목련' 수준의 작품만 쓸 수 있어도 내 인생은 충분히 행복해질 수 있으리라는 예감이 들었습니다.

3월 중순이 되니 봄바람이 한결 훈훈해졌습니다. 곧 전교학생회장 선거가 있다고 본관 옆 배구장 부근 학교 게시판에 큼지막하게 공고문이 나붙었습니다. 곧 학교는 수런수런해졌습니다.

그런데 입후보 시작 일을 하루 앞둔 어느 날 아침 학교 가는 길

위에서, 우리 동네 진구가 평소와는 다르게 이름에다 성까지 붙여 부르며 나와 용수 둘을 불러 세웠습니다.

"야, 인마, 문정태, 조용수 너그 두 늠 거 서 바라!"

"…"

뭔 일인가 싶어 돌아보니 진구는 천천히 우리에게 다가와 정색을 하고 말했습니다.

"내가 2학년에서 한 명 뽑는 전교학생회 부회장에 나갈라 칸다. 너그 모두 도와줄 끼제?"

워낙 난데없는 폭탄선언이라 어안이 좀 벙벙해서 우리 둘은 진구 얼굴만 빤히 쳐다보고 있는데, 이번에는 진구가 우리들의 어깨를 툭툭 치더니 싱긋 웃으며 말했습니다.

"얄마, 머 그리 뜸 들이노? 됐다, 함 해보자."

진구가 한 번 한다 하면 우리는 어쩔 수가 없었습니다. 중학교 1학년 때는 나와 같은 반이었지만 2학년 올라와서는 다른 반이 돼 버린 진구, 우리보다 한 살 더 먹은 열여섯 살로 국민학교 때는 우리 한 해 선배였던 진구, 어깨가 딱 벌어지고 벌써부터 코밑이 거뭇해져 버린 허진구는 우리 동네에서 아니 우리 학교에서까지도 정말 특별한 존재였으니까요.

우리 동네 옥산리 대로변 자전거방 옆에 붙은 전방집 막내아들인 진구는 위로 누나, 형님들이 줄줄이 있었습니다. 진구 부모님은 머리에 하얗게 서리가 내린 할아버지, 할머니들이라 부산에 사는 남구 큰형님이 마치 진구 아버지 같았습니다. 진구 또한 남구 형님을 몹시 두려워해서 죽으라면 죽는 시늉이라도 했고요. 남구 형님은 촌동네 출신답지 않게 야구를 좋아해 자기 아들과 체격 다부진 동생 진구를 야구선수로 키우는 게 꿈이었습니다. 어찌어찌 아는 사람을 통해 남구 형님은 진구를 부산 어느 중학교 야구부에 입단 시키는 데까지는 성공했지만, 진구 야구 실력에는 큰 진전이 없었습니다. 이렇게 해서 우리 국민학교 한 해 선배 진구는 1년을 꿇고 다시 고향 동네 중학교로 되돌아온 것입니다.

우리가 중학교 1학년에 입학하고 나서 한 달도 채 지나지 않았을 때였습니다. 진구가 점심시간에 1학년 우리 동네 남자아이들을 모두 후문 옆 아름드리 플라타너스나무 밑으로 불러 모았습니다. 무슨 일인가 싶어 모두 진구 입만 바라보고 섰는데, 진구가 불쑥 말했습니다.

"대현국민학교 나온 늠 중에 센 늠 하나 있다 카데. 내 오늘 그 새끼 쥐이뿔라 칸다. 너그는 망 잘 봐라이. 알았제?"

1학년 3반 반장인 나는 그 말을 들으니 대번에 가슴이 울렁거렸습니다. 여러 가지 불길하고 찜찜한 생각들이 머릿속을 어지럽혔습니다.

'진구도 우리 3반인데, 반장인 내가 싸움을 구명만 하고 있어도 되나? 매부리코 우리 담임선생님이 이걸 아시면 뭐라고 하시려나? 두 눈 번연히 뜨고 그 자리에 있었으면서 싸우는 것을 못 봤다고 할 수도 없고, 말려도 진구가 내 말은 안 들을 건 뻔하고…'

그래도 한 번쯤 말려는 보자 싶어 내가 진구에게 말했습니다.

"니 머할라고 그 카노? 가가 우리보고 머라 카지도 않는데…"

진구는 늘 그렇듯이 한 손을 들어 나를 때리는 시늉을 하며 말했습니다.

"새꺄, 우리 상동이 이거 아이가, 인마! 다른 동네 늠들은 미리 밟아 놔뿌야 찍소리 몬하지."

우리는 대번에 무슨 뜻인지 알아들었습니다. 지금 상동중학교에는 상동, 고정, 신곡, 안인, 유천, 대현 해서 모두 여섯 개 국민학교 출신이 입학해 있는데, 상동국민학교를 나온 우리들이 학교 분위기를 휘어잡아야 한다, 뭐 그런 뜻이라는 것을. 마침 진구도 '이거'라고 말할 때는 오른손 엄지를 치켜세워 보였으니까요.

마침 그때였습니다. 나무 밑으로 대현국민학교를 나온 우리 3반에 있는 덩치 작은 아이 하나가 쪼르르 지나가고 있었습니다. 진구가 우리에게 물었습니다.

"저 새끼, 대현 나왔제?"

"맞다."

진구가 난데없이 고함을 버럭 질렀습니다.

"헤이, 니 인마, 이리 와 바라."

"내 말이가?"

"그래 인마, 거게 니 말고 누가 있노? 한재 사는 1반 정택이 알제? 퍼뜩 가서 그 새끼 1분 안에 델꼬 온나."

"정택이? 그 행님은… 내보다 두 살 많은데…."

맘대로 데려오기가 좀 그렇다는 투로 멈칫하고 섰자, 언제 쥐고 있었는지 진구가 그 아이의 머리를 향해 밤톨만한 돌멩이 한 개를 집어 던졌습니다. 딱, 하는 소리와 함께 그 아이의 눈은 동그래졌습니다.

"새꺄, 그거는 너그 동네에서고. 1분 안에 그 새끼 요 나무 밑으로 델꼬 온나. 안 델꼬 오면 니 내한테 뒤진다이. 알았제? 하나, 둘, 셋…."

그 아이는 부리나케 아이들 바글거리는 운동장을 향해 냅다 뛰었습니다. 잠시 뒤에 정말 진구만큼이나 어깨가 딱 벌어지고, 눈꼬리가 말려 올라가고, 까무잡잡한 얼굴색을 한 낯이 좀 익은 아이 하나를 앞세우고 우리들 앞에 나타났습니다.

진구와 정택이, 어금버금한 둘은 적당한 거리를 두고 잠시 노려보기만 했지요. 우리 옥산 동네 아이들과 근처 아이들은 벌써 구경거리가 생겼음을 직감하고 빙 둘러서서 울타리를 쳤습니다. 감히 누구 하나 말릴 엄두도 못 내고 숨죽이며 주먹과 주먹이 정면으로 충돌할 이후의 결과만을 기다리고 있었습니다. 진구가 우리 동네 아이들과 이야기할 때와는 아주 다르게 표독하고 싸늘한 눈빛을 하고 먼저 입을 열었습니다.

"니가 정택이가?"

"맞다, 와 인마?"

"인마? 이 새끼 바라, 이거. 니 입학해서 그동안 너무 어깨에 힘주고 다니더라이!"

"…"

"그라고 니 며칠 전에 우리 3반에 있는 진영이 손댔제?"

"그때는 진영이 그 새끼가 먼저…"

"그래, 이 새끼야, 니 똥 굵다. 니 오늘 내한테 죽어볼래?"

"니가 먼데, 이 개새끼가…."

정택이도 상황을 금세 알아차리는 듯했습니다. 며칠 전 점심시간에 축구를 하다가 상동 출신 진영이와 몸이 심하게 부딪친 적이 있었던 정택이가 그때 얼떨결에 주먹을 한번 휘두른 걸 새삼 진구가 문제 삼는 것은 어디까지나 빌미에 불과하며, 지금 증인들이 빙 둘러선 이곳에서 정해야 하는 것은 결국 출신 국민학교별 랭킹 1위들끼리의 새로운 주먹 서열이라는 것을. 결투에서 패할지언정 결코 이 자리를 피할 수는 없다는 사실을. 눈꼬리를 파르르 떨며 작은 눈을 더욱 작게 치뜨고 숨을 고르던 정택이가 결심을 한 듯 주먹을 다져 쥐고 반 발짝을 전진하는가 싶었는데, 순간 진구의 오른손 주먹이 마치 파리를 낚아채는 개구리의 혀처럼 번쩍 정철이의 면상 한가운데로 날아가 꽂혔습니다.

"윽, 이 개자슥!"

대번에 정택이의 코에서는 붉은 피가 터져 나왔습니다. 코피를 한 손으로 쓱 닦아내 제 눈으로 확인한 정택이는 더욱 흥분하여 진구에게 돌진하였습니다. 정택이의 주먹이 어지럽게 몇 차례 허공을 가른다 싶었을 때, 이번에는 진구의 오른 무릎이 주먹만큼이나 빠르게 정택이의 아랫배를 강타했습니다.

"컥! 으으으…."

정택이는 대번에 고통스러운 비명을 지르며 무릎을 꺾었습니다. 진구의 오른발이 다시 웅크린 정택이의 뒷등을 내리 찍었습니다. 정택이는 완전히 땅바닥에 나동그라졌습니다. 이번에는 진구가 왼손으로 쓰러진 정택이의 멱살을 움켜잡고 억지로 일으키더니, 오른손으로 정택이의 얼굴을 다시 겨냥했습니다. 비로소 우리 옥산 아이들이 진구의 팔을 붙잡고 황급히 그 앞을 가로막았습니다. 누가 보더라도 이미 승부는 가려져 더 때리는 것은 잔인해 보였을 뿐만 아니라, 또 너무 심하게 다쳐도 뒷수습이 곤란하기 때문이었습니다. 겨우 몸을 일으키는 정택이 코에서는 울컥울컥 코피가 덩어리째 쏟아져 교복 앞섶과 근처 흙을 붉게 물들이고 있었습니다.

"이거 놔라. 내, 더 안 때린다."

진구가 주먹을 풀고 천천히 정택이에게 다가가서 쓰러진 정택이의 눈높이로 앉았습니다. 그리고 오른손 하나로 정택이 뺨을 아주 가볍게 찰싹찰싹 서너 번이나 때리면서 작고 싸늘한 목소리로 입을 뗐습니다.

"니 앞으로 상동 아아들, 함부로 손대지 마라. 알았나?

"…알았다."

"그라고 여게 있는 우리 옥산 아아들한테 손 하나라도 까딱하면, 니는 그 날이 바로 제삿날이다, 알았나?"

정택이는 코피와 눈물로 얼룩진 얼굴을 하고서도 고개만큼은 끄덕였습니다. 진구는 둘러선 우리들 보고 철봉대 밑에 가서 모래를 한 줌씩 퍼오라고 시켰습니다. 그 모래로 정택이가 쏟은 코피 자국은 대충 흔적을 감췄습니다. 그날 이후 옥신각신하던 상동중학교 1학년 남학생들의 힘자랑도 빠르게 제자리를 찾아갔습니다. 진구가 우리 반에 있어, 나도 1학년 3반 반장 노릇 하기가 아주 수월했습니다.

학생 스무 명의 서명을 받아 진구는 마침내 전교학생회 부회장 선거에 입후보했습니다. 우리 옥산리만 해도 전교생을 다 합치면 근 스무 명 정도이니 입후보하는 것쯤이야 쉽지만, 정작 선거에서 당선되는 것은 그리 만만한 일이 아닐 것 같았습니다. 안인국민학교 출신 1반 아이 하나와 유천국민학교 출신 2반 아이 하나까지 해서 부회장 입후보자는 모두 세 명이었습니다.

특히 안인 출신 아이는 웅변을 잘해서 전교생이 참석하는 운동장 유세 때 아주 분위기를 휘어잡을 것이라고 소문이 자자했고, 유천 출신 2반 아이도 만만치 않았습니다.

우리 상동중학교는 경남 경북 접경지대에 있어 양 도 아이들이 함께 뒤섞여 다녔습니다. 상동, 고정, 신곡, 안인 네 개 국민학교는 경남이고, 유천, 대현 두 개 국민학교는 경북이니, 보나 마나 경북 출신들은 저희들끼리 똘똘 뭉칠 게 불을 보듯 빤한 일이었습니다. 그뿐입니까? 작년 1학년 때 진구가 정택이 코를 뭉개버린 사건도 있었는데, 새삼스레 이제와 표를 달라고 손을 벌릴 수도 없는 노릇이었으니까요.

선거 운동이 시작되자 옥산리 아이들 얼굴엔 난감한 표정이 역력했습니다. 이제 와서 진구를 주저앉힐 수도 없고, 그렇다고 진구의 부탁을 끝까지 외면할 수도 없고, 선거 운동에 발 벗고 나서자니 어떻게 해야 할지 영 자신이 없고….

그러나 우리의 고민은 의외로 쉽게 해결되고 말았습니다. 선거 운동이란 걸 한 이삼일 했을까, 갑자기 진구가 학생부 선생님에게 불려 갔다 오더니 불만 가득한 표정으로 궁시렁댔습니다.

"씨발, 그런 기 어딨노? 그라마 처음부터 안 된다 캐야지… 쳇!"

아무튼 진구가 학생부 주임선생님한테 불려가서 들은 이야기를 다시 정리하자면 대략 다음과 같았습니다. '어쨌든 진구 때문에 학교 선생님들이 급히 회의를 했다, 그 자리에서 진구의 부회장 입후보 자격이 박탈됐다, 문제는 진구의 교과 성적이 너무 형편없다는 점이었는데, 처음엔 학생부 선생님이 깜박 잊고 진구의 입후보서를 받아주긴 했지만, 뒤늦게 교장 선생님이 이 사실을 아시고 노발대발했다. 그래서 부회장 선거 입후보자가 2명으로 줄어들었다.'

우리는 난데없는 소식에 어떤 표정을 지어야 할지 참 난감했습니다. 우선 선거 운동을 할 필요가 없어졌으니 홀가분했지만, 뒤늦게 전교학생회 선거를 선생님들이 특히 교장 선생님 혼자서 이렇게 저렇게 결정해 버렸다는 사실이 우리를 많이 서운하게 만들었습니다. 그러나 진구도 자신의 입후보 자격 박탈이 교장 선생님의 뜻이라는 말을 전해 듣고는 몇 번 불만을 내비쳤을 뿐 곧 체념하는 눈치였습니다.

사실 우리 학교 울타리 안에서 교장 선생님을 이길 사람은 아무도 없었습니다. 상동중학교에 다니는 약 9백 명의 학생들과 30명의 모든 선생님이 한 명도 빠지지 않고 완벽하게 한목소리로 'Yes'라고 외쳐도 교장 선생님 혼자서 'No'라고 해버리면 그 문제의 정답은 끝까지 'No'가 됨을 우리는 지난 1년 동안 수없이 목격해 왔으니까요.

상동중학교 교장 강영조. 이분은 키가 훤칠하고 어깨가 떡 벌어져서 언뜻 등 뒤에서 보면 참 점잖은 것 같았지만, 가까이 다가가 자세히 보면 까무잡잡하고 눈이 좀 작은 얼굴에 인자한 구석이라고는 전혀 없는 그런 사람이었습니다.

무슨 시간이었던가, 한번은 이런 일도 있었습니다. 수업 도중 선생님이 돌아서서 잠시 판서를 열심히 하는 틈을 못 참아 두어 녀석이 소리는 죽인 채 희희낙락 놀고 있는데, 그만 복도를 지나가던 교장 선생님이 드르륵 뒷문을 열고 들어와 그 아이들 뺨을 차례로 후려갈기고 가는 바람에 수업하시던 선생님이 더 놀라기도 했습니다.

그뿐만이 아니었습니다. 일주일에 한두 번은 꼭 수업 중에 교실로 들어오셔서 그 학급에 빗자루가 몇 개인지, 걸레가 몇 개인지, 먼지 터는 총채가 몇 개인지 일일이 수첩에 적어 가곤 했으니까요. 한번은 청소도구가 턱없이 모자라자 당장 그 자리에서 반장에게 독한 면박을 쏟아 놓아놓고 나가셨는데, 수업하시던 나이가 아주 지긋하신 과학 선생님이 반농담조로 말씀하셨습니다.

"아이고, 우짤까? 인자 너그 선생님 교무실에서 욕 좀 보시겠다, 쯧쯧."

공부보다 놀기를 더 좋아하는 한 아이가 잠시 허점을 보인 선생님의 말끝을 물고 늘어졌습니다.

"샘예, 인자 우리 선생님 우째 되는데예?"

"우째 되기는. 교무실 회의시간에 여러 사람 보는 앞에서 막 닦아세우는 기지, 뭐."

마침 과학 선생님은 평소에도 수업을 그리 열심히 하는 분은 아니어서, 우리가 묻지도 않은 이야기를 조금 더 해 주셨습니다.

"너그들 우리 교장 선생님 별명이 뭔지 아나?"

"…"

그것을 알 리 없는 우리가 두 눈을 동그랗게 뜨고 궁금증을 못이기며 한동안 고개를 갸웃거리고만 있자, 과학 선생님은 자문자답하셨습니다.

"강뿐도라, 강뿐도. 시퍼런 일본도를 닛뿐도라 하는데 거기서 생겨난 별명이라. 아무리 생각해도 참 잘 지었어. 며칠 전 교무회의때는 교장 선생님 때문에 어떤 여자 선생님 한 분은 펑펑 울었다아이가, 에이그 쯧쯧."

정말 우리 학교 교장 선생님은 칼 같은 분이고 얼음 같은 분이어서, 바깥이든 교실 안이든 어디서건 그 모습이 비친다 싶으면 아이들은 앗 뜨거라 싶어 순식간에 흩어지곤 했습니다.

진구네 전방집엔 방이 두 개뿐이었습니다. 위가 트인 나무상자칸칸마다 유리 뚜껑 하나씩을 덮어 놓은 과자 진열대가 있는 마루그 마루와 바로 통하는 방이 큰방인데, 늘 가르마 머리에 비녀를한 진구 어머니가 그림처럼 앉았다가 인기척이 나면 미닫이를 사르르 열어보곤 했습니다. 큰방과 얇은 벽 하나를 사이에 두고서 천장이 낮은 작은 뒷방이 하나 있는데, 진구는 늘 그 방에서 자고 먹고했지요.

공부라면 좀처럼 정을 붙이지 못하는 진구는 월례고사가 닥쳐오면 매번 우리 동기들 특히 나와 용수를 자기 집 뒷방으로 불러들였습니다.

"야, 오늘 밤 우리 집에 온나. 모여서 같이 공부하자."

"그라마 공부가 잘 안 되는데…"

내가 망설이면 진구는 으레 또 한 손을 들고 때리는 시늉을 하면서,

"새애끼, 또 뺀다. 필기한 공책 보이달라 안 하꾸마. 잔소리 집어치우고 저녁 묵고 우리 집에 온나이, 좋은 말 할 때!"

이렇게 애걸 반, 협박 반 해서 우리를 자기 집 뒷방으로 모이게 하지만 가보면, 진구는 늘 공부하고는 좀 거리가 멀었습니다. 처음엔 책을 펴 놓고 제법 공부할 자세를 가다듬기도 하고, 뭘 외는지 입도 달싹달싹하고 그러지만 진구의 집중력은 결코 오래가지는 못했습니다.

"야, 정태 인마, 니가 이 페이지에서 시험에 나올 문제 하나만 딱 찍어 바라, 응?"

내가 몇 군데 줄을 그어주면 한 5분간은 조용하지만, 결국 그 고요한 분위기를 못 이겨내고 다시 우리들 옆구리를 슬쩍 찌르기도 하고 발로 간지럼도 먹여오기도 하는 친구가 바로 진구였지요.

한번은 진구네 뒷방에서 그렇게 시험공부를 하고 있는데 동네 못 둑 밑 양철집에 사는, 우리보다 두 살이나 많아도 고등학교는 안 가고 집에서 노는 정애 누나가 문을 열고 빠끔히 들여다보았습니다.

"너그 머 하노? 공부하는가베?"

순간 심심해서 몸부림을 치던 진구가 반색을 하며 맞았습니다. 진구는 정애 누나 손목을 잡고 방 안으로 끌고 들어와서는 토닥토닥 놀기 시작했습니다. 소곤소곤 얘기도 하고 손목도 슬쩍 잡아가며 잘 놀고 있었습니다. 마치 옆에서 공부하는 우리들은 안중에도 없다는 듯이. 그런데 좀 있더니 더 재미있게 놀기 시작했습니다.

둘이서 방 안에 깔린 이불 속으로 쏙 들어가더니 간지럼을 태우는지 엉겨 싸우는지 이불이 들썩들썩했습니다. 둘이 하는 짓을 보고 있자니 은근히 신경이 쓰여 영 글자가 눈에 들어오지를 않았습니다.

'참 내, 이래서 내가 여기에 안 오려고 했는데…'

그러다가 한순간, 갑자기 정애 누나가 벌건 얼굴로 이불을 확 뒤집고 벌떡 일어나더니 윗옷을 추스르며 진구에게 앙칼지게 성을 내는 것이었습니다.

"머스마야, 인자 이거 우짤 끼고? 내가 하지마라 안 캤나! 에이, 씨…"

그러고는 방문을 탕 닫고 나가버렸습니다. 그래도 진구는 장난기 가득한 얼굴로 싱글벙글 웃고만 있었지요. 우리가 볼 때는 별다른 일이 없었는데 '이거 우짤 끼고?'라니, 우리는 도통 내막을 알 길이 없어 그저 궁금하기만 했습니다. 결국 나는 물어보지 않고서는 배길 수가 없었지요.

"진구야, 정애 누부야가 와 저 카는데? 너그 뭐 했노?"

"새끼야, 너그는 몰라도 된다. 마, 공부나 해라."

"니가 정애 누부야 때맀나? 싸웄나?"

"하따, 그 새끼들 참. 너그들한테만 말해 주께. 정애가시나 속옷 단추 떨어졌다고 저래 성질낸다 아이가. 내가 간지래는 척하면서 거게 손 넣어서 좀 만지묵었거덩."

"어데를?"

"새끼야, 어데는 어데고? 가슴이지."

"…"

나는 대번에 뒷덜미가 뻣뻣해져 왔습니다. 말문도 컥 막히고 말 았습니다. 제법 공부에 전념하던 용수도 눈이 동그래지며 내 얼굴만 쳐다보았습니다. '진구의 간덩이는 얼마나 크기에 자기 어머니나 할머니가 아닌 다른 여자, 그것도 다 큰 이웃 누나의 가슴에 불쑥 손을 넣을 수 있단 말인가? 나는 백 번을 죽었다 깨어나도 그렇게는 못 할 것 같은데, 설령 그 누나가 나보고 괜찮다 만져 봐라 해도 나는 그러기 전에 숨이 막혀 그 자리에 픽 쓰러져 버릴 것만 같은데, 어쩌면 진구는 그럴 수도 있단 말인가? 햐, 참!'

아무튼 진구는 그런 일쯤엔 눈 하나 깜박하지 않았습니다. 그렇게 방을 뛰쳐나간 정애 누나지만, 그 성을 낸 마음도 그리 오래가지는 않는 것 같았습니다. 진구가 정애 누나 부모님들께 혼나는 일도 물론 없었습니다.

국민학교 때도 그랬고 중학교 들어와서도 그랬고, 어쨌든 나는 국어 공부가 즐거웠습니다. 자신 없는 노래 부르기나 어쩐지 머리가 좀 아픈 수학 시간이나 과학 시간보다 국어 시간이 훨씬 더 재미있고, 편안하고, 점수도 잘 나왔습니다.

특히 교과서에 실려 있는 글을 읽으시는 우리 선생님 모습은 참 바라보기 좋았습니다. 약간 상기한 모습, 조금 떨리는 듯한 목소리로 혼자 한참이나 글을 읽으시면 갑자기 교실 안 공기가 맑아지면서, 알 수 없는 어떤 경건한 기운마저 교실에 쫙 깔리는 것이었습니다. 물론 우리들에게 글을 읽히실 때가 더 많긴 했습니다만.

기차도 전기도 없었다. 라디오도 영화도 몰랐다. 봄이면 뻐꾸기 울음과 함께 진달래가 지천으로 피고, 가을이면 단풍과 감이 풍성하게 익는, 물 맑고 바람 시원한 산간 마을이었다. 먼 산골짜기에 얼룩얼룩 눈이 녹기 시작하고 흙바람이 불어오면, 양지쪽에 몰려 앉아 볕을 쬐던 마을 아이들은 들로 뛰쳐나가 불놀이를 시작했다.

그러나 이 글, 오영수의 '요람기'를 우리 선생님이 혼자서 서너 장이나 읽어버릴 때는 꼭 맛있는 군것질거리를 권하지도 않고 야금야금 먹어치우는 어른을 만난 것처럼 내 마음이 많이 서운했습니다. 왜냐면 나는 이 글이 마냥 좋아서 이미 집에서 몇 번이고 혼자 소리 내어 읽고 또 읽고 했으니까요.

그래도 나는 국어책 글 중에서는 시가 좀 더 좋았습니다. 교과서에 나오는 시라면 학기 초부터 무조건 졸졸 다 외워 놓고 봤지요. 장래 희망이 시인이라면 시 몇 편 정도는 당연히 머릿속에 넣고 다녀야겠기에.

2학년이 되고 보니 비로소 1학년 때 국어 선생님이신 신종철 선생님이 우리에게 좀 부족한 점이 있었다는 걸 알아차렸습니다. 신종철 선생님은 교실에 들어오시면 일단은 칠판에 판서를 한가득 한 다음, 필기를 시켜 놓으시고는 우리들이 쓰는 의자 중에서 남는 의자를 한 개 앞으로 가져다가 거기에 앉아 꾸벅꾸벅 졸곤 했습니다. 얼굴과 목덜미는 늘 불콰하게 열이 오른 채로.

한번은 우리들이 필기를 다 했는데도 계속 끄덕끄덕 졸고 계시기에 우리는 한껏 소리를 낮춰가며 조심조심 놀고 있었지요. 그때였습니다. 갑자기 복도에서 저벅저벅 교장 선생님이 걸어오고 계셨습니다. 수업 중에 복도를 자유롭게 걸어 다닐 수 있는 사람은 보나 마나 이 학교에서는 교장 선생님 단 한 사람뿐이니까요. 순간 우리들은 몹시 당황했습니다. '이렇게 몰래 놀고 있어도 되나? 혹 국어 선생님을 깨워야 하는 것 아닐까? 안 깨운다면 우리가 더 혼이 나는 것 아닐까? 깨운다면 주번이, 아니면 반장이….'

그런데 참 신기한 일이 벌어졌습니다. 교장 선생님이 막 우리 교실 뒷문 손잡이를 잡으려는 순간, 신종철 선생님은 졸던 의자에서 벌떡 일어나며 대뜸 큰 소리로 외치셨습니다.

"…이거, 맞죠잉?"

우리는 우습고도 조마조마해서 잔뜩 움츠리고 있다가, 아차 싶어서, 일단은 대답만이라도 크게 하고 보았습니다.

"예!"

교장 선생님도 뭔가 이상한 낌새에 고개를 갸웃거리며 한동안 교실 안을 이리저리 살펴보셨지만, 이어서 판서 설명을 하는 국어 선생님 목소리가 하도 우렁찬지라 그냥 교실을 나가고 말았습니다.

한번은 얼굴에 꽤 심한 찰과상을 입고 수업에 들어오셨기에 누군가 그 까닭을 여쭈니, 선생님은 의외로 솔직하게 대답을 하셔서 우리는 배꼽이 빠지는 줄 알았습니다.

"이거? 자전거 사고로 이래 됐지. 엊저녁 유천장터 가서 술 묵고 자전거 타고 금산우체국 앞 내리막길을 내려오는데, 갑자기 자전거가 확 디비지고 눈에 불이 번쩍하데. 어제는 안 아푸더니 오늘은 좀 욱신거린다, 너그 보기에도 좀 부었제? 허허."

그런 신종철 선생님 덕분에 1학년 국어 시간은 편안하게 잘도 흘러갔습니다. 월례고사 문제도 시험 전 마지막 시간에 얼추 다 가르쳐 주시니 말 그대로 금상첨화였지요.

그렇게 조용조용하고 점잖은 우리 담임선생님이지만 화를 낼 줄도 알았습니다. 한번은 국어 시간에 이런저런 설명을 하시다가 말이 좀 이상하게 나왔습니다.

"경상남도 경주시에 가면…"

우리는 아니다 싶었지만 잠시 말이 헛갈렸겠지, 하며 선생님 말씀을 계속 듣고 있는데, 잠시 뒤 다시 '경남 경주시'라고 하시는 겁니다. 그때서야 공부를 좀 하는 아이들 몇 명이 서로 고개를 갸웃대며 작은 목소리로 수런거리기 시작했지요.

"어, 언제 경주가 경남이 됐노? 경북 아이가?"

"경북 맞다."

"그런데…"

그때 누군가 선생님께 질문을 드렸습니다.

"샘예, 경주는 경북아입니꺼?"

"경주가 경북이라고? 경남 아니고?"

우리 선생님은 경주가 분명 행정구역상으로 경남에 속한다고 믿으시는 눈치였습니다. 그때였습니다. 한문시간에 자기 이름을 한자로 쓰는 공부를 하다가 한문 선생님으로부터 우리 학교에서 '몸무게가 제일 가벼운 늠'라는 별명을 선물 받은 오근이가 기어이 일을 저질렀습니다.

"하이고, 그것도 모르고, 중학교도 안 나왔나아…"

주변 친구들만 들으라고 빈정댄 소린데, 아이코 이게 웬 난리입니까? 우리 선생님 귀에까지 들리고 만 것이었습니다.

"뭐? 너 이리 나와! 이 새끼가 뭐라고? 중학교도 안 나왔나아? 이 새끼야, 선생님 중에 중학교도 안 나온 사람이 어디 있다고…"

우리 선생님 얼굴은 대번에 붉어지고, 관자놀이에는 불쑥 핏줄도 부풀어 올랐습니다. 걸어 나오는 오근이의 뺨을 대뜸 두어 대 후려갈겼습니다.

그 바람에 수업도 중단되고 말았습니다. 곧 노여움을 조금 가라앉히셨는지 선생님의 얼굴색은 본래대로 돌아왔지만, 이내 입을 굳게 다물고 수업시간 끝나는 종이 울릴 때까지 팔짱을 낀 채 창가에 서서 내내 바깥만 바라보고 계셨습니다. 마치 개학하던 그날처럼. 그러나 이번에는 손수건을 꺼내 눈자위를 훔치는 일은 없었습니다. 오근이는 몸무게가 아니라 그 입이 가벼워 한바탕 홍역을 치렀습니다.

우리 선생님이 아무리 화를 내고 뺨을 후려치기도 했다지만, 무섭기로는 영어 선생님에 비할 바가 아니었습니다. 영어 선생님은 한 삼십 대 중반이나 됐을까 싶은 여자 선생님인데, 왜 그런지 얼굴에 기미라는 게 얼룩덜룩 끼어 있어서 표정이 환하지가 않았습니다. 늘 좀 신경질적인 데도 있어서 우리들은 아주 조심들을 했지요. 특히 영어를 원문으로 읽지 않고 그 밑에다 우리말로 토를 달아서 뻣뻣한 혀로 꾸물꾸물 읽는 아이들은 딱 질색이셨습니다.

"이즈 디스 유얼…"

"아이고 니 안 되겠다. 책 갖고 이리로 나오너라."

그리고는 늘 손에 쥐고 다니는 짧고 묵직한 각목 몽둥이로 손바닥을 그야말로 진땀이 나도록 때려버립니다.

한번은 어떤 친구 한 녀석이 영어 숙제를 안 해 와서 혼이 많이 났는데, 다시 그 다음 시간에도 숙제를 안 해오고 말았습니다. 순간 분단과 분단 사이에 서서 숙제 검사를 하던 영어 선생님 눈에서는 무슨 빛 같은 게 번쩍 나는 것 같더니, 그만 들고 있는 각목 몽둥이로 바로 그 자리에서 늘 때리던 부위 손바닥이 아니라 친구의 머리통 한가운데를 서너 대나 탕탕 내리치고 말았습니다. 그런데 이게 웬일입니까, 잠시 뒤 그 친구의 얼굴로 서너 갈래나 되는 핏물이 주르르 흘러내리는 게 아니겠습니까? 우리는 다들 놀라서 눈만 동그랗게 뜨고 있는데, 영어 선생님은 아주 날카로운 목소리로 꽥 고함을 지르셨습니다.

"머하노? 빨리 걸레 가져와서 닦지 않고!"

머리통이 깨진 그 친구는 자기 발로 엉금엉금 청소도구함으로 가서 마른걸레 한 장을 꺼낸 다음, 자기 손으로 핏물을 다 닦아내고도 또 한참 동안이나 머리통에 걸레를 댄 채 누르고 있어야 했습니다. 그러나 그게 다가 아니었습니다. 이미 충분히 얻어맞고 충분히 꾸지람을 들은 그 친구가 잠시 뒤 핏물로 얼룩진 걸레를 청소도구함에 도로 갖다 넣는 순간, 다시 한 번 영어 선생님의 히스테리한 목소리가 교실에 울려 퍼졌습니다.

"야 이놈아, 무슨 보물이라고 거기다 넣노? 갖다 버리지 않고!"

결국 그 보기 흉한 마른걸레는 쓰레기통으로 들어가고 말았습니다. 그 한 시간 내내 교실은 그야말로 공포 그 자체였습니다.

제법 날이 더워 수업 시간에 꼬박꼬박 조는 아이들이 생기기 시작한 유월 어느 날 오후 수업 시간이었습니다. 마침 국어 시간이라 담임선생님과 함께 공부를 하고 있는데, 지루해하는 우리들 심정을 아셨는지 의외의 말씀을 하셨습니다.

"내가 이야기 하나 해 주까?"

우리는 신이 났지요. 수업 시간 중에 이야기라면 우리는 무슨 이야기든, 가령 그것이 '호랑이와 토끼' 시리즈처럼 하도 많이 들어서 반질반질해진 이야기라 해도 일단은 대환영입니다.

"예!"

"너희들 『무정』이라고 들어 봤나? 이광수라는 사람이 쓴 소설인데…."

"잘 모리겠는데예…."

"『무정』은 긴 이야기거든. 자세히는 안 되고, 내가 두 번으로 나누어서 대강 줄거리만 이야기해 주께."

"예!"

자세히든 대강이든 우리는 상관없습니다. 과학이나 수학, 영어 시간이라면 이야기의 이자도 못 꺼낼 판인데, 선생님이 먼저 이야기를 해주신다니 이게 웬 횡재입니까? 꿩 먹고 알 먹는 일이 따로 없지요.

『무정』은 생각보다 재미있었습니다.

형식이라는 남자와 마치 사회 선생님을 연상케 하는 아름다운 여자 선형이 앞에, 외로운 여자 영채가 나타났을 때 나는 아주 마음이 조마조마했습니다. 형식이 영채를 내칠 때는 내 가슴이 더 부글부글 끓었습니다. 그렇게 오후 국어 시간 수업은 너무 조마조마하게, 너무 재미있게 휙 지나갔습니다.

그런데 우리 선생님은 좀처럼 『무정』 2부로 넘어가지 않으셨습니다. '혹 『무정』 시리즈를 시작했다는 사실을 잊어버리셨나?' 이제나 저제나 기다려도 우리 선생님은 묵묵히 진도만 나가시는 것이었습니다.

하는 수 없었습니다. 목마른 사람이 우물 판다고, 내 스스로 『무정』을 구해 읽어 보는 수밖에요.

이웃에 살고 있는 고모님댁 사촌형에게 부탁했습니다. 나보다 여섯 살 많은 사촌형은 고등학교를 졸업하고 군에 입대하기 전에 잠시 집에 머무르고 있었는데, 『문학사상』이라는 월간잡지와 소설집 같은 수준 있어 보이는 책을 제법 많이 갖고 있었습니다. 책을 읽는 모습, 동네 형들이 우리 사촌형에게 몇 점 깔고 들어와 바둑을 두는 모습은 나의 어깨를 아주 우쭐하게 만들었습니다. 그 형이라면 『무정』을 갖고 있을 것만 같았습니다. 어쩌면 이미 읽어 보았을 수도 있고요.

사촌형에게는 『무정』이 없었습니다. 그러나 며칠 후 어찌어찌 아는 친구를 통해 구해다 주었지요. 어른들만의 책이라고 믿었던, 우리 같은 아이들은 절대 읽어서는 안 된다고 알아왔던 소설책이라는 것을 난생처음 펼쳐 들었습니다. 나는 선생님이 잘라버린 이야기 그 끄트머리를 찾아내 천천히 이어가기 시작했습니다. 낮에는 내 앉은뱅이책상 자물쇠 있는 서랍에다 넣어두었다가 집에 오면 틈틈이 꺼내 읽었습니다. 자주자주 심호흡도 해 가면서, 어떨 땐 멍하니 천장을 바라보기도 하면서, 꿀단지에 든 꿀을 떠먹듯이 야금야금 쉴 새 없이 읽고 또 읽었습니다. 혹 어른들에게 들켜서 지청구라도 들을까 봐 염려도 되었지만 읽다가 도저히 멈출 수는 없었습니다. 읽을수록 내 가슴이 뿌듯해졌고, 낮고 어두운 내 방이 환하게 밝아져 오는 것 같은 느낌이 들었습니다. 소설 속 사람들이 우리 군내에 있는 삼랑진역에 머물 때는 금방 달려가면 만날 수도 있을 것만 같기도 했습니다. 매정한 사람들 몇이서 한 여자를 너무 외롭고 쓸쓸하게 만드는 이야기를 다 읽고 나니 제목이 왜 『무정』인지 저절로 알 것만 같았습니다.

그러고 다시 한 일주일이나 흘렀을까. 또 어느 오후 국어 시간에 우리 선생님은 그간 몇 차례나 이어져 온 아이들의 은근한 항의를 견디지 못하고 『무정』 2부를 시작하셨습니다. 그런데 중간에 사람 이름 하나를 몰라서 이야기가 잠시 끊어지고 말았습니다.

"영채가 기차 타고 평양으로 가다가 누구를 만났는데…, 그 여자가 누구더라? 보자, 그 사람이…."

순간 내 가슴이 쿵쾅거리기 시작했습니다. '선생님을 포함하여 이 교실 안에서는 아무도 모르는 것을 내가 알고 있다니! 그 사람은 병욱인데, 병욱, 김병욱!'

입이 간질간질하여 더는 견딜 수가 없었습니다. 목도 좀 마른 것 같았습니다.

"그 사람 이름은 김병욱인데예!"

"뭐? 김병욱…? 맞다, 김병욱! 누구냐, 문정태? 야, 그걸 니가 어떻게 알고 있었나? 그러면 정태 너도 『무정』 읽어봤겠네?"

"…예."

순간 교실 안의 모든 눈길이 나에게로 쏠렸습니다. 결국 내 훈수로 인해 멈칫대던 이야기가 다시 속도를 내게 되었고, 결국 선생님의 『무정』 시리즈는 총 2부에 걸쳐 끝이 났습니다.

그 국어 시간 이후로 나는 국어 공부와 우리 담임인 국어 선생님이 더욱 좋아졌습니다. 국어 시간이면 우리 선생님의 부드러운 시선이 좀 더 내 쪽으로 자주 향했습니다. 글을 낭독할 기회도 더 잦아졌습니다. 나 또한 수업 시간에는 해바라기처럼 우리 선생님의 입과 눈빛을 하나 놓치지 않고 쫓아다녔습니다.

그리고 나는 다시 2단계 비밀작전에 돌입하였습니다. 그것은 국어 시간에 우리 선생님이 언제 다시 이야기를 해 준다 하실지 모르는 일이라, 우리 선생님이 읽어 보았을 것 같은 좀 유명한 소설들을 내가 먼저 읽어 보는 것이었습니다. 또 한 번 수업 시간에 우리 선생님의 이야기를 거들 수만 있다면, 설령 거들 기회가 주어지지 않을지라도 선생님 이야기를 흐뭇하게 여유만만하게 들으면서 한껏 이미 읽어 본 티를 낼 수만 있다면, 그걸 친구들이나 선생님이 알아차리기만 한다면, 나는 정말 우리 학교에서 가장 유명한 학생으로 떠오를 게 분명했으니까요. 그리되면 의외로 빨리 정말 시인이 돼 버릴지도 모르니까요.

우선 사촌형 방에 있는 여섯 단으로 된 책꽂이 하나에 가득 꽂혀 있는 책 중에서 한국 문학, 한국 소설 어쩌구 하는 것들은 이것저것 마구 집어다가 읽기 시작했지요. 꼼꼼히 읽고 앉아 있을 여유가 없었습니다. 되도록 많은 작품을, 줄거리만 파악할 수 있도록 대강대강 읽어 치웠습니다.『메밀꽃 필 무렵』,『상록수』,『백치 아다다』,『배따라기』,『B사감과 러브레터』,『금삼의 피』….

그중에서 내 가슴을 다시 한 번 뒤흔든 책이 심훈의『상록수』였습니다.

'아, 언제 나는 대학생이 돼 보나? 대학생이 되어 영신 누나 같은 예쁜 여자 대학생과 함께 해당화 핀 바닷가에 앉아 있어 보나? 나도 고등학교 정도만 마치고 어디 심심산골로 가서 어린아이들을 모아 글이나 가르쳐 볼까?' 나의 경애하는 동혁 씨, 이렇게 시작하는 영신 누나가 동혁이 형에게 보낸 애절한 사랑편지를 읽는 대목에서는 온몸이 화끈화끈 달아오르기도 했습니다.

그러다 어느 책 속에서 우연히 발견한 말 한마디에 우쭐해져서 나의 엉뚱한 책 읽기는 더욱 정당성을 얻으며 가속도를 붙여 나갔습니다. '책 한 권만 읽은 사람은 위험한 사람이다.'

참으로 생각할수록 멋지고 통쾌한 말이었습니다. 한문 선생님이 가르쳐주신 '남아수독 오거서'란 말도 이미 알고는 있었지만, 그 말은 왠지 좀 고리타분한 느낌이 들어 그다지 마음에 와 닿지 않았는데, 새로 발견한 이 명언은 그렇지 않았습니다. 깊은 의미를 어쩌면 이렇게 쉽고 재치 있게 표현할 수 있나 그저 신기할 따름이었습니다. '그래, 달랑 한 권의 책, 그것도 교과서 같은 책만 읽어 본 사람하고 무슨 대화를 나눌 것인가? 배삼룡이나 구봉서 같은 이름이야 귀만 있으면 누구라도 다 알겠지만, 이광수, 심훈을 알고 있

는 친구가 우리 반에서 몇이나 된단 말인가? 부자는 아니더라도 위험한 사람이 될 수야 없지.'

가능하면 나는 여남은 권 정도가 아니라 스무 살이 되기 전에 한 백 권쯤의 책을 읽어 보고 싶었습니다. 우리 사촌형님을 넘어서서 우리 선생님과 어깨를 한번 겨뤄 보고 싶었습니다.

그러나 나의 2단계 비밀작전은 꽤 오랜 준비기간에도 불구하고 수업 시간에 빛을 보지는 못했습니다. 우리 선생님은 국어 수업 시간에 '운율'이나 '심상' 같은 것만 자꾸 가르치려 하실 뿐, '내 이야기 하나 해 주까?' 이런 반가운 말씀을 다시 꺼내지는 않았으니까요.

그러구러 여름이 다 지나가고 말았습니다.

2학기 개학을 하고 며칠 지나지 않았을 때였습니다. 학교가 파한 후 비포장 자갈길을 우리 동네 친구들끼리 터덜터덜 걸어와 막 각자 집으로 헤어지려는 지점에서 진구가 나와 용수, 그리고 장석이를 따로 불러 세웠습니다. 그리고 역시나 진구다운 정말 의외의 말을 꺼냈습니다.

"야, 너그 도곡이라는 동네에 가봤나?"

"몰라. 안 가 봤다. 근데 되게 멀다 카데."

"우리 요번 토요일에 도곡 가서 하룻밤 자고 오자."

"거기는 머 할라꼬? 누가 있는데?"

"너그 2학년 5반에 최금옥이라는 가시나 알제? 이쁘거든. 그 아 집이 도곡인데, 그 동네 사는 우리 2반 재식이하고 이야기 다 돼 있다. 다른 늠은 빼고 우리만 가자. 알았제?"

진구가 우리 셋을 특별 대우해 주니 한편으로는 고맙기도 하고 또 한편으로는 부담이 되었습니다. 용수가 좀 자신 없는 목소리로 말했습니다.

"아부지 엄마한테 말해 보고…, 금요일까지 정하면 안 되나?"

"하따, 그 새끼들, 가면 가는 기지 먼 잔소리가 그리 많노? 가는 기다이, 알았제?"

그날은 일단 헤어졌습니다.

막상 토요일이 되니 장석이는 못 간다고 빠졌습니다. 장석이 아버지께서 머리에 피도 안 마른 것들이 멀쩡한 제집 놔두고 먼 동네 남의 집에서 왜 자고 오느냐고 노발대발했기 때문이었지요. 진구야 간다 하면 가는 거지만, 나와 용수는 겨우겨우 어른들 허락을 받아냈습니다.

토요일 오후, 일단 도곡 사는 재식이도 우리 동네로 데리고 와서 함께 점심을 먹고, 진구와 나 그리고 용수, 이렇게 셋이서 한 번도 가보지 못한 낯선 길을 찾아 나섰습니다. 물론 맨 앞장은 재식이가 섰지요. 선바위 옆 고정 가는 조붓한 산자락길을 돌고 돌아 남산모랭이를 지났습니다. 교회가 있는 삼거리 마을 하나가 나타났습니다. 재식이 설명에 따르면 들어가는 입구에 있는 동네라 이름이 '들마'라고 했습니다. 오른쪽으로 돌아들어 약한 오르막길을 올라서니, 언덕 위에는 또 동네가 있고 덩그렇게 국민학교도 하나 보였습니다. 교문 기둥에는 '고정국민학교'라고 씌어 있었습니다.

'옳지, 여기가 말로만 듣던 고정국민학교로구나.'

거기서부터는 정말 낯선 길이었습니다. 한 십 리는 족히 걸어온 것 같았습니다. 멀기도 멀었지만 그보다는 길이 가팔랐습니다. 땀이 등골을 타고 흘러내렸습니다. 앞서가던 재식이가 지친 기색이 역력한 우리들에게 무덤덤한 표정으로 말했습니다.

"좀 쉬었다 가까? 여는 고답이라 카는 동네다."

"고답이 무슨 뜻이고?"

"모른다. 그거는."

눈을 들어 보니 깊고 가파른 계곡을 첩첩이 거느린 험한 산줄기가 하늘 한가운데를 빙 돌아가며 솟아 있는데, 아무리 보아도 동네 같은 것은 고답이 마지막일 것 같았습니다. 길 좌우로는 온통 짙푸른 감나무밭이었습니다.

"저 왼쪽 아랫동네는 태술이 사는 모정, 저 강 너머 동네는 1반에 용태 저그 사는 사촌인데, 경북이고…."

우리는 재식이의 설명을 귀 밖으로 들으면서 걷고 또 걸었습니다. 작은 시멘트 다리 하나를 건넜습니다. 숨이 깔딱깔딱하는 오르막길이 시작됐습니다. 진구가 괴로운 듯 한마디 내뱉었습니다.

"씨발, 덥네! 너그 도곡 아아들은 우째 학교 댕기노?"

재식이는 그저 씩 웃기만 했습니다. 한참을 걸어가다가 재식이의 설명이 다시 이어졌습니다.

"저게 봐라. 희미한 샛길 보이제? 저기는 솔방 가는 길이다."

재식이가 가리키는 왼쪽 산비알 소나무 숲속으로 희미한 산길이 한 가닥 보였습니다. 꼭 그 길 끝에는 아주 작은 암자 하나만 달랑 있을 것 같았습니다. 이어지는 재식이의 말에 따르면 거기로 한 30분 올라가면 솔방이라는 동네가 나오는데, 대략 삼십여 호 살고 있고, 수백 년 묵은 아주 늙은 소나무 한 그루가 동네 뒤 언덕에 우뚝 서 있다고 했습니다.

"너그, 와 동네 이름이 솔방인지 아나?"

"몰라. 소나무가 많다꼬 솔방이가?"

"그기 아이고, 거 와, 조선시대 때 임진왜란이라는 전쟁 있었다 아이가? 그라고 6·25전쟁도 있었고. 그때 적군은 눈에 보이는 마을이나 절 같은 데는 전부 불을 질렀다 안 카더나? 그런데 저 우에 동네 있는 줄은 꿈에도 모르고 그냥 솔방 빼묵고 지나갔다 카데. 그때부터 솔방이라고 불렀단다."

교과서에도 그렇고 어른들 말을 들어봐도 그렇고 임진왜란은 몰라도 6·25 때는 적군이 여기까지 쳐들어오지 못했다는데 웬 6·25인가 싶었지만 나는 잠자코 있었습니다.

끝도 없이 이어지는 산골짝 오르막길을 걷고 또 걸었습니다. 마침내 택택택 발동기 돌아가는 소리가 들리고 희미하게 닭 우는 소리도 들리면서, 한 삼십 호나 됨직한 작은 마을 하나가 좁은 계곡에 숨어 있다가 우리를 반겼습니다. 진구가 반색을 하며 재식이에게 물었습니다.

"다 왔나? 여제?"

재식이는 머쓱하게 고개를 저었습니다.

"아이다. 여는 아랫도곡이고 우리 집은 웃도곡이다."

다시 진구는 투덜거렸습니다.

"아, 존나게 머네. 도곡이면 그냥 도곡이지 아랫도곡 웃도곡은 또 머꼬?"

"쪼매만 더 가면 된다."

거듭 미안하다는 듯이 재식이는 다시 저 윗길을 손가락으로 가리켰습니다. 우리는 길가 소나무 그늘에 앉아 땀을 좀 식히다가 소달구지 한 대 겨우 지나다닐 만한 좁은 길을 또 걷기 시작했습니다. 이미 옷은 땀에 젖어 물걸레가 돼 버렸고, 발은 천근만근이었습니다. 돌아보니 이건 숫제 동네를 찾아가는 길이 아니라 소 풀 뜯기러 산으로 올라가는 것 같았습니다. 아니, 어느 지점에선가 언뜻 뒤를 돌아봤을 때 저 아래 꾸물꾸물 기어가는 느릅내가 아스라이 내려다보였으니, 이미 우리는 우리 동네 옥산리 마을 뒷산보다 훨씬 더 높은 산에 올라와 버린 것이 분명했습니다. 이런 곳에다가 어떻게 터를 잡고 살 생각들을 했는지, 참 옛날 사람들이 용하다 싶었습니다. 사방을 둘러보아도 보이는 것은 여름날 오후의 쩽쩽한 햇살과 빙 둘러선 짙푸른 산봉우리와 한가하게 흘러가는 흰 구름뿐.

한 20여 분 땀을 더 흘렸을까. 마침내 작은 못둑 하나가 우리들의 앞을 턱 가로막는데, 눈을 들어보니 못둑 뒤로 제법 큰 동네 하나가 펼쳐져 있었습니다. 아랫도곡보다는 훨씬 더 높은 곳이었지만 넓고 편편한 구릉지대에 자리 잡은 동네였습니다. 해는 벌써 서쪽으로 많이 기울어 있었습니다.

재식이는 우리를 자기 집 아래채 방으로 안내했습니다. 재식이네 아래채 마루에 턱 걸터앉으니 비로소 서로의 얼굴이 보였습니다. 벌겋게 달아오른 얼굴은 모두 땀에 젖어 꾀죄죄하기 이를 데 없었지요. 목이 타는 듯이 말라 우선 찬물 한 바가지부터 돌렸습니다.

그리고 재식이 부모님께 인사도 드렸습니다.

"하따, 너그 참 먼 데까지 놀러왔다아. 너그들 집이 구역이라고 했나?"

"예."

"너그 아부지 함자가 우예 되노?"

인근 동네 어른들은 우리 옥산리를 곧잘 '구역'이라고 불렀습니다. 옛날 일제시대 때 구경부선 유천역이 우리 동네에 있었던 터라 흔히 그렇게 부르는 게지요. 그리고 오랜만에 들어보는 함자라는 말에 우리는 멈칫 좀 주눅이 들었지만, 용수는 침착하게 잘 대답했습니다.

"상자, 옥자, 조상옥이라고…."

"흐음, 머하시는 분이고?"

"그냥 집에서 농사일 하시는데예…."

"호오, 그래? 고생이 많다."

누가 고생을 한다는 말씀인지는 정확히 모르겠으나 아무튼 고생이 많다는 말씀을 들으니 재식이네 집이 단번에 좀 편안해지는 것 같았습니다. 재식이가 이끄는 대로 우리는 재식이네 위채 뒤란으로 돌아 들어갔습니다. 거기에는 큰 평상 두어 개만 한 너럭바위 하나가 땅에 박혀 있는데, 그 밑에서는 졸졸졸 샘물이 솟아나고 있었습니다. 우리 동네라면 집집마다 긴 쇠 손잡이 달린 펌프일 텐데, 땅속에서 저절로 솟아나는 샘물을 보니 정말 신기하고 부럽기도 했습니다.

샘물은 얼마나 차가운지 이가 다 시렸습니다. 그 물로 다시 한

번 목도 축이고 얼굴까지 씻어 그런대로 사람 몰골을 되찾은 우리들은 저녁 먹기 전까지 동네 이곳저곳을 둘러보고 다녔습니다. 벼락 맞은 늙은 감나무도 있고, 동네 공동 우물터도 있고, 돌담길도 우리 동네보다 훨씬 더 길게 남아 있었습니다.

재식이가 동기들 집을 가르쳐주었습니다. 재식이네 건너건너 집이 금옥이네 집인데 동네 한가운데쯤이었습니다. 대부분 초가지붕이거나 슬레이트 지붕인데 금옥이네는 동네에서 몇 안 되는 기와집이었습니다. 재식이가 여기가 금옥이네 집이라고 말하자, 진구가무슨 뜻인지는 몰라도 눈을 찡긋하며 빠끔히 열린 대문 틈에다 귀를 갖다 댔습니다. 그런데 갑자기 안에서 개가 왕왕 짖고 어떤 굵은 남자 목소리도 들려왔습니다. 우리는 부리나케 뒤로 물러서고 말았지요.

다시 한 번 주위를 둘러보니 험준한 산맥이 마치 병풍처럼 마을을 둘러싸고 있었습니다. 얼마나 올라왔는지 산 능선이 바로 우리들 이마 위에 걸려 있었습니다. 기차 소리 자동차 소리도 뚝 끊어져 버렸습니다. 강둑에 올라서면 흘러오고 흘러가는 강물이 훤히 내려다보이는 우리 동네와는 분위기가 아주 딴판이었지요. 재식이한테 뒷산 이름을 물으니 '용암봉'이라고 했습니다. 용암봉이라, 이름이 그럴싸했습니다.

우리는 재식이네 아랫방에서 밥상을 따로 받았습니다. 우리는 하루만에 이렇게 많이 걷기는 처음이라, 거의 뱃가죽이 등에 붙을만큼 배가 고파 상위에 차려진 것들 가운데 뭘 찍어 먹으라고 올린 조그만 종지 속의 짠 양념장 빼고는 모조리 먹어 치웠지요.

이윽고 밤, 집 안 여기저기에 호롱불 촛불이 켜지기 시작했습니다. 윗도곡은 너무 높은 동네라 그런지 모기도 그리 심하게 덤벼들지 않았습니다. 저 아래엔 이런저런 동네가 많겠지만 산줄기에 가려 사람이 밝힌 불빛은 단 한 점도 보이지 않았습니다. 낮에는 여느 동네와 크게 다를 바 없었지만, 땅거미가 내려앉고, 여기저기 호롱불이 켜지고, 고샅길에 인기척이 끊어지고, 뒷산에서 찬바람이 슬금슬금 기어 내려오자 윗도곡은 천천히 새로운 동네로 탈바꿈하기 시작했습니다. 조금은 신비하고, 조금은 호젓하고, 또 조금은 무서운….

밥상을 물린 우리들은 재식이네 아래채 툇마루와 그 앞에 놓인 평상에 팔을 베고 이리저리 누웠습니다. 까만 먹지에 금싸라기를 뿌린 듯 하나둘 별들도 돋아나기 시작했습니다. 용암봉 산줄기는 마을 위로 쏟아져 내릴 듯 빙 둘러가며 가파르게 솟아올라 밤하늘을 떠받치고 있었습니다. '웩-웩-', 뒷산 어디에선가 산짐승 우는 소리가 들렸습니다. 재식이가 혼잣말처럼 나지막이 중얼거렸습니다.

"아나? 저거 놀갱이다."

"놀갱이하고 고라니 하고는 우예 다르노?"

"몰라. 저래 울면서 산에 사는 거는 다 놀갱이다."

"웅, 그런가베."

그때였습니다. 산짐승 우는 소리 따위엔 아무 관심이 없다는 듯이 진구가 불쑥 본론부터 말해 버렸습니다.

"그건 그렇고, 야, 재식아 인마. 이 동네 가시나들 언제 놀러 오노?"

"아홉 시에 온다 카더라."

시간은 좀 남았습니다. 우리는 재식이 아버지가 쓰시는 화투를 가져와 민화투를 치기 시작했습니다. 이긴 사람이 이긴 점수만큼 진 사람의 손등을 손가락으로 때리는 놀이를 하면서요. 다들 손등이 벌겋게 달아오를 즈음 마당가 어둠 속에서 도란도란 인기척이 났습니다.

"왔다아!"

재식이가 반색을 하며 마중을 나갔습니다. 여학생 셋이 고개를 다소곳이 숙인 채 보자기가 덮인 무슨 큰 쟁반 같은 것을 하나 들고 방으로 들어왔습니다. 여름이지만 누군가 방문을 슬며시 닫았습니다. 방 안에는 지금까지 나지 않았던 꼭 찔레꽃 향기 비슷한 것이 희미하게 번졌습니다. 촛불을 켠 좁은 방에 모두 일곱 명이 둘러앉았는데도 내 눈에는 여학생들 얼굴이 아득히 멀어 보였습니다. 여자아이들 얼굴을 똑바로 쳐다보기도 무척 힘들었습니다. 여자아이들 앉은 뒷벽에 일렁이는 커다란 그림자만 자꾸 눈에 들어올 뿐.

학교에서도 그랬지요. 학급 부반장은 날마다 학교 교무실 칠판 밑으로 가서 자기 반 출석 상황을 표시하고 와야 하는데, 갑자기 어떤 선생님이,

"애야, 가는 김에 이 공책 저 2학년 5반 여학생 교실에 좀 갖다 줄래?"

이러면 대번에 다리가 휘청합니다. 하는 수 없이 숙제 검사 끝낸 공책 더미를 안고 후관 여학생 교실 앞까지 가긴 가지만, 한 번에 교실 안으로 못 들어가고 문 앞에서 몇 번이고 심호흡을 하다가

교실 안 교탁에 공책 더미를 던지듯 내려두고 겨우 교실을 뛰쳐나오곤 했는데, 그때 그 땀이 다시 흐르는 것 같았습니다.

보자기를 걷어내자마자 우리 손님 세 사람은 모두 눈이 휘둥그레지고 말았습니다. 넓적한 쟁반에는 눈처럼 하얀 떡 백설기가 넉넉한 양으로 먹음직스럽게 담겨 있지 않겠습니까? 설명은 재식이가 대신했습니다.

"너그 온다고 우리 동네 여자아아들이 고답 방앗간에 가서 해왔다. 많이 묵어라이."

이어서 앉은 순서대로 재식이가 간단한 소개도 했습니다.

"맨 왼쪽이 금옥이, 중간이 종애, 그 다음은 길자…. 길자는 너그들이 잘 모를 끼다. 국민학교는 우리 동긴데, 중학교를 안 댕기거든…. 여는 중학교 다니는 우리 옥산 친구들, 너그 다 알제?"

그때서야 여학생들이 고개를 들었습니다. 한눈에 봐도 금옥이가 제일 돋보였습니다. 키는 웬만해 보였지만 웃는 모습이 꽤나 예쁘고 제법 강단이 있어 보이는 그런 눈빛을 한 여학생이었습니다.

'아, 쟤가 금옥이로구나. 진구가 관심을 둘 만도 하네. 근데 진구는 쟤를 어떻게 알았을까? 진구는 참…. '

쟁반에 놓인 백설기를 조금씩 떼먹어 보았습니다. 부드럽고, 달고, 아직 따뜻했습니다. 듬성듬성 굵은 콩도 씹히는 썩 잘 쪄낸 떡이었습니다. 재식이 아버지께서 '고생이 많다.'고 하셨을 때처럼 대번에 마음이 좀 편안해져 왔습니다. 백설기라면 우리 동네에서는 갓난쟁이 돌날이나 제삿날 같은 때 가끔씩 구경할 수 있는 특별한 음식인데, 도곡에서는 어떻게 학교 친구 몇 명 놀러 왔다고 이렇게 쩌낼 수 있단 말인가? 그것도 고답까지 내려가서. 생각할수록 신기하고 고마운 일이었습니다. 손님 대접을 제대로 받는 것 같아 기분도 한껏 좋아졌습니다. 얼굴을 달구던 열기도 금세 걷히는 것 같았고요.

우리는 말이 안 통하는 나라 사람들끼리 만나기라도 한 듯 재식이를 통역처럼 가운데 두고 대중없는 이야기를 주고받았습니다. 나는 한껏 입이 굳고 목이 말라 와서 무슨 말을 끄집어낼 수가 없었습니다. 평소 명랑하던 용수도 통 말이 없었고요. 그러나 진구는 달랐습니다.

"너그 4반에 미화라 카는 아아 있제? 그 아아 되게 이쁘데. 집이 어데고?"

"미화? 미화가 몇 반이고…."

"골안에 사는 키 큰 애숙이 그 아아, 누구하고 사귀는 거 맞제?"

"…."

우리는 그런 여학생이 있는지도 모르는데, 진구는 하여튼 잡다한 소식은 다 물고 다녔습니다. 그리고 질문도 매번 그런 쪽으로만 던졌습니다. 능글능글 전혀 긴장도 하지 않고요. 학교에서 남녀 반 공통으로 수업 들어오시는 선생님들 흉도 보고 흉내도 좀 내보고 그랬습니다. 윗도곡에서 학교가 있는 금산리까지 이십 리 통학길에 얽힌 무용담도 한참을 들었습니다. 얼마나 아침 일찍 나서야 하는지, 얼마나 배가 고팠는지, 얼마나 오싹한 길을 걸었는지 중구난방 신이 나서 떠들고 있는데 누군가 재미로 물었습니다.

"남산모랭이에는 귀신도 나온다며?"

그때였습니다. 좀처럼 입을 열지 않던 종애가 갑자기 목소리를 높였습니다.

"느그는 모른다, 진짜 무서운 건 우리 동네 머스마들이다. 어둑 어둑한 날 집에 올 때는, 꼭 우리 동네 머스마들이 우리를 놀래킨 다 아이가? 우리보다 먼저 가서 길가에 딱 엎디리 있다가, 우리 앞 에 돌멩이 획획 집어던진다 아이가? 이히히, 이상한 소리도 지르 고, 하여튼 길도 멀고 한데, 우리 동네 머스마들 때문에 학교 못 댕기겠다, 우리가…."

머쓱해 하는 재식이와 눈을 흘기는 종애를 바라보며 우리는 배를 잡고 웃었습니다. 이어서 재식이의 변명 겸 고생담도 들었습니다.

"이해해라. 만만한 기 너그 말고 또 누가 있노? 그래라도 한 번 웃어야 학교 다니는 길이 덜 심심코 그렇지, 안 그라면 우예 다닐 끼고? 우리는 너그 여자들이 억수로 부럽더라. 모심기할 때나 나 락 빌 때 돼 바라, 너그한테는 그래 안 카지만 우리보고는 아부지 가 아예 대놓고 학교 가지마라 캐뿌는데, 뭐. 결석 좀 하다가 학교 가보면 진도 다 나가고 엉뚱한 거 공부하고 있다 카이. 우쨌기나 앞으로는 너그 안 놀리꾸마. 그라고 놀래지 마라, 우리 던지는 거 돌멩이 아이고 솔방울이다."

재식이 말을 들으니 집에서 학교까지 어정어정 걸어가도 30분도 안 걸리는 우리 마을 통학길을 두고 투정을 부렸던 내가 너무 미 안해졌습니다. 문득 재식이가 이 세상을 많이도 살아낸 산전수전 다 겪은 큰형님처럼 느껴졌습니다.

힘들어 2학년부터 학교 앞 동네에서 자취를 하고 있는 솔방 사는 1반 수태 이야기도 잠깐 했습니다. 그러다가 이야기가 한참을 끊어지기도 했습니다. 그래도 길자라는 아이는 좀처럼 입을 열지 않았습니다. 시간이 꽤 된 것 같았습니다.

"내일까지 잘 놀다 가거래이. 우리는 이제 가께."

"응…."

여자아이 셋이 주섬주섬 자리에서 일어났습니다. 처음 둘러앉을 때와는 달리 나는 살짝 아쉬운 마음이 들었습니다. 재식이가 따라 나갔다가 들어오면서 대문을 잠갔습니다. 여자아이들 사라진 고샅 쪽에서 잠시 개 짖는 소리가 들렸습니다.

"나는 저 우에 작은 방에서 자면 된다. 잘 자거래이."

재식이는 불 꺼진 위채 작은 방으로 올라가고, 우리 셋은 모기장을 치고 조금 전까지 놀았던 방에 그대로 누웠습니다. 비로소 온몸이 방바닥 밑으로 빨려 들어가는 것처럼 노곤해져 왔습니다. 지금까지 들리지 않던 풀벌레 소리가 밀물같이 방 안으로 밀려들어 왔습니다. 새벽 1시는 아닐 테고 10시 반인지, 11시 반인지, 어디선가 괘종시계 소리가 뎅, 하고 한 번을 쳤습니다.

얼마나 잤을까, 갑자기 아랫배가 팽팽해서 눈을 떴습니다. 홑이불이 좀 눅눅했습니다. 진구와 용수는 세상모르고 고르륵고르륵 가볍게 코를 골고 있었습니다.

모기장을 가만히 들추고 밖으로 나왔습니다. 아래채 뒤란 담벼락에 붙어 서서 볼일을 보고 휘적휘적 다시 방 안으로 향하다가, 문득 그 자리에 우뚝 멈춰 서고 말았습니다. 왠지 알 수 없는 서늘하고 황홀하고 거대한 어떤 기운 같은 것이 천지 사방에 가득가득

차 있는 것만 같았으니까요. 우뚝 선 그 자리에서 눈을 비비고 고개를 들었습니다.

"야아…!"

너무나 맑은 밤하늘에 너무나 많은 별들이 또록또록 눈을 뜨고 나를 내려다보고 있었습니다. 세상의 별이란 별은 모조리 윗도곡의 하늘로 몰려온 것 같았습니다. 정말 혼자 보기 아까운 찬란한 별밭이 펼쳐져 있었습니다.

그렇게 우르르 우리를 데리고 그 멀고 높은 동네 윗도곡까지 갔다 온 진구였지만, 그 뒤로 하는 행동을 가만히 보면 꼭 금옥이와 사귀는 것 같지도 않았습니다. 금세 진구의 입에서는 듣도 보도 못한 또 다른 여학생 이름이 튀어나오곤 했으니까요.

어느덧 시월이 되었습니다. 시월은 노는 날이 많아서 참 좋았지요. 1일은 국군의 날, 3일은 개천절, 9일은 한글날, 24일은 유엔의 날, 거기다가 추석, 소풍, 운동회, 가정실습까지 이래저래 반은 놀고 반은 공부하는 달이 시월이었지요.

한글날을 며칠 앞둔 어느 날 종례 시간에 담임선생님은 나에겐 아주 중요한 학교 행사 하나를 미리 알려 주셨습니다. 바로 한글날 기념 교내 백일장이 열린다는 것이었습니다. 한글날 하루 앞날 오후에는 수업을 하지 않고 전교생이 산문이나 운문 중 하나를 골라 글을 쓴다, 주제는 그날 글쓰기 전에 바로 발표한다, 1차 심사는 담임선생님들이 하지만 최종 심사는 몇몇 국어 선생님들만이 하신다, 전교생 중 예닐곱 명은 상을 받을 것이다, 우리 반에서도 좋은 글을 쓰는 사람이 나왔으면 한다, 뭐 이런 말씀이었습니다.

그날 이후 며칠 동안 내 머릿속엔 온통 백일장 생각뿐이었습니다. 나는 자꾸 우리 선생님께서 종례 시간에 하신 그 말씀의 속뜻을 되뇌어 보았습니다.

'우리 반에서도 좋은 글을 쓰는 사람이 나와야 한다. 그래 나와야지. 그러면 우리 반 친구 중에서 누가 좋은 글을 쓸 수 있단 말인가? 이광수의 『무정』과 다른 소설 여러 편을 읽어 본 내가 아니라도 누군가 좋은 글을 쓸 수 있을까? 그래도 장래 희망이 시인인 내가 운문 부문에서 좋은 글을 써야 마땅한 일이 아닐까? 그런데 혹 상을 못 받으면 어떡하지? 내가 못 받는 것은 괜찮지만, 우리 선생님이 엄청 실망하실 텐데…'

가슴이 두근거리기도 하고 무엇을 잘못 먹고 얹힌 것처럼 가슴이 많이 갑갑해져 왔습니다. 그러나 분명한 건, 아무런 준비 없이 순전히 내 힘만으로 교내 백일장에서 좋은 시를 쓱쓱 써낸다는 건 처음부터 불가능하다는 것을 나는 스스로가 잘 알고 있었기에, 차분히 마음만 가라앉히고 시간을 보낼 수만은 없었습니다.

나는 다시 사촌형 방 책꽂이 앞으로 달려갔습니다. 거기서 발견한 책이 바로 월간잡지 『샘터』였습니다. 아담한 크기에 적당한 두께, 대체로 쉬운 내용의 짤막한 글들이 오밀조밀 실려 있는 이름도 정다운 책 『샘터』. 나는 『샘터』에 실려 있는 독자 투고란의 글 가운데 특히 시를 닥치는 대로 이것저것 마구 뒤적여 보았습니다. 백일장이 열리는 날 어떤 시제가 불쑥 나올지는 도무지 짐작이 가지 않았지만, 만약 내가 『샘터』에서 읽어 본 시와 비슷한 게 나오기만 한다면 나는 어쩌면 '좋은 글'을 써낼 수도 있겠다 싶었습니다.

드디어 백일장날이 다가왔습니다. 운문 시제는 '산'. 눈을 감고 지난 며칠 동안 『샘터』에서 훑어본 수십 편의 이런저런 시들을 머릿속에 죽 떠올려 보았습니다. 딱히 제목이 산, 혹은 산 어쩌구 하는 시는 없었던 것 같았습니다.

'산이라? 산, 산… 산이 어쨌다고? 백두산, 지리산, 옥교봉, 우리 동네 뒷동산….'

지금까지 소 꼴 먹이러 땔감 나무하러 수없이 오르내렸던 산인데 막상 산을 시로 쓰라고 하니 할 말이 한마디도 떠오르질 않았습니다. 썼다가는 지우고, 지웠다가는 다시 몇 자 끼적이고…. 말 그대로 종이와 씨름을 하고 있는데, 한순간 머릿속에서 반짝하는 작은 불씨 같은 게 하나가 보였습니다.

'아아, 이게 뭐지? 요것 봐라…, 잘만 하면….'

가만가만 불씨를 헤집고 또 헤집어 보니 역시 그 속에는 『샘터』가 있었습니다. 거기에 실려 있었던 어느 독자가 쓴 '단풍'인가 '가을 단풍'인가 아무튼 그 비슷한 제목의 시와 그 내용이 대충대충 내 머릿속에 떠오르는 게 아니겠습니까? 제목에 '산'을 슬쩍 끼워 넣고 내용도 조금만 손봐서 제출하면 되겠다는 생각이 퍼뜩 들었습니다.

가을 산

해마다 가을에는 산불이 난다.
빨간불, 샛노란불, 갈색불…

그 불은 산을 다 태우고
우리 집 감나무에까지 옮겨붙는다.

그런데 이상하다
아무도 그 불을 끄지 않는다.
오히려 가을이 왔다며
하늘을 쳐다본다.

막상 시라고 써 놓고 보니, 와락 걱정이 되었습니다. '혹 우리 선생님도 『샘터』에 실린 이 시를 보신 것은 아닐까? 못 보셨다 하더라도 이 시가 순전히 내 실력만으로는 쓴 시가 아님을 알아차리고 크게 화를 내시지는 않을까?'

그뿐만이 아니었습니다. 시 자체가 아무래도 좀 이상한 것 같았습니다. 제목과 내용이 서로 맞지 않은 것 같기도 하고, 제목에 산을 억지로 갖다 붙인 것 같기도 하고, 너무 짧은 것 같기도 하고….

그러나 어쨌든 태어나서 내 이름으로 처음 써서 처음으로 여러 사람 앞에 내보이는 나의 시를 가만히 들여다보니, 벌써 내가 상을 받은 것처럼 기분이 뿌듯해졌습니다. 가슴도 울렁울렁했습니다.

그러고 나서 한 보름이나 지났을까요? 마침 월요일이라 운동장에서는 전교 학생조회가 열렸는데 늘 사회를 보시던 음악 선생님이 조회 끝머리에 그러시는 것이었습니다.

"에, 오늘은 한글날을 맞아 실시한 교내 백일장에서 입상한 학생들에 대한 시상식을 거행하겠습니다. 호명하는 학생은 조례대 앞으로 뛰어나옵니다아!"

코가 오뚝하고 얼굴이 모가 져 꼭 쇼팽이나 멘델스존 같은 서양 음악가를 닮은 교무부장 음악 선생님이 학생들의 이름을 부르기 시작하자, 내 심장이 쿵쿵 소리를 내며 거의 터질 듯이 제멋대로 뛰기 시작했습니다. 손에 땀도 끈끈하게 났습니다.

'내 이름이 없으면 어쩌지? 국어 시간마다 자주 칭찬을 듣다가 막상 이런 데서 내 이름이 불리지 않는다면…, 아아, 그건 정말 창피하고 한심한 일인데…. 아니면 내 이름이 들어 있다면 나는 또 앞으로 무엇을 해야 하나? 이러다 정말 시인이 되는 것은 아닐까? 아아….'

산문 부문은 나와는 상관이 없었습니다. 운문 부문 입상자를 호명하기 시작했습니다. 나는 입안이 바싹 마르고 너무 긴장이 되어 차라리 고개를 푹 꺾어 버렸습니다. 그런데 이게 웬일입니까? 등급이 낮은 입상자 이름을 두어 명 부르는가 싶더니 본관 교실 옥상에 올려놓은 스피커에서 얼른 내 이름도 울려 퍼지는 것 같았습니다. 긴가민가하여 잠시 움찔하고 서 있으니 누군가 내 옆구리를 쿡 찌르며 말했습니다.

"야, 머 하노? 빨리 나가 봐라!"

"…!"

순간 또 가슴이 쿵 하고 한 번 더 내려앉으며 벌떡벌떡, 내 귀에 들리는 소리는 오직 내 심장 소리 하나뿐이었습니다. 조례대까지 어떻게 뛰어나갔는지, 퍼뜩 정신을 차려보니 조례대 앞에 서 있는 몇 명 입상자 대열에 나도 끼어 있었습니다. 그간 학업우수상이나 개근상은 받아본 적이 있어서 조례대 앞이 그리 낯설 까닭이 없는 데도, 이 백일장 상만큼은 나를 엄청 들뜨게, 놀라게 만들었습니다. 잠시 조례대 앞에서 장원을 한 3학년 누나의 등 뒤에 서 있자니, 전교생들이 모두 내 뒤통수만 쳐다보는 것 같았습니다.

도로 대열로 돌아와 옆구리에 끼고 있던 상장을 살며시 쳐다보니 운문 부문 차상이라는 상이었습니다.

자칫하면 서리를 맞히기 십상이라 동네마다 가을걷이에 눈코 뜰 새 없는 시월 하순. 우리 상동중학교 2학년 5개 반은 난생처음 수학여행 길에 올랐습니다. 목적지는 서울.

대개 지금까지 우리가 가 본 제일 먼 곳은 기차로 한 시간 거리인 부산 아니면 대구였습니다. 그런데 우리가 서울까지 가 보다니, 생각만 해도 마음이 달아올랐습니다. 공납금도 못 내는 형편에 여행비까지 마련할 길이 없어 한 반에 열댓 명씩 빠지는 친구들이 생겼습니다.

이른 아침 학교 앞에 있는 유천역으로 나가니, 부산진발 용산행 완행열차는 우리를 위해 꽁무니에 두 칸의 객차를 따로 붙이고 왔습니다. 남학생들이 한 칸, 여학생들이 한 칸을 차지했습니다만, 남학생 칸이 너무 복잡하여 몇몇은 여학생 칸으로 넘어가야 했습니다.

태어나서 처음으로 기차를 하루 종일 탔습니다. 추풍령을 넘어, 담배 이름 신탄진을 거쳐 평택, 오산도 지났습니다. 눈도 지치고 입도 좀 지쳤습니다. 온몸에 비릿한 쇳가루 냄새가 배어든 것 같았습니다. 어디쯤인지 객차 왼쪽 창밖을 언뜻 내다보니 밀양보다 훨씬 넓은 들판이 펀펀하게 펼쳐져 있고 저 멀리 야트막한 산 위에는 바알간 저녁해가 막 떨어지고 있었습니다.

종점 용산역에 내린 건 어둑어둑한 저녁답이었습니다. 우리는 역사 밖으로 나가지 않고, 역 안 육교를 통해 좀 높고 이상하게 생긴 다른 플랫폼으로 옮겨갔습니다. 가서는 눈을 동그랗게 뜨고 선생님 말씀에 귀를 기울였지요.

"여기가 바로 지하철 타는 데다. 절대 친구를 놓치면 안 된다이. 여기서 대여섯 역 가면 종각역이 나온다. 거기서 모두 내려야 한다. 차 안에서 방송도 나오니, 잘 들어야 한다. 종각역에서 못 내리는 사람은 바로 서울에서 고아나 거지가 된다, 알았나?"

"예!"

잠시 뒤, 마치 지네처럼 소리도 없이 앞이 뭉툭한 열차 한 대가 스르르 우리 앞으로 달려왔습니다. 열차 지붕과 지붕 위에 걸려 있는 전깃줄이 무슨 막대기 같은 것으로 연결돼 있었습니다. 칙, 열차가 멈췄습니다. 그때야 우리는 알아차렸습니다. 조금 전, 선생님이 아무 데나 서 있지 말고 플랫폼 바닥에 노란 줄을 그어 표시

를 한 곳에서 기다리면 된다고 하셨던 그 말의 뜻을. 플랫폼과 높
낮이도 똑같아 전혀 턱이 지지 않은 열차 문은 바로 그 노란선과
한 치의 어긋남도 없이 맞아떨어졌으니까요.

우리가 정말 놀란 것은 그 다음이었습니다. 누가 열지도 않았는
데 열차 문이 스르르 저절로 열리는 게 아니겠습니까? 주뼛주뼛
객차 안으로 들어서자마자 우리는 또다시 기가 죽고 말았습니다.
아무리 땅속으로 달린다는 지하철이지만, 뭣 하러 전등을 그리 많
이 밝혀 놓았는지, 차 안은 눈을 못 뜰 정도로 환했습니다. 더러는
창가 쪽 마주 보게 만든 긴 의자에 앉아 있고 또 더러는 손잡이를
잡고 서 있던 손님들이 일제히 우리를 쳐다보았습니다.

지하철을 타는 순간 우리 밀양 촌놈들은 혼이 다 빠져 버렸습니
다. 그리고 몹시 부끄러워졌습니다. 달랑하고 꾀죄죄한 겨울 교복,
남루한 운동화, 새까만 목덜미, 도무지 입을 열 수 없는 경상도 사
투리…. 거기다가 왜 그리 불빛은 햇빛처럼 환해서 우리들의 몰골
을 있는 그대로 서울 사람들 앞에서 다 드러내 보여야 하는지….

지하철은 역과 역이 가까워서 가다가 서다가를 반복했습니다.
정말 고아나 거지가 될까봐 다들 정신을 바짝 차리고 있는데, 객
차 천장에서 안내방송이 흘러나왔습니다.

"다음 정차할 역은 종각, 종각역입니다. 내리실 문은 오른쪽입니다."

탈 때는 땅 위였는데 내릴 때는 땅 속이었습니다. 왜 지하철이라
고 하는지 그때야 이해가 되었습니다. 잠시 계단 몇 개를 밟고 올
라섰습니다. 비로소 꾸역꾸역 자동차가 밀리면서 다니고, 사람들
이 왁자한 엄청 넓고 엄청 환한 길 하나가 나타났습니다. 종로라고

했습니다.

"와, 저거 몇 층이고?"

"차, 저엉말 많다. 쌔리 삐까리다!"

"진짜네!"

둘러보니 참으로 놀랍고 신기했습니다. 차들이 너무 많아 빨리 달리지를 못하고 있었습니다. 저렇게 넓은 길에 저렇게 많은 차들이 어떻게 서로 부딪치지 않고 다니는지 알 수가 없었습니다. 인도에도 환한 가로등 밑을 수많은 행인들이 복작대고 있었습니다. 과연 수도 서울이었습니다. 더군다나 보이지 않는 저 길 밑에 또 다른 한 세상이 있다고 하면 누가 믿을 것인지….

우리는 대열을 지어 선생님을 따라 골목길을 조금 굽어 들어갔습니다. 아담한 4층 건물이 하나 이마에 '평택여관'이라는 불빛을 달고 우리를 기다리고 있었습니다.

이튿날 오전, 우리는 조그만 버스 몇 대에 나누어 타고 북악스카이웨이, 육군사관학교, 남산을 차례로 구경했습니다. 북악스카이웨이라는 곳에 가니 '촬영금지'라는 팻말이 곳곳에 보였습니다. 차에서 내리지도 못했습니다. 얼마 전에 북한 124군 부대 소속 김신조가 생포된 장소도 그 근처 어디라고 했습니다.

오후에는 창경원으로 갔습니다. 그 옛날 궁궐이었다는 창경원에는 정말 많은 동물들이 갇혀 있었습니다. 좁고 더러운 우리에 갇혀서 풀이 죽고, 낑낑대는 동물들이 한편으로는 좀 불쌍해 보여서 그리 즐겁지만은 않았습니다.

창경원에서 내가 가장 오래도록 들여다본 동물은 늑대였습니다. 보리밭에 숨어 있다가 숨바꼭질에서 홀로 떨어진 아이를 냉큼 물어 가기도 하고, 동화책에서는 머리와 입이 유난히 크고 이빨이 날카로워 힘 약한 동물을 괴롭히기도 하고, 옛이야기 속에서는 산속에서 홀로 떨어진 사람을 보면 냉큼 잡아먹지 못하고 사람 주위를 자꾸 빙빙 돌아 어지럽게 만들어 쓰러뜨린 후 비로소 잡아먹기도 한다던 동물, 그 늑대가 바로 내 눈앞에 있었으니까요.

하지만 늑대도 생김새가 특별하지는 않았습니다. 언뜻 보기엔 얼룩덜룩 털빛이 곱지 못한 집에서 키우는 덩치 큰 개와 비슷했지만, 자세히 보니 개와는 조금 다른 점도 있는 것 같았습니다. 우리 속에서 자꾸 왔다 갔다 하며 좀처럼 가만히 있지 않는다든지, 눈빛이 왠지 날카롭다든지….

창경원에서 의외로 많은 시간을 보내버렸습니다. 해거름에 줄을 지어 대로를 따라 걸었습니다. 우린 어디가 어딘지 도통 가늠이 안 됐지만 아주 잘 쌓아 올린 높은 돌담 밑도 지나고, 사거리도 지나고, 제법 높은 빌딩 밑을 지나서 걷고 또 걸었습니다. 조금만 더 가면 평택여관이 나온다고 했습니다. 스산한 바람이 목덜미를 훑으며 지나가고, 여기저기 전등이 켜졌습니다. 별모레가 고작 11월인데, 종종걸음으로 지나가는 사람들의 옷깃에서는 가을이 아니라 겨울 냄새가 물씬 났지요.

그때였습니다. 앞서거니 뒤서거니 함께 걸어가던 우리 반 친구 용대가 느닷없이 내 옆구리를 쿡 찔렀습니다. 돌아보니 눈을 찡긋하는 게 무슨 할 말이 있다는 눈치였습니다.

"와?"

대열 밖으로 내 소매를 끌어당기더니 낮은 귓속말로 속삭였습니다.

"우리 오늘 저녁에 그냥 잘 끼가?"

"안 자믄? 머 할라꼬?"

"우리 술 함 마시 보자. 소주 같은 거…."

의기투합한 용대와 나는 우리 반 반장 병찬이, 그리고 다른 반 아이들 두엇도 끌어들였습니다. 어젯밤에도 선생님들이 여관 입구에서 소지품 검사를 한다고 하셨지만, 반장 부반장 같은 아이들은 그냥 들여보내 주었으니 그 틈을 노리자는 데까지 합의를 했습니다. 긴급히 길 위에서 추렴한 돈을 들고 우리는 대열 뒤로 자꾸 처지다가, 결국 두어 명이 길가 상회로 들어가서 선생님 심부름이라고 둘러대며 술을 사는 데 성공했습니다. 네 홉들이 소주 한 병과 두 홉들이 포도주 한 병, 그리고 부스럭거리는 과자 몇 봉지.

저녁을 먹고 좀 어정거리다가 우리는 2층 구석진 그곳, 용대와 내가 배정받은 그 방으로 모였습니다. 우리 조 다른 아이들은 슬금슬금 눈치를 살피며 자리를 비켜주었지요.

이런 일이라면 당연히 진구와 의논해야 하지만 진구는 술과 담배에 대해서는 이상하리만치 관심이 없었습니다. 국민학교 때 몰래 술을 한 모금 마셨다가 온몸이 벌겋게 달아오르고 두드러기까지 나는 바람에 아예 술이라면 거들떠보지도 않는 진구였지요. 담배도 그랬습니다. 더러 아버지 담배를 몰래 훔쳐다가 학교 오가는 길목 어딘가에 숨겨두고 한 번씩 연기맛을 보는 아이가 있다고도 했지만 진구는 아예 담배의 '담'자도 꺼내지 않았습니다. 진구의 관심은 오직 남자들의 주먹 서열, 그리고 여학생들의 신체 구조나 발육 상태 혹은 그들의 비밀스러운 대인 관계에 관한 것들뿐이었습니다.

1학년 때는 같은 반이라 그런 진구 때문에 꽤나 성가시기도 했습니다. 교실 좌석 배치를 키 순서대로 하다 보면 진구와 내가 바싹 붙어 앉을 때가 많았는데, 여학생들이 운동장에서 체육을 하는 시간이면 진구의 관심은 온통 바깥으로만 향했습니다. 그러다가 선생님께서 판서라도 시작하면, 내 등짝을 찌르면서 아주 나지막한 목소리로 집적거립니다.

"인마, 바라, 바라! 지금 체육하는 학년 2학년 맞제? 배드민턴 치는 왼쪽 쟈, 누고? 니는 모르나?"

"…"

"우와, 가시나 저거, 가슴 크네."

"…"

매정하게 손끝을 뿌리치면서 칠판 쪽으로 고개를 돌리고 말지만, 그럴수록 진구는 더 끈질기게 말을 걸어옵니다. 어떨 땐 선생님이 우리 쪽으로 보고 계시는데도 쪽지에다 뭐라고 한 자 써서 슬쩍 건네줍니다.

'피구하는 저 반 4반이가, 5반이가?'

그러면 나도 냉큼 그 쪽지에다 그대로 몇 자 써서 도로 보내버리지요.

'모른다. 묻지 마라. X'

쪽지를 펴 보고 나서 진구는 혼자 중얼거립니다.

"하따, 그 자슥 그거."

그랬습니다. 진구가 청소 시간에 나 대신 고함을 질러 청소를 닦달할 때는 무척 고맙기도 했지만, 수업 시간에는 진구 때문에 자주자주 가슴을 졸여야 했던 1학년 시절이었지요.

술 두 병을 사이에 두고 다섯 명이 둘러앉았습니다. 우리 반 3명 말고도 1반에서는 국민학교 때는 한 해 선배였지만 중학교에 와서 동기가 돼버린 부반장 종호, 2반에서는 매화에서 늘 자전거를 타고 통학하는 강석이가 끼어 있었습니다. 그래도 총 다섯 명 중 3명이 3반이니 이번 모임의 주축은 우리 3반인 셈이었지요.

우선 과자 봉지를 뜯어 가운데 놓았습니다. 가볍고 작은 종이컵도 꺼냈습니다. 병뚜껑을 따야 하는데 병따개가 있어야지요. 할 수 없이 누군가 이로 쇠 병뚜껑을 물어뜯었습니다.

"자, 쪼매씩 마시 보자."

좀 만만해 보이는 포도주에 도전했습니다. 달착지근한 향기를 풍기는 선홍색 액체를 종이컵에 골고루 나눠 다섯 잔을 만들었습니다. 순간 오만가지 생각이 머릿속을 스쳐 지나갔습니다.

다들 좀 망설이는 눈치였습니다. 하지만 여기까지 와서 물러설 수는 없는 노릇. 술을 마신다고 반드시 발각되는 것도 아닐 테고 만에 하나 발각되더라도 선생님께 혼나면 그만이지만, 지금 여기까지 와서 술잔을 눈앞에다 두고 갑자기 꼬리를 내리는 사람이 나온다면 그는 앞으로 친구들 세계에서 전혀 말발이 안 서는 형편없는 놈으로 전락하고 만다는 것을 우리는 이미 다 알고 있었으니까요. 누가 먼저랄 것도 없이 술잔을 들어 입에 갖다 댔습니다. 숨을 멈추고 천천히 잔을 기울여 그 빛깔 고운 액체를 쪼르르 목구멍으로 단숨에 다 흘려 넣었습니다. 먹을 만했습니다. 많이 달착지근했고 또 조금은 찌릿하면서도 그리 낯설지 않은 그 맛.

이윽고 우리는 소주병을 집어 들었습니다. 아무리 소주라 하지만 다들 어른들 몰래 슬쩍슬쩍 한 모금씩은 맛본 적이 있어 익히 알고 있었지만, 그래도 소주란 이름 앞에서 다들 긴장하는 눈치였습니다. 다시 그만그만하게 다섯 잔이 만들어졌습니다. 소주야말로 정말 술이었습니다. 한 모금 마시고 나니 저절로 캬 소리가 났습니다. 다들 잔을 던지듯 놓고서는 도리질을 치면서 과자부스러기를 입에 넣어야 했습니다. 대번에 식도가 화끈화끈해졌습니다. 한 잔씩 마셨는데도 네 홉들이 소주병엔 소주가 아직 반 넘게 남아 있었습니다. 이번에는 종호가 나섰습니다.

"한 잔씩 더 묵자. 그러면 딱 맞겠다."

"좋다."

누군가 맞장구를 치면서 남은 소주를 다시 종이컵에 돌아가며 골고루 부어 고만고만하게 다섯 잔을 만들었습니다. 이번에는 좀 멋지게 어른들처럼 술잔을 서로 슬쩍 부딪치고 나서 마셨습니다. 마치 여름날 동네 골목길 평상 위에서 노는 아버지들처럼. 우리는 빈 술병과 남은 안주를 사이에 두고 잠시 횡설수설 떠들며 놀았습니다. 누군가 진로라는 글씨가 박혀 있는 병 포장지를 유심히 살피더니 소주 도수를 알아냈습니다.

"와, 이거 25도네."

"그래?"

"그라면 포도주는 몇 돈데?"

또 누군가 빈 포도주병을 살펴보았습니다.

"요건 알코올 함량 12도."

"집에서 어른들 마시는 탁주는 몇 도고?"

"몰라, 포도주하고 비슷하나…."

그러나 우리는 어른들처럼 그렇게 가볍게 엉덩이를 툭툭 털며 일어설 수가 없었습니다. '어라, 이게 왜 이러지?' 시간이 흐를수록 우리들 몸은 눈에 띄게 이상해져 갔습니다. 낯이 화끈거리고, 혀가 좀 굳는 것 같고, 머리도 많이 아프고, 무엇보다 잠이 쏟아지기 시작했지요. 다들 눈이 게슴츠레하고 자꾸 하품을 해대기 시작했습니다.

"안 되겠다. 우리 인자 자자."

"그래, 그기 좋겠다."

입안이 퍽퍽하고 목이 말라 눈을 떴습니다. 그러나 퍼뜩 모든 사물들이 제 모습을 드러내지 않았습니다. 고개를 절레절레 흔들면서 눈을 좀 비벼 보았습니다. 조금 더 또렷하게 보이기 시작했습니다. 그런데 이게 웬 일입니까? 옆에 누워 있어야 할 예닐곱 명의 같은 조 친구들은 안 보이고, 용대만 내 옆에서 방바닥에 눌려 비뚤어진 입을 하고 엎어져 있는 게 아니겠습니까?

아차, 난 대번에 결코 가볍지 않은 일이 벌어졌음을 직감했습니다. 창문 커튼 사이로는 제법 환한 빛이 비쳐들고 있었습니다. 전깃불이 아니라 햇빛이었습니다. 세상 모르고 늦잠을 자 버리고 만

것이었습니다.

그때였습니다. 어디서 쯧쯧 혀 차는 소리가 들렸습니다. 눈을 한 번 더 비비고 고개를 들어보니 세상에, 우리 담임선생님께서 넓은 방 안 저만치서 팔짱을 낀 채 우리 둘을 이윽히 내려다보고 계시는 게 아니겠습니까? 그 옆에는 반장 병찬이도 고개를 푹 꺾은 채 서 있고.

이상한 낌새에 용대도 부스스 일어났습니다. 나처럼 머리가 아픈지 일어나자마자 용대도 머리를 자꾸 흔들어댔습니다. 나는 다시 한 번 주위를 둘러보았습니다. 그러자 누가 설명을 해 주지 않아도 대번에 사건의 자초지종이 보였습니다. 아이들은 아침 식사 시간에 맞춰 지하 식당으로 우르르 내려가 버렸다, 나와 용대는 그것도 모르고 쿨쿨 늦잠만 자고 있었다, 우리 선생님은 인원 점검을 통해 두 명이 모자란다는 사실을 알아내셨다, 아무리 기다려도 두 명이 식당으로 안 내려오자 반장을 닦달하셨다, 이상한 낌새에 얼버무리는 반장을 앞세워 2층 방으로 올라오셨다, 결국 어제저녁 우리가 한 일이 발각되었다, 뭐 이런….

'하, 새애끼들, 좀 깨워줄 일이지.'

그러나 물은 이미 엎질러진 뒤. 식당이 있는 지하로 내려가니 아이들은 와글와글 밥을 먹고 있었고, 먼저 먹은 아이들은 벌써 자리를 뜨고 있었습니다.

난감한 일은 또 벌어졌습니다. 빈 밥상이 얼른 눈에 띄지 않아 어디서 밥을 먹어야 하나 하고 나와 용대 그리고 그때까지도 밥을 못 먹고 노심초사하던 병찬이가 두리번거리자, 수학 선생님께서 그만 선생님들만 모여 계시는 밥상 한 귀퉁이에 우리 셋을 주질러앉히셨습니다.

"이 접시물에 빠져 되질 노무자슥들아, 자, 속이나 풀어라."

수학 선생님께서는 새 국그릇 하나를 우리 앞으로 쑥 밀어주셨습니다. 옆에 계시던 또 어떤 선생님 한 분도 싱글벙글 웃으시며 한마디 던지셨습니다.

"허허, 3반 야들, 수학여행 와서 히트 치네, 히트 쳐!"

검은 뿔테 안경에 아주 창백한 낯빛을 하고 있어서 꼭 저승사자 같은 인상을 풍기는 학생주임 선생님은 '너희들은 학교 돌아가기만 가 봐라, 바로 무기정학이다.'라는 듯이 우리 셋을 안경알 너머로 가만히 노려보기만 하셨고요. 눈치를 보니 이미 우리 선생님뿐만 아니라 수학여행에 따라오신 모든 선생님들이 어젯밤 우리들이 저지른 일을 알고 계시는 듯했습니다.

수학여행 사흘째 되는 날 낮엔 얼마 전에 개장했다는 어린이대공원을 구경하고 그날 저녁, 우리는 다시 용산역에서 그 완행열차를 탔습니다. 이젠 북행열차가 남행열차로 바뀌었습니다.

여전히 자리는 비좁았습니다. 이를 알아챈 어떤 선생님 한 분이 의외의 지시를 내리셨습니다.

"자리가 비좁은 사람은 머리 위 선반에 올라가도 좋다."

"뭐? 선반? 그으래, 저기다, 올라가 보자!"

짐을 이리저리 몰아버리고 빈 공간을 만들어 여남은 명이나 선반으로 기어 올라갔지요. 어떤 친구는 산에라도 오른 것처럼 그새

야호를 외치고 있었습니다. 나도 한번 올라가 보았습니다. 일어설 수가 없고 밑의 좌석보다 좀 더 흔들려서 그렇지 다리를 쭉 뻗고 누우니 잠자기 그만이었습니다. 덕분에 밑의 좌석 사정도 좀 나아졌습니다.

밤 열차는 무수한 불빛을 뒤로 밀어내며 달리고 서고를 반복했습니다. 어디가 어딘지 통 분간할 수 없었지만, 아주 높은 산은 보이지 않고 지평선 저 멀리까지 불빛들이 흩어져 있었습니다.

"자, 계란이요, 오징어요, 사이다요…."

가끔씩 홍익회 아저씨가 손수레를 끌고 나타나면 우리는 주머니에 남아 있는 잔돈을 탈탈 털어 이것저것 마구 사 먹었습니다. 선생님들께서 허락받은 남학생 몇몇을 제외하고는 절대 여학생 칸으로 못 넘어가도록 막고 있는 것 하나만 빼고는, 참 배부르고 즐거운 밤 열차 안이었습니다.

초저녁에는 이 역 저 역 다 서던 열차도 밤이 이슥하게 깊어지자 먹물 같은 어둠 속을 마치 급행열차처럼 달리고 또 달리기만 했습니다. 우릉우릉 철교도 지나고, 두두두 귀가 찡한 터널도 지나서 이틀이나 밤잠을 설쳤던 우리들을 싣고 한없이 달렸습니다. 제법 먹고 제법 떠들어 델 기세였던 아이들도 어느새 서로 엉겨 하나둘 고꾸라지기 시작했습니다. 어떤 아이들은 객차 천장에 달린 벌건 나트륨 전등불빛이 눈에 거슬렸던지 교복 윗도리를 벗어 얼굴을 가린 채 코를 골기도 했고요.

자다가 깨다가 얼마나 뒤척였을까 덜커덩 쿵, 기차가 좀 급하게 서는 바람에 놀라 눈을 뜨니 열차는 엄청 큰 역에 서 있었습니다.

대전역이었습니다. 승객들 중에 어떤 사람은 플랫폼에 있는 가게로 뛰어가서 김이 무럭무럭 나는 가락국수 국물을 홀홀 마시기도 했습니다.

열차는 또 어둠 속으로 빨려 들어갔습니다. 철커덕 철커덕, 객차 밑바닥에서 일정하게 들려오는 쇠바퀴 구르는 소리가 꼭 자장가처럼 들려 다시 다들 눈을 감았습니다. 차창밖엔 불빛 한 점 보이질 않았습니다. 홍익회 아저씨와 차장 아저씨의 모습도 뜸해졌습니다.

그러다 열차가 다시 멈춰 섰습니다. 어느새 창밖이 푸르스름했습니다. 차창에 어린 김을 손바닥으로 닦아내고 밖을 내다보니 자욱한 안갯속으로 꽤 많은 승객들이 이리저리 종종걸음을 치고 있었습니다. 어느 시골 역에서 새벽밥을 먹고 길을 나섰는지 보따리와 함지박을 머리에 인 아주머니, 할머니, 가방을 든 고등학생 대학생, 말쑥하게 차려입은 젊은 사람들이 많이도 내려서 플랫폼을 빠져나가고 있었습니다. 대구였습니다.

학교로 돌아와서 공부를 시작했지만 조마조마한 마음에 글이 눈에 들어오지를 않았지요. '무기정학이든 근신이든 어서 무슨 벌을 받아버렸으면, 수학여행에 따라가셨던 선생님들이 우리 부모님들에게만은 제발 비밀로 해주셨으면…' 그러나 무슨 조치를 내리는 건 3학년 규율부 선배들이 빨랐습니다. 어떻게 알았는지 우리들이 서울 종로 뒷골목 어두컴컴한 여관 구석방에서 저지른 죄상을 낱낱이 꿰고 있었습니다.

매일 아침 등굣길에 올라 교실에 도착할 때까지 우리 1, 2학년들을 가장 힘들게 하는 것은 십 리, 이십 리가 넘는 먼 길도 아니고, 그 길에 이는 뿌연 흙먼지도 아니고, 책과 늘 김치국물 흘러넘치는 도시락이 든 무거운 책가방도 아니고, 학교에 도착하면 벌써 배가 고파 오는 아침 허기도 아니었습니다. 매일 교문을 철통같이 지키고 서 있는 규율부 선배들의 날카로운 눈초리와 매서운 손찌검은 그 무엇보다 무섭고 힘들었습니다. 힘센 3학년 선배 몇몇을 제외하면 다들 아침 교문을 무사히 통과하기란 참으로 힘들었습니다. 옷매무새를 한껏 가다듬고 서로서로 점검도 해 주면서 살얼음판을 걷듯 조심조심 교문을 들어서지만 그들은 십중팔구 우리를 불러세웠지요.

무엇을 입든 무엇을 들든 책과 도시락만 챙겨서 학교로 가면 그만인 국민학교 때와는 달리, 중학생들의 옷차림과 준비물은 머리에서 발끝까지 복잡하고 엄격했습니다. 온통 검은색 일변도인 동복은 특히 더 그랬습니다. 검은색 모자 정면 한가운데는 '경남 지역 중학교'란 말의 첫 글자인 'ㄱ ㄴ ㅈ'을 겹쳐서 만든 구릿빛 쇠모표를 붙여야 하고, 모자 둘레에는 모자띠도 둘러야 하고, 목둘레를 빙 돌아가며 손가락 한 마디 높이로 솟아올라 목을 꽉 조여 주는 교복 상의 옷깃에는 보통 '후크'라고 부르는 갈고리가 두 짝이 있는데 이건 항상 채워져 있어야 하고, 옷깃 양옆에는 상동중학교임을 나타내는 교표 '中'과 로마자 숫자로 된 학년표 'Ⅱ'도 붙어 있어야 하고, 옷깃 안쪽에는 빨락거리는 얇고 하얀 플라스틱 동정깃도 들어 있어야 하고….

그뿐만이 아니었습니다. 짧은 스포츠형 머리는 기본 중에서도 기본이고, 늘 가지런히 다섯 개를 달고 다녀야 하는 단추, 반드시 매고 다녀야 하는 허리띠, 왼쪽 가슴팍에 재봉틀로 박아 붙여 다녀야 하는 이름표, 이름표 밑에 핀으로 꽂고 다녀야 할 '산불 조심', '쥐를 잡자'와 같은 리본….

그러나 딱 하나, 규율부 선배들이 터치하지 않는 것도 있었으니 그것은 바로 옷이 몸에 좀 맞지 않아 껑충해 보이거나 여기저기 좀 해진 옷을 입고 다니는 아이들이었습니다.

수학여행 마치고 돌아와서 한 2, 3일이 지났을까, 아침에 교문을 막 들어서는데 3학년 규율부 선배 하나가 반짝 눈빛을 빛내며 나를 불러 세웠습니다.

"어이, 이 새끼야, 니 일로 온나이…."

"예?"

"니 2학년 3반이제?"

"예."

"씨발늠, 겁대가리 없이, 니 점심 묵고 놀러가지 말고 교실에 남아라이. 알았제?"

"예."

발로 내 정강이를 슬쩍 걷어차며 싸늘한 목소리로 말했습니다. 조짐이 영 심상찮았습니다. '건수'가 뭔지는 몰라도 무거운 맷돌 하나를 올려놓은 것처럼 대번에 가슴이 갑갑해져 왔습니다. 책도, 판서도, 선생님 설명도 영 눈과 귀에 들어오질 않았습니다.

이윽고 점심시간, 그 선배 모습이 복도에 어른거렸습니다. 밥을 먹는 둥 마는 둥 망연자실 앉아 있는 나와 열린 창틈으로 눈이 마주친 그 선배는 검지를 까딱까딱하면서 나오라는 신호를 보냈습니다. 그런데 이게 웬일입니까? 병찬이와 용대도 황급히 책상 위를 정리하면서 자리에서 벌떡 일어나는 것이었습니다.

'아차, 그랬구나!'

나는 비로소 우리가 지금 왜 불려 나가고 있는지 대번에 깨달았습니다. 고개를 꺾고 따라갔습니다. 다리가 후들거렸습니다. 변소 뒤였습니다. 헉, 거기에는 벌써 3학년 규율부장이 주머니에 손을 넣은 채 떡하니 버티고 있었습니다. 그 옆에는 다른 규율부 선배도 두엇 더 보이고요. 규율부장까지 기다리고 있는 으슥한 곳으로 끌려가자 대번에 간이 스르르 녹는 것 같았습니다.

규율부장은 전교학생회를 이끄는 학생회장, 운동장 조회 때 맨 앞에 서서 구령을 붙이는 대대장과 함께 우리 학교 '3장' 중 한 명이지만 무섭기로 치자면 으뜸이었습니다. 이른 봄 선거를 할 때는 유세도 하고 투표도 해서 그럴싸해 보이지만 막상 뽑히고 나면 그만큼 싱거운 것도 없는 게 학생회장이란 직함이었습니다. 할 일이라곤 오직 하나, 가뭄에 콩 나듯 한 번씩 열리는 전교학생회의에서 낑낑대며 사회를 보는 게 다였으니까요. 대대장도 좀 그랬습니다. 목 아픈 선생님을 대신해서 운동장 조회 때마다 '차렷! 열중쉬어! 교장 선생님께 경례!'를 외치는 게 유일한 임무였으니까요. 그런데 규율부장은 달랐습니다. 학교 안에서는 1년 내내 학생들의 왕으로 군림할 수 있는 자리가 바로 규율부원이었고, 그중에서도 제일 위엄 넘치는 이름이 규율부장이었으니까요.

상동중학교 규율부. 3학년 가운데서 덩치 크고 눈매 매서운 남녀 학생 여남은 명으로 구성된 이 규율부야말로 하급생들에겐 공포 그 자체였습니다. 좀 순한 선생님보다는 3학년 규율부원이 훨씬 더 무서웠지요. 언제 어디서건 그게 학교 울타리 안이라면 모든 학생들을 째려보고, 불러 세우고, 벌주고, 눈감아 주고, 다치지 않을 만큼만 두드려 패 줄 수 있는 게 규율부원의 임무이자 권한이었습니다. 규율부원들이 허리띠와 어깨띠를 두르고 완장까지 척 차고 나서면 모두들 눈치를 슬슬 살피곤 했습니다.

특히 규율부원은 그 엄하게 진행되는 아침 조회 시간도 예외였습니다. 자기 반 대열에서 부동자세로 서 있는 게 아니라, 담당 반 대열 맨 뒤에 서서 혹 꼼지락대며 교장 선생님 말씀을 흘려듣는 아이가 있나 살펴봅니다. 그러다가 자세가 불량한 아이라도 나타나면 대열 가운데로 걸어 들어가서 조용히 그러나 아주 매섭게 발뒤꿈치를 걸어찹니다.

그래도 규율부 내에서는 금기 사항이 하나 있긴 했습니다. 그건 남자 규율부원은 반드시 남학생만, 여자 규율부원은 반드시 여학생만 단속해야 한다는 것이었습니다.

규율부 선배 하나가 주머니에서 손가락 잘린 검은 가죽 장갑을 꺼내 천천히 끼면서 우리 셋을 변소 뒷벽에다 나란히 세웠습니다.

"야, 장병찬!"

"…예."

"어쭈, 대답 봐라이."

"야, 장병찬!"

"예!"

"야, 문정태!"

"예!"

"야, 최용대!"

"예!"

"장병찬, 이 존만한 새끼야, 니는 2학년 3반 반장이제?"

"예!"

"문정태, 이 새끼야. 니는 2학년 3반 부반장이제?"

"예!"

"근데 이 자슥들이 겁대가리 없이, 왜 맞는지 알겠제? 앞으로 잘 해라이!"

"예!"

우리는 무조건 예, 예로만 대답했지만, 퍽퍽, 명치 부근에 날아와 꽂히는 '후쿠'는 우리들의 허리를 몇 번이나 꺾어 놓았습니다. 또 다른 규율부 선배는 우리더러 어금니를 꽉 다물라고 한 뒤 찰싹찰싹, '왕복 빼마리'를 여남은 대나 날렸습니다. 눈에 불이 번쩍하며 눈물도 찔끔 났습니다. 우리는 눈물과 비명을 꾹꾹 삼키면서, 가장 불쌍하고 가장 아픈 표정을 지으면서, 형편없는 몰골로 고꾸라졌습니다. 대답도 더 크게 했습니다. 고개를 푹 처박고 반성하고 또 반성한다는 신호도 충분히 보냈습니다. 매를 한 대, 아니 반 대라도 줄일 수 있는 방법은 오직 그것밖에 없었으니까요.

꼭 규율부가 아니더라도 3학년 선배들은 우리를 몇 번 더 불러냈습니다. 그때마다 흠씬 얻어터졌지요. 그리고 두 번, 세 번 선배들 앞에서 다짐해 올렸지요. 앞으로는 절대 3학년들을 앞질러 가지 않겠노라고, '소똥에도 층계가 있음'을 절대 잊지 않겠노라고. 반장 부반장 노릇을 더 열심히 수행하겠노라고.

한바탕 매타작이 지나가고 나니 차라리 마음이 편해졌습니다. 다만 무기정학 같은 처벌을 내려 우리 학교 교장 선생님과 집에 계신 부모님들까지도 저절로 알게 만들지만 않는다면, 교무실 앞 복도에 몇 날 며칠 수업도 안 시키고 꿇어앉혀 놓지만 않는다면, 이런 정도의 고통은 당연히 받아 마땅하다고 생각했습니다.

그런데 정말 신기한 일은, 선배들이 그러고 있는 사이 수학여행 가서 우리들이 저지른 짓을 낱낱이 알고 계시는 선생님들은 정작 아무 말씀도 없다는 것이었습니다. 우리 선생님도, 수학 선생님도, 심지어 학생주임 선생님까지도.

사실 학교에서 징계를 받는 아이들은 자주자주 생겼습니다. 보통은 매 몇 대로 넘어가고 말지만 도저히 그런 정도로는 사건이 매듭지어지지 않으면, 학생부에서 징계를 내리곤 했습니다. 우리 학교 학생이라면 징계까지 당해야 하는 사건이 무엇무엇인지 다들 잘 알고 있었습니다. 담배 피우기, 술 마시기, 불건전한 이성 교제, 제법 오래 무단결석하기, 밤에 유천국제극장이나 가설극장 몰래 구경 가기. 공납금을 못 내거나 공부를 못하는 것은 징계와는 아무 상관이 없었습니다. 그저 창피를 좀 당하거나 매를 몇 대 맞고 나면 그만이었지요.

우리 학교의 교우관계에 대한 방침은 한마디로 그랬습니다. 저학년 여학생 1명과 고학년 여학생 1명이 짝을 이뤄 사귀는 '의자매 맺기 운동'은 장려, 이성 교제는 엄금. 그래도 남녀공학인데 이성 교제 사건이 터지지 않을 수가 없었지요. 쉬쉬하던 사건이 어찌어찌해서 교무실에까지 알려지게 되면 늘 내려지는 징계는 '근신'이었습니다. 근신 위에 유기정학, 유기정학 위에 무기정학, 무기정학 위에 퇴학이 있었지만, 마치 선생님들은 이성 교제 사건은 '근신'으로 징계한다고 약속이나 한 것처럼.

근신 징계란 게 그랬습니다. 일단 징계가 결정되면 그 결과를 공고문으로 써서 학교 현관 유리 창문마다 붙여 놓습니다. 그러니 이미 그땐 뭘 숨기고 자시고 할 수도 없어서 교내에 소문이 짜하게 퍼지고 맙니다. 교내에 소문이 퍼지면 집으로까지도 소문이 묻어가는 것은 시간문제였지요. 한 2~3일 정도 수업에 들어가지 못하고 교무실 앞 복도에 꿇어앉아 있어야 하는 징계가 근신이었습니다. 가만히 꿇어앉아만 있어도 심란하기 짝이 없을 텐데, 수업 오가는 선생님들이 그렇게 있도록 내버려 두지를 않았지요.

"요놈 요거 봐라. 요새 공부 안 하고 좀 까불까불대더니, 자알 한다!"

"고개 들어 봐라, 니가 누고? 하이고 이놈아, 정신 똑바로 차려라이!"

그리고는 들고 있던 그 길쭉하고 무거운 출석부로 머리를 퍽, 퍽 사정없이 때려 버리니, 창피도 그런 창피가 없습니다.

이성 교제, 즉 연애 사건은 열이면 열 거의 선생님들의 눈에 발각되는 일은 없었습니다. 역시나 이런 일에까지 촉각을 들이대는 것은

3학년 규율부. 전교생이 교실을 다 비우게 되는 운동장 조회가 있는 날이면 3학년 규율부원 몇몇은 도로 교실로 들어가는데, 바로 학생들의 소지품을 샅샅이 뒤져보기 위해서였지요. 이때 주로 발각되는 물건은 담배, 만화책, 과자 부스러기, 연애편지 같은 것들.

연애 사건은 정확히 학년과 비례해서 일어났습니다. 1학년 때는 그저 저희들끼리 수군수군대는 정도로 끝나다가, 2학년쯤 되면 제법 물증이 잡히는 단계로 발전하고, 3학년이 되면 한 반에 서넛은 아주 드러내 놓고 사귀기까지 했으니까요. 그래도 누가 선생님께 일러바치지만 않으면 선생님들은 우리들의 그런 일들에 대해서는 정말 깜깜이었습니다.

3학년 선배들 중에서 정말 대담한 '짝들'은 남의 시선쯤은 아랑곳하지 않을 때도 있었으니, 그것은 바로 여학생이라면 누구라도 1년에 한 번은 참여해야 하는 '가사실습' 시간이었습니다. 가사실습 시간이란 바로 요리를 하는 시간인데, 지글지글 똑딱똑딱, 아침부터 후관에서 고소한 냄새가 피어오르면 우리 남학생들의 수업 집중도는 뚝 떨어져 버리곤 했지요. 서너 시간 지나면 요리도 끝나고, 여학생들은 하하호호 둘러앉아 저희들이 한 음식을 저희들끼리 점심 삼아 먹는 모습을 본관 복도에서도 볼 수 있었습니다. 여기까지는 봐 줄 만했습니다만, 문제는 바로 그다음이었습니다. 3학년 여학생 중에서 몇몇은 꼭꼭 그 맛있는 음식을 예쁜 쟁반에 나눠 담아 자기가 좋아하는 남학생에게 보내기까지 했으니까요.

그 심부름은 주로 후관 부근을 기웃대는 1, 2학년 남학생들에게 맡겼습니다.

"요 좀 와 바라, 니 3학년 2반에 민근식이라는 형님 알제?"

"잘… 모리겠는데예."

"몰라도 된다. 3학년 2반 교실에 가서, 근식이 형님한테 전해주기만 하면 된다. 가기 전에 요거는 니가 여기서 묵고, 쟁반 요거는 부탁한데이."

한 해 선배들의 그런 모습을 보고 있으면 매번 은근히 부럽기도 하고, 얄밉기도 하고, 화가 나기도 하고, 아무튼 심사가 꽤나 뒤숭숭해질 때가 많았습니다. '참 간도 크다. 어떻게 하면 저렇게 동네방네 다 외고 다닐 수도 있을까? 근데 선생님들은 뭐하느라 저런 것도 모르고 있을까?'

12월 월례고사가 다가와 다시 진구네 뒷방으로 공부하러 갔습니다. 잘 안 오던 장석이까지 합쳐 모두 네 명이서 함께 공부를 했지요. 한참 책을 보고 참고서도 뒤적이다가 진구와 용수는 무슨 일로 밖에 좀 나가고, 장석이는 피곤한지 모로 눕더니 가볍게 코를 골골 골기 시작했습니다.

그때였습니다. 진구와 용수가 나간 자리에는 딸깍딸깍 다리를 접을 수 있는 호마이카 밥상이 하나 놓여 있었는데, 그 위에 쌓여 있는 몇 권의 책 중에 맨 밑바닥에 깔려 있는 『완전정복』 참고서 한 권이 눈에 들어왔습니다. 힐끗 보니 용수 도덕 참고서였습니다. 순간 신경이 곤두섰습니다. 나는 몇몇 주요 과목 참고서를 『필승』으로만 사서 보고 있었는데, 늘 그놈의 도덕과 한문 두 과목이 문제였습니다. 우리 반 도덕과 한문 수업은 다리를 좀 절룩이는 할아버지 선생님 한 분이 맡아 하셨는데, 수업은 재미있었지만 늘 시험 문제를 『완전정복』에서만 출제를 해서 우리 '필승파'를 곤경에 빠뜨리곤 했으니까요. 중요 과목도 아닌 것이 늘 평균 점수를 야금야금 깎아내려 은근히 부아도 나고 억울하기도 해서 그래 좋다, 『완전정복』 없이도 한 번은 만점의 봉우리를 정복해 주리라 다짐해 왔는데, 마침 눈앞에 나타난 『완전정복』 참고서를 보자 마음이 많이 흔들렸습니다.

'『완전정복』 문제는 『필승』 하고 뭐가 다를까? 지금 와서 새로 참고서를 살 수도 없고, 에라 모르겠다, 용수가 들어올 때까지 조금만 봐 놓자.'

남의 완전정복 도덕 참고서를 슬며시 훑어보고 있는데 글쎄, 책갈피에 뭔가 도톰한 종이 같은 게 끼워져 있는 것이 아니겠습니까? 가만히 열어보니 작고 예쁜 편지봉투였습니다. 우표는 붙어 있지 않았습니다. 겉봉에는 검은 잉크로 'To 용수'라고만 적혀 있었습니다. 보아하니 남자 글씨는 아닌 듯했습니다. 순간 억누를 수 없는 호기심이 치밀어 올랐습니다.

'누가 보냈을까? 무엇 때문에 보냈을까? 어떻게 전해주고 어떻게 받았을까? 야, 용수 요것 봐라….'

밖에 나간 진구와 용수가 금세 스르르 미닫이를 열고 들어오거나 장석이가 벌떡 일어날 것 같아 가슴에서 방망이질하는 소리가 들렸지만, 그 속에 들어 있는 내용물을 확인하지 않고서는 도저히 견딜 수가 없었습니다. 잽싼 손놀림으로 봉투 속에 든 종이를 꺼냈습니다. 보통 어른들이 쓰는 촌스러운 편지지가 아니었습니다.

옅은 분홍색에 앙증맞은 동물그림까지 그려진, 편지지라고 하기엔 좀 작고 카드라고 하기엔 약간 큰 그런 예쁜 종이 한 장에 또박또박 동글동글 여자 글씨로 이렇게 씌어 있었습니다.

하나는 외로워 둘이랍니다.

둘은 알뜰히 사랑하였답니다.

너의 생일을 축하하며

-S.M-

'엉? 요것들 봐라아!'

몇 자 안 되는 그 편지를 읽는 바로 그 순간, 내 몸속에서 무엇인가가 활활 타오르며 그 열기가 눈동자로 다 몰리는 것 같았습니다.

'S.M? 이게 무슨 암호일까? 암호가 아니라 이름이겠지. 분명 이건 여자 글씬데…. 그건 그렇고 뭐, 사랑? 하이고, 내 참, 쪼꼬만 것들이. 너의 생일이라고 말한 것을 보면 분명 우리 동기 여학생 같은데….'

차마 못 볼 것을 훔쳐본 것 같아 나는 얼른 편지봉투를 원래 자리에 끼워 넣고 용수『완전정복』을 덮어버렸습니다. 월례고사 문제가 어디서 출제되든 점수가 몇 점 나오든 이미 나에게 그건 것은 별 의미가 없어졌습니다. S·M, 오직 이 두 글자만이 내 발등에 떨

어진 불이 돼 버렸습니다. S·M, 오직 이 두 글자가 나의 시험 문제
요, 당장 빼내야 할 목에 걸린 가시가 돼 버렸습니다. 눈의 열기가
몸속 다른 곳으로도 뻗쳐 갔습니다. 머릿속 회로도 한순간 뒤죽박
죽이 돼 버렸습니다.

자는 척하며 책 위에 엎드렸습니다. 우선 우리 동네 여학생들의
이름을 죽 떠올려 보았습니다, 이리저리 맞춰 봐도 S.M으로 줄일
만한 이름이 없었습니다. 같은 옥산리이지만 우리 동네와 좀 떨어
져 있는 여수동 여학생들의 이름까지 죽 떠올려 보았습니다. 국민
학교 6년 동안 한 교실에서 티격태격했던 얼굴과 이름들이라 눈을
감고도 훤했지요. 거기에서도 S.M으로 바꿀 만한 이름은 없었습
니다.

'여기에 계속 있어서는 안 되겠다. 일단 집으로 가자. 내 달아오
른 얼굴을 진구와 용수에게 보여줄 수는 없다.'

월례고사가 사나흘밖에 남지 않았건만 나는 머리가 좀 아프다는
핑계를 대고 주섬주섬 책을 챙겨 진구네 뒷방을 나와 버렸습니다.
집에 와서도 좀처럼 책을 펼칠 기분이 아니었습니다. 자꾸 내 머릿
속을 휘젓고 다니는 것은 그 분홍색 작고 예쁜 편지지와 그 속에
쓰여 있던 두 글자 S.M이었습니다.

'S.M이라, S.M? 이건 어쨌든 사람 이름이다. 그리고 인편으로 전
달된 편지인 걸 보면 분명 이 근방 동네에 사는 여학생의 이름이
다. 그런데 우리 동네나 여수동 여학생은 아니다. 그러면 누구란
말이냐?'

참으로 어려운 방정식, 아니 난해한 암호였습니다.

나는 다시 요즘 용수가 보인 언행들을 찬찬히 되짚어 보기 시작했습니다. 용수와 관련된 퍼즐 조각이라면 뭐든지 찾아내 이리저리 마구 끼워 맞춰보기 시작했습니다. 요즘 들어 곁에 다가가면 평소에는 안 나던 무슨 화장품 냄새 같은 것도 슬쩍 풍기곤 하던 용수가 무심히 흘려 놓은 그 알리바이들을 말입니다.

그러다가 문득 어떤 장면 하나를 떠올렸습니다.

하루는, 올가을 들어 유독 여드름이 많이 나기 시작한 용수가 자기 얼굴을 가리키며 우리보고 불쑥 그러는 것이었습니다.

"야 너그들, 그거 아나? 여드름이 얼굴 위 이마 쪽에 많이 나면 어떤 아가 나를 좋아하는 기고, 얼굴 밑에 많이 나면 내가 누구를 좋아하는 긴데, 내 여드름은 밑에 많이 났거든. 맞제?"

그때는 별것 아닌 이야기로 낄낄대고 말았지만, 이제 와서 생각하니 그 장면과 오늘의 연애편지 사건과는 아무래도 어떤 연관성이 있을 것만 같았습니다.

뒤이어 또다시 떠오른 실마리 하나. 그것은 바로 용수가 2학기 들어 우리 동네에 있는 옥산교회를 아주 열심히 다니기 시작했다는 사실이었습니다.

그랬습니다. 우리 동네에 있는 옥산교회는 일본 사람들이 지어 놓고 간 시커먼 2층 기와집인데, 바로 우리 집과 담장 하나로 붙어 있었지요. 주인은 여수동 사람인데 일요일에만 교회를 찾아왔고, 교회 문간방에는 말수 적고, 정갈하고, 머리가 새하얀 '예배당 할매'가 외로이 교회를 지키고 계셨지요. 일요일 아침마다 쇠파이프를 시옷자로 용접해 올린 높다란 종탑에서 '뎅그랑, 뎅그랑' 종소리가 울려 퍼지면 그 소리 하나만큼은 참 듣기 좋았습니다. 왠지 마음이 맑아지고, 본 적도 느낀 적도 없는 하느님이 반드시 어딘가에 계셔서 그 은총을 종소리에 실어 가난한 우리 마을에 골고루 뿌려 주고 있는 것 같았습니다. 종소리가 울려 퍼지는 동안만큼은 생전 안 해 본 기도란 걸 해볼까 싶은 생각이 가끔씩 들기도 했습니다.

그래도 우리는 크리스마스 때만 며칠 반짝 교회를 나갈 뿐이었습니다. 왜냐하면 그때는 누구든 교회에 가기만 하면 떡과 과자와 묶어 놓으면 연습장으로 쓸 수 있는 누런 갱지 같은 것을 선물로 나누어 주었으니까요.

언제부터 나가기 시작했는지는 몰라도 아무튼 용수는 2학기 들어 교회에 부쩍 관심이 많아졌습니다. 우리 집 대문 앞을 스쳐 지나가면서도 우리 집에 잘 들어오지도 않고 바로 교회로 직행해 버릴 때도 많았습니다.

용수가 교회에 나간다는 소문이 마을에 퍼지자 누구보다 진구가 못마땅하게 여겼지요. 언젠가 하굣길에서는 진구가 정색을 하고 용수를 닦아세웠던 적도 있었습니다.

"야 인마, 용수야, 니가 예수쟁이도 아니고 머 할라꼬 요새 교회에 그렇게 열심히 댕기노? 때리 치아라이!"

"…"

"교회에 꿀 발랐나? 가시나들만 가는 그런데 사나자슥이 가는 거 아이다. 그라고 너그 거서 머하노?"

"별것 없다. 그냥 예배보고 노래 부르고, 그렇지 머."

"새애끼 요거, 지금 내 앞에서 수 쓰고 있네."

"아이다."

진구의 거듭된 닦달에도 끝내 용수는 교회를 안 가겠다는 말만은 하지 않았습니다. 그래도 진구의 눈초리를 애써 피하며 잠시 당황하던 눈빛만은 어쩔 수가 없었습니다.

여드름, 교회, 그리고 연애편지.

어쩌면 이제는 진구의 힘을 빌리지 않고도 순전히 내 추리력만으로도 'S·M'이 암호를 해독해 낼 수도 있겠다 싶었습니다. 그때였습니다. 내 머리가 교내 백일장 때처럼 또 한 번 비상한 힘을 발휘했습니다.

'맞다, 그 여학생들일지도 모른다! 옥산교회에 다니는 우리 학교 2학년 그 여학생들!'

그랬습니다. 옥산교회는 꼭 우리 동네 사람들만 다니는 데가 아니었습니다. 교회가 없는 여수동 마을에서도 일요일마다 들르는 사람이 있었고, 더 희한한 일은 교회도 있고 제법 거리가 먼 유호동에서도 몇몇 신도들이 찾아오는 눈치였는데, 그 틈에서 중학교 2학년 우리 동기 여학생 두어 명을 언뜻 본 것 같기도 했습니다. 얼굴 윤곽은 희미하게 떠오르는데 이름들이 뭔지는 도무지 짐작이 가지 않았습니다. 밤을 새워 혼자 끙끙대 보았지만, 그것을 내가 해결할 수 있을 것 같지가 않았습니다. 할 수 없이 나는 진구의 힘을 슬쩍 빌리기로 마음먹었습니다. 마침 아침 등굣길에 용수가 보이지 않기에 진구에게 다가가 운을 뗐습니다.

"용수는 교회에 계속 다닐 모양이더라."

"그래, 근마 그거, 무슨 꿍꿍이속이 있긴 있는데…."

진구의 말을 듣자 내가 그만 속이 뜨끔해졌습니다. 그런 영역으로 향한 진구의 촉수가 어디까지 뻗어 있는지 그저 놀라울 따름이었습니다. 그리고 퍼뜩 신기한 생각마저 들었습니다. 이렇게 비상한 머리와 이렇게 다부진 몸을 지닌 진구가 왜 공부와 야구에는 큰 소질이 없는지를 말입니다.

"근데, 요새 교회에 낯선 여학생들이 부쩍 많이 보이던데?"

"맞다, 거, 가시나들 판 아이가? 여수동 가시나, 유호동 가시나…"

나는 유호동이라는 말의 꼬리를 행여 놓칠세라 냉큼 붙잡았습니다. 그리고 다시 애써 태연한 척 물었습니다.

"유호동 가들, 우리 집 앞으로 지나는 다니는데, 나는 누가 누군지 잘 모르겠더라. 니는 아나?"

"여수동 가시나는 니도 다 알 끼고, 보자, 유호동에서 오는 그 아들 이름이…, 키가 좀 작고 통통한 그 아는 유천 장터거리 참기름집 윤자고, 하아, 좀 갈래부리하고 쪼매이 더 예쁜 그 아는 보자, 끝 자가 민가 그런데, 성미? 순미? 하아…, 맞다, 맞다, 그 아 이름, 선미다, 김선미. 2학년 4반."

마침내 암호는 풀렸습니다. 나의 예감이 맞아떨어졌습니다. S.M은 옥산교회에 나오는 유호동 여학생 김선미였습니다. 언제부턴가 우리 동네에 부쩍 발걸음이 잦아진 그 애, 매번 제 발끝만 보며 또박또박 우리 집 앞을 스쳐 지나가던 그 애, 무슨 생각을 하고 있는지 늘 눈이 생글생글 웃고 있는 것 같아 보였던 그 애, 그 애가 바로 용수에게 연애편지를 쓴 장본인임이 분명해졌습니다. 하느님이 어쩌고 기도가 어쩌고 하지만 요것들이 교회를 연애 장소로 삼고 있는 게 분명해졌습니다.

그런데 이게 웬일일까요? 암호 해독에만 성공하면 내 목에 박혀 있던 가시도 빠지고 내 가슴도 시원해져서 월례고사를 잘 칠 것만 같았는데, 막상 암호 해독에 성공하는 순간 대번에 내 몸이 축 늘어지고 말았습니다. 그동안 내 몸이 모래로만 채워진 커다란 자루였던 것처럼 그 자루에 큰 구멍이 나버린 것처럼 내 몸에서 그 무엇이 쑥 빠져 달아나는 것만 같았습니다. 그리고 누구와 무슨 말을 나누기가 싫어졌습니다. 진구가 몇 마디 더 말을 걸어왔지만 내 귀에는 잘 들리지를 않았습니다.

"그 아, 와? 내가 소개해 주까?"

"아이다, 그냥…."

가만히 생각해 보니 내가 그 애 선미에 대해 아는 것이라고는 별로 없었습니다. 도곡에 사는 금옥이처럼 잠시였지만 얼굴을 맞대고 얘기를 나눈 적도 없었습니다. 그 애가 내 이름 석 자 문정태를 알고나 있을지 그것도 의심스러웠습니다. 아니 내 이름 정도가 아니라, 내가 바로 옥산교회 옆에서 자기들이 부르는 노래, 자기들이 찧고 까부는 소리를 낱낱이 다 듣고 있다는 사실을 알고 있을 것 같지도 않았습니다.

이런 걸 질투라고 하는지 심술이라고 하는지, 어쨌든 내 손으로 내가 훔쳐본 남의 편진데 그만 내가 먼저 K.O될 지경에 이르고 말았습니다. 진구가 이 여학생, 저 여학생 이름을 들먹이며 히죽히죽 웃을 때라든지, 우리들 눈앞에서 정애누나를 그렇게 다룰 적에도 내 가슴에 이렇게까지 큰 구멍이 뚫리지는 않았는데 용수 일에는 내가 왜 이러는지 정말 알 수가 없었습니다. 정작 용수는 싱글벙글 잘도 웃고 떠들고 학교도 잘 다니는데….

이제는 선미의 편지 가운데서 S.M이 아니라 바로 그 말, '사랑'이란 두 글자가 다시 내 머릿속을 가득 채워 버렸습니다.

'사랑, 사랑, 사랑….'

아무튼 나는 그동안 순진하게 책만 읽어온 나 자신이 한없이 미워지기 시작했습니다. 남들보다 학교 공부를 조금 더 잘한다는 사실이 부질없이 느껴졌습니다. 초겨울 찬바람은 길거리에도 불었지만 내 가슴 저 밑바닥에서도 불어오기 시작했습니다.

12월 월례고사가 끝나고 성적표까지 나왔습니다. '3/59'

헉, 가슴 높은 곳에 올려놓았던 그 무엇이 쿵 소리를 내며 바닥으로 떨어졌습니다. 하기야 이런저런 공상과 엉뚱한 책 읽기로 흘려보낸 내 중학교 2학년 마지막 성적이 이 정도인 것만도 어쩌면 다행이란 생각이 들었습니다.

그러나 아무리 태연하게 받아들이려 해도 그게 말처럼 쉽지가 않았습니다. 1등은 보나 마나 2학년 들어 한 번도 선두 자리를 빼앗긴 적이 없는 우리 반 반장 병찬이가 차지했을 텐데, 2등은 도대체 누구란 말인가? 그 친구는 지금 얼마나 쾌재를 부르고 있을까? 병찬이는 무조건 1등이다, 누군지는 모르겠지만 또 한 놈이 2등이다, 그러면 그놈은 내가, 반에서 최소한 2등은 도맡아 놓았던 이문정태가 자기 발밑에 깔려 버렸다는 사실을 알아차렸을 텐데, 지금은 어디에서 휘파람을 불며 콧노래를 흥얼거리고 있을까? 아무리 이 얼굴, 저 얼굴을 떠올려 봐도 나를 앞질러갈 것만 같은 이름이 퍼뜩 떠오르지 않았습니다.

하지만 아무리 보고 또 보아도 우리 담임선생님께서 만년필로 꾹꾹 눌러 써 놓으신 12월 내 성적표의 학급 석차, 그 분자 자리의 숫자는 3이 분명했습니다. 그러니 병찬이와 나를 제외한 우리 반 57명 중에서 분명 2등을 차지한 아이가 있는 것 또한 엄연한 사실이었습니다. 학부모 확인란에 도장을 찍어 도로 선생님께 갖다 드리지 않아도 된다면 성적표를 갈기갈기 찢어서 바람 부는 우리 동네 시멘트 다리 위에서 훌훌 날려버리고 싶었습니다.

문득, 한동안 제 머리를 펄펄 끓게 만들었던 9월 월례고사 때의 그 일이 다시 떠올랐습니다.

보통 우리 학교에서는 시험을 칠 때 문제를 다 푼 학생들을 먼저 교실 밖으로 내보내 주는데, 공부를 좀 하는 아이들은 나오자마자 끼리끼리 모여서 책과 참고서와 문제지를 펼쳐놓고 정답을 맞춰 보곤 했습니다. 그러면 누가 몇 점인지, 누가 어떤 문제를 맞혔는지 틀렸는지를 훤히 알 수 있었지요.

9월 월례고사 체육 필기시험 시간이었습니다. 체육 필기 문제지를 앞에 놓고 20분 넘게 끙끙대고 앉아 있으면 그건 공부하고는 좀 거리가 먼 아이들의 짓이기에, 우리는 대략 10여 분 정도 지나면 재검까지 끝내고 심호흡을 한 번 하고서는 자리를 털고 일어서곤 했지요.

먼저 답지를 제출하고 나온 우리 몇몇은 운동장 가장자리 키 큰 느릅나무 그늘 아래 모여서 상기된 얼굴로 머리를 맞대고 정답을 확인했습니다. 그 자리에는 나 말고도 우리 반 반장 병찬이와 용태, 재호 같은 공부깨나 한다는 아이들 네댓이 다 모였습니다. 체육 선생님의 문제 풀이를 들을 것도 없이 병찬이와 재호와 나 이렇게 세 명 정도의 설명을 합치면 그게 바로 정답지였습니다. 나와 병찬이는 당연히 만점이었습니다. 그런데 재호는 한 문제를 틀리고 말았습니다. 용태는 두 문제나 틀렸습니다. 재호는 의외로 쉬운 문제를 헛짚고 말았습니다. 올림픽 마라톤 코스는 몇 킬로미터인가, 하는 너무 쉬운 단답형 문제였는데, 재호 문제지에는 연필로 미리 표시해둔 답이 또렷이 남아 있었습니다. '45.195㎞.'

"어? 마라톤 코스는 45.195아이가?"

"아이다. 42.195다."

"…"

"우째 그걸 다 틀리노?"

"씨, 잘못 알고 있었네."

재호의 얼굴이 대번에 흐려졌습니다. 말은 안 했지만 나는 속으로 좀 고소했습니다. 왜냐하면 재호의 학급석차는 늘 4~5등 정도여서, 나와는 은근한 라이벌 관계였으니까요.

그런데 문제는 며칠 후, 각 과목 시험점수를 발표할 때였습니다. 재호의 체육 필기 점수가 100점으로 나왔습니다. 체육 선생님은 태연하게 점수를 불러 주셨고, 재호는 고개를 꺾은 채 아무 말이 없었습니다. 병찬이도 재호의 답 '45.195'를 기억하고 있는지 어떤지는 모르겠지만 잠자코 있었습니다.

속이 부글거리고 뜨거운 것이 막 치밀어 올랐습니다. 42㎞와 45㎞는 무려 3㎞ 차이가 아닌가? 3㎞라면 거의 십 리나 되는 거리 아닌가? 당장 재호 체육답지를 가져와서 어떻게 채점했는지 두 눈으로 확인하고 싶었습니다. 체육 선생님이 42와 45를 구분하지 못하고 'O' 쳤는지, 틀린 걸 알면서도 슬쩍 'O' 치고 말았는지, 그게 너무 궁금해졌습니다. 5점이 작다면 작지만 언제부턴가 공부에 전념하지 못한 채 비틀대고 있는 나에게는 너무 큰 점수일 수도 있었습니다.

'눈 딱 감고 교장 선생님께 말씀드리면 이 궁금증이 해결될까? 병찬이, 용태 이런 아이들을 증인으로 내세워 교무실 체육 선생님 자리로 찾아가면 될까? 담임선생님께 미리 말씀드려 놓을까? 내가 만약 우리 반에서 총점 5점 차이로 3등으로 떨어진다면 그건 무효라고…'

그러나 나는 몇 날 며칠 혼자서 온갖 궁리를 다 해보았으나 100점으로 나와 버린 재호의 체육 점수를 어찌할 도리가 없었습니다. 미심쩍고 억울했지만, 나는 내 나름대로 이렇게 결론을 내고 말았습니다.

'이것은 반칙이다. 운동회 달리기 때 모퉁이 같은 데서 횟가루로 하얗게 그어 놓은 코스를 덥석 잘라먹고 1등으로 골인해 버리는 꼴이다. 그렇지만 내 힘으로는 어쩔 수가 없다. 재호는 붙임성 있는 성격에다가 집도 잘살지, 재호 아버지는 우리 상동면 무슨 모임에서 회장이기도 하지, 학교에도 자주 오지…'

이래저래 2학년 끝마무리가 나에겐 너무 힘들었습니다.

복잡한 내 마음을 들키지 않고 혼자 시간을 보내기엔 사촌형님 방만한 데가 없었습니다. 거기엔 책이 많고, 따라서 남들이 볼 때 공부를 하는 것처럼은 보일 테니까요. 그렇다고 꼭 책을 곰곰이 많이 읽지도 않았습니다. 그냥 이런저런 책들을 책장에서 뺏다 꽂았다 하며 뒤적일 뿐이었지요.

한번은 정신을 번쩍 차려 보니 내 손에 글쎄 '5급 공무원시험 문제집'이 들려 있는 게 아니겠습니까? 거기에 나오는 고사성어와 시사상식 같은 것을 막 외고 있는 게 아니겠습니까? 공무원이 될 것도 아니고 또 응시 자격도 없는데도 말입니다.

사촌형님의 방에서 내내 그러고 있던 내가 하루는 제법 두 주먹을 불끈 쥐고 다짐을 했습니다.

'그래, 나는 이런 책을 계속 읽을 거다. 너희들이 반칙으로 성적을 올리든, 연애를 하든, 나는 이런 책만 읽고 읽어서 나중에는 시인이 될 거다, 꼭.'

내가 만일 시인이 될 수만 있다면 나는 그 누구도 부럽지 않을 것만 같았습니다. 진구가 유명한 야구선수나 큰 회사의 사장이 된다 해도, 용수와 선미가 연애편지를 주고받는 사이 정도가 아니라 아예 결혼을 한다 해도 나는 그들 앞에서 절대 꿀리지 않을 것만 같았습니다.

며칠 뒤, 내 머릿속에서는 다시 한 번 그럴싸한 생각이 하나 떠올랐습니다.

'그까짓 교내 백일장 상 하나로 시인 소리를 들을 수는 없다. 그러니 우선 시집 비슷한 거라도 한 권 내 손으로 만드는 연습을 해 보자.'

문방구로 달려갔습니다. 제법 비싸고 예쁜 공책 한 권을 샀습니다. 책처럼 차례차례 페이지도 매겼습니다. 공책 표지에 제목도 붙였습니다. 『나의 시집』.

그런데 그 다음 페이지부터가 문제였습니다. 정말 내 힘으로 제대로 쓴 시를 올려야겠는데, 그게 말처럼 쉽지가 않았습니다. 정말 시인이 되려면 지난 교내 백일장에서처럼 그렇게 남의 시를 슬쩍 베껴내서는 곤란하니까요.

그러나 시를 써야지, 멋진 시를 한 편이라도 써 봐야지 하는 생각을 하면 할수록 내 눈앞에 보이는 건 흰 종이 한 장뿐. 나중엔 그 종이가 눈 내린 벌판처럼 자꾸자꾸 넓어져, 어디서부터 무슨 글자로부터 첫발자국을 내야 할지 가늠이 되질 않았습니다. 머리를 쥐어뜯어 봐도, 연필을 깎고 자세를 가다듬어 봐도, 제목부터 정해야지 하고 제목을 하나 덩그렇게 써 놓아도, 무슨 좋은 말이 없나 국어사전을 이리저리 뒤적여 보아도 마찬가지였습니다.

'야, 시가 이렇게도 어려운 글이었나? 어쩌면 나는 시인이 되지 못할 수도 있겠구나.'

할 수 없었습니다. 남의 시라도 옮겨다 적는 수밖에요. 나의 시든 남의 시든 어쨌든 시가 여남은 편은 넘게 실려 있어야 시집이라고 부를 수 있을 테니까요. 학교 교실 게시판에 붙어 있는 우리 담임선생님 시 '목련'도 옮겨다 적고, 사촌형님 방으로 가 이런저런 책들을 마구 뒤적이다가 맘에 드는 시가 보이면 또 옮겨다 적고….

이런저런 시인들의 이름과 그분들이 쓴 시작품이 제법 『나의 시집』에 쌓여 갔습니다. 그중에서도 나는 신석정 시인과 한용운 시인이 유독 좋았습니다. 신석정, 신석정. 신석정 시인은 왠지 이름 석 자만으로도 충분히 시인 같아 보였습니다. 무슨 나지막한 노래 같기도 하고 이야기 같기도 한 그의 시는 아늑하고 신비하고 맑아서 읽을 때마다 내 마음이 아주 편안해졌습니다.

한용운 시인은 그랬습니다. 나는 그의 시를 읽어 보기도 전에, 우리 담임선생님이 수업 시간에 가끔씩 쓰시는 말 그 '프로필'이라는 것만 보고 대뜸 그를 존경해 버렸습니다. 그냥 시인이 아니라 스님이자 시인, 거기다 독립운동가라니, 그 얼마나 멋지고 고상한 직함들입니까? 한용운 시인을 알고 나서 나는 나의 장래 희망을 살짝 바꿔 잡기에 이르렀습니다. 그냥 '시인'이 아니라 '승려이자 시인'으로. 한용운 시인의 프로필을 슬쩍 바꿔 보았습니다.

문정태(1960~)

시인이자 승려. 경북 청도에서 출생하여 경남 밀양의 강마을에서 성장함. 1985년에 『문학사상』에 시를 발표하면서 시인으로 등단. 지금은 순수하고 때 묻지 않은 자연을 노래하는 시인으로 활동 중이며….

상상만 해도 기분이 좋아졌습니다. 나는 먼 훗날 두 개의 꿈이 다 이루어지면 더없이 좋겠지만, 그게 아니라면 최소한 우리 선생님같이 시골 중학교 국어교사라도 하면서 시를 쓰고 싶었습니다. 내가 쓴 시도 어느 교실 게시판에 떡하니 붙여 보고 싶었습니다. 그 학교에서 아주 예쁜 어느 여자 선생님의 은근한 감탄과 부러움을 한 몸에 받아보고 싶었습니다. 그러나 나는 가능하면 '교사이자 시인'보다는 '승려이자 시인'이 한번 돼 보리라 다짐을 했습니다.

우리가 흔히 중이라고 부르는 스님, 그 스님이 돼 버리면 힘들고 불편한 것도 많겠지만, 또 좋은 점도 적지 않을 것만 같았습니다. 책도 많이 읽고, 어려운 이웃도 도와주고, 남에게 짐이 되지도 않고….

하지만 진짜 내가 당장 스님이 되었다고 상상을 해보니 그것도 호락호락한 것만은 아니었습니다. '내가 정말 그 맛있는 고기를 안 먹고 버틸 수 있을까? 시장에 가면 이런저런 멋있는 옷이 많은데 먹물빛 승복만 입고 살아갈 수 있을까? 듣자 하니 스님들은 푸르스름한 새벽에 일어난다는데 늦잠을 자지 않고 배길 수 있을까? 우리 동네에 스님이 탁발을 오면 우리가 그랬던 것처럼 내가 머리를 빡빡 깎고 길을 나서면 남들도 힐끗힐끗 나를 쳐다볼 텐데, 어쩌면 철부지들이 땡중땡중 하며 놀리기도 할 텐데, 그럴 땐 부끄러워 어쩌누? 아참, 스님은 결혼을 못한다고 했지? 그런데 그건 어쩌면 지킬 수도 있을 것 같고….'

그랬습니다. 나는 스님이 결혼을 하지 않아야 한다는 불교 계율, 그것을 지켜야 한다는 것에 대해서는 그렇게 큰 걱정이 들지는 않았습니다. 스님은 말할 것도 없고, 시인만 하더라도 결혼해서 지지고 볶으며 사는 시인보다 혼자 사는 시인이 훨씬 더 멋질 테니까요.

그러니까 정확히 말하자면, 여자에 대한 나의 생각은 두 얼굴을 하고서 내 머릿속에서 저희들끼리 티격태격 싸우는 꼴이 돼 버렸습니다. 『상록수』의 동혁이 형처럼 아니면 하다못해 우리 동네 친구 용수처럼이라도 연애라는 것은 한번 해보고 싶고, 내 주위의 어른들, 그러니까 우리 아버지나 우리 동네 어른들처럼 그런 모습으로 결혼이란 것은 하고 싶지 않고 말입니다.

우리 아버지가 살아가는 걸 가만히 지켜보면서 나는 더더욱 그런 생각을 자주 하게 되었습니다. 말 못 할 사정이 있었겠지만, 흔치 않게 결혼을 두 번이나 하면서 주위 사람들을 무척 힘들게 한 사람이 바로 우리 아버지였으니까요.

우리 아버지는 한동안 어린 나를 할머니에게 맡겨두고 여기저기 좀 나돌아 다니셨지요. 그러다 내가 아홉 살 국민학교 2학년이었던 어느 봄날이었습니다. 느닷없이 낯선 여자 한 분을 우리 집으로 데려와서는 나랑 마주 앉게 하더니 불쑥 이렇게 선언해 버렸습니다.

"이제부터 이 사람은 우리 집에서 우리하고 함께 살 끼다. 그리고 이 사람은 바로 니 새엄마다. 그리 알고 앞으로 말 잘 듣고 엄마라고 불러라. 알았나?"

"…?"

"에헤이, 와 대답이 없노? 알았제?"

"…"

난데없는 선언에 어린 내 머릿속의 실타래는 심하게 엉켜 버렸습니다. 아무리 생각해도 이 세상에서 남의 부모를 마음대로 바꿀 수 있는 권한을 지닌 이는 없는 것이 분명했습니다. 우리 집 어른 중에 나에게 이런저런 사실을 차근차근 미리 설명을 해 주었더라면 조금은 이해가 됐을지도 모를 텐데 그런 것도 아니었고⋯ 아버지와 함께 나를 노려보던, 남자보다 더 무서운 여자 우리 고모가 한 번 더 버럭 고함을 질렀습니다.

"아이구 얄궂다, 야가 와 이카노, 엉? 마, 어른들이 시키면 시키는 대로 안 하고⋯. 그래 할 끼가, 안 할 끼가?"

"⋯."

아무리 어른들이 옥박지른다 해도 끝내 이해가 안 되는 일을 입만 그저 '예' 해버릴 수는 없었습니다. 나를 에워싸고 있던 어른들은 결국 방문을 쾅 닫고 나가 버리고, 우리 할머니만 오래오래 빈 방 내 곁에 남아 말없이 내 머리를 쓰다듬어 주었습니다. 새엄마란 분과 나와의 만남은 그렇게 험악한 모습으로 시작되고 말았습니다.

우리 동네 어른들이 결혼해서 늙어가는 모습도 마찬가지였습니다. 가만히 지켜본 결과에 따르면, 대부분의 아버지, 어머니들은 서로 진절머리를 내면서도 꾸역꾸역 버티고 살아가는 경우가 대부분인 것 같았습니다. 내 친구 어머니는 우리가 옆에 있는데도, 술을 좋아하는 친구 아버지에게 자주 악담을 퍼붓곤 했습니다.

"아이고, 원수야 원수야, 내가 몬 산다, 그놈의 술 때문에. 무쇠도 그만큼 묵었으면 녹아져 없어질 낀데, 우예 그리 천 날, 만 날 술, 술, 술이고, 엉? 내가 마 저 도가 술 다 마시뿌고 칵 죽던지 해야지."

한번은 오랫동안 가만히 듣고 있던 우리 친구 아버지가 격분하여 받아 놓았던 밥상을 그만 마당에 내동댕이친 적도 있었습니다. 그걸 보고 난 생각했지요.

'아, 신혼 어쩌고 하지만 어른들의 결혼이란 것도 시간이 지나면 저렇게 변하는구나. 가장 가까이 있는 사람과 원수 사이가 되어 지내야 하는 것이 결혼일 수도 있구나. 마치 얼굴에 엉켜 붙어 버린 거미줄처럼…. 나는 저러지 않아야 할 텐데, 그러려면 어떡해야 하나?'

그러나 나는 어쨌든 스무 살만 넘기면 남들처럼 연애라는 것은 꼭 한 번만 해보고 싶었습니다. 나도 기어이 '해당화 핀 밤 바닷가' 정도는 아니더라도 별빛 찬란한 밤 강가에라도 한 번은 앉아 있어 보고 싶었습니다. 영신이 누나처럼 예쁜 여자는 아니더라도 그냥 수수한 여자 친구에게 '나의 경애하는 정태 씨' 이렇게 시작하는 연애편지를 딱 한 장이라도 받아 보고 싶었습니다. 그런데 『상록수』를 읽지 않아서인지 우리 동네 친구들이 그런 내 마음을 전혀 몰라주는 것이었습니다. 그런 나만 쏙 빼놓고 저희들끼리 너무 빨리 연애를 시작해 버린 것이었습니다. 연애편지를 주고 받아버린 것이었습니다.

나는 한용운의 '나룻배와 행인'이라는 시가 참 좋았습니다. 읽으면 왠지 편안하고 입에 착착 감기는 게, 아하, 운율이라는 것이 이런 거로구나, 의인법이라는 게 이렇게 쓰이는 거로구나 싶었습니다. 맨 마지막을 처음과 똑같이 한 번 더 반복하니 읽고 나면 뒷맛도 아주 개운했습니다. '행인'이 마치 먼 훗날의 내 모습처럼 느껴졌습니다.

나는 나룻배
당신은 행인.

당신은 흙발로 나를 짓밟습니다.
나는 당신을 안고 물을 건너갑니다.
나는 당신을 안으면 깊으나 옅으나 급한 여울이나 건너갑니다.

만일 당신이 아니 오시면 나는 바람을 쐬고 눈비를 맞으며 밤에서 낮까지 당신을 기다리고 있습니다.
당신은 물만 건너면 나를 돌아보지도 않고 가십니다 그려.
그러나 당신이 언제든지 오실 줄만은 알아요.
나는 당신을 기다리면서 날마다 날마다 낡아갑니다.

나는 나룻배
당신은 행인.

그러다가 어떤 책에서 또 한 편의 멋진 시를 발견했습니다. 우선 짧아서 외우기가 좋을 것 같은 시였습니다. 짧고 쉬웠지만, 또 그만 큼 아름다운 시 같아 보였습니다. 꼭 무슨 노랫말 같기도 했고요.

저렇게 많은 중에서
별 하나가 나를 내려다본다
이렇게 많은 사람 중에서
그 별 하나를 쳐다본다

밤이 깊을수록
별은 밝음 속에 사라지고
나는 어둠 속에 사라진다

이렇게 정다운
너 하나 나 하나는
어디서 무엇이 되어
다시 만나랴

시를 옮겨 적은 페이지 자투리에 반짝이는 별도 몇 개 그려 넣었 습니다. 그중 조금 크게 그린 별 하나는 나를 보고 웃는 별로 만 들었습니다. 이 시를 읽고 있으면 지난 여름밤 윗도곡 재식이네 집 에서 만난 그 찬란한 별밭도 덩달아 떠올랐습니다.

'아, 넓고 넓은 이 세상에서 나의 별은 어디에 있을까?'

어느새 한 해의 끝, 그리고 크리스마스.

우리 집 옆 옥산교회 지붕 위에도 커다란 종이별이 하나 내걸렸습니다. 밤늦도록 징글벨 노랫소리도 명랑하게 울려 퍼졌습니다. 그 속에 용수와 선미 목소리도 섞여 있는 것 같았습니다.

나는 일 년에 서너 살씩 어서어서 나이를 먹어 버리고 싶었습니다. 스무 살만 넘기면 군인이 되든, 취직을 하든 우리 동네 옥산리를 빨리 벗어나고 싶었습니다. 어디로 가야 할지 목적지 따위는 그리 중요하지 않았습니다. 지금처럼 왁자한 웃음소리와 노랫소리를 혼자 끙끙 견디며 들어야 하는 곳이 아니라면, 지금 우리 집처럼 지붕이 낮고 방이 어두운 데만 아니라면 어디든 괜찮을 것 같았습니다. 거기에는 분명 나를 기다리는 별이 하나 빛나고 있을 테니까요.

〈끝〉

3장

용산 허수아비

머나먼
스무 살

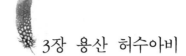

3장 용산 허수아비

교문을 들어서며 손목시계를 들여다보니 벌써 10시가 다 돼 가고 있었습니다. 수위 아저씨가 이 시간에 웬 녀석인가 싶었던지 수위실 창문을 열고 고개를 빠끔히 내밀었습니다. 학년 초라 그런지 체육이나 교련하는 반도 없어 운동장은 휑하니 비어 있었습니다. 참 난감했습니다. '먼저 어디로 가봐야 하나? 오늘이 3월 6일, 새 학년 개학을 한 지도 4일이나 지났는데, 내가 3학년 운전과는 맞는데 몇 반이지? 우리 교실은 또 어디고? 담임선생님은 누굴까?'

할 수 없이 1층 교무실로 갔습니다. 문을 살며시 열고 교무실 안으로 들어가니 듬성듬성 선생님들이 앉아 업무를 보고 있었습니다. 그중 한 선생님이 묻지도 않았는데 우두커니 교무실로 들어서는 나를 보더니 대뜸 날선 목소리로 그랬습니다.

"야, 인마, 뭐야? 머 하러 왔어, 엉?"

"제가예, 운전과 3학년은 맞는데…, 몇 반인지를 몰라서…."

"엉? 그게 또 무슨 말이야, 왜 몰라?"

"개학하고 나서 지금까지 쭉 결석하다가…, 오늘 처음… 학교에 왔습니다."

"뭐라? 지금까지 결석을 했다? 그리고 몇 반인지를 모른다? 운전과 3학년은 맞고?"

"예."

근처에 앉아 있던 선생님 한 분도 또 거들었습니다.

"어허, 이것 참. 우리 철고에 이런 놈이 있었나? 개학한 지가 언젠데…"

"…"

난데없는 소란에, 이제는 교무실 안 선생님들이 모두 내가 서 있는 쪽으로 고개를 돌렸습니다. 그러더니 상황을 퍼뜩 간파한 선생님 한 분이 큰 소리로 외쳤습니다.

"어이, 고 주임, 쟤 왔네. 그 반에 개학해도 소식도 없다던, 그놈."

저 구석에서 나를 향해 벌떡 일어선 선생님은 두툼한 돋보기안경을 쓴 깡마른 체격의 수학과 고봉우 선생님이셨지요. 새마을주임이기도 한 고봉우 선생님은 잘 때리거나 무섭거나 한 그런 분은 전혀 아니었지만, 선생님을 보자마자 내 가슴 한쪽에서 쿵 하는 소리가 들렸습니다. 왜냐하면 고봉우 선생님은 우리 학교 수십 명 선생님들 중에서 나를 가장 옴짝달싹 못 하게 만드는 선생님이셨거든요.

우리 아버지는 내가 철도고등학교에 합격하자마자 나에게 단단히 일러두기부터 하셨습니다.

"그 학교 가면 내하고 국민학교 동기가 한 명 선생님으로 있대이. 고봉우 선생이라고. 그 선생님한테는 잘해야 한다. 낯 깎이는 일 없도록 늘 단디하고…"

이렇게 신신당부를 한 뒤에도, 내가 집에 내려갈 때마다 자주자주 안부를 묻곤 하던 바로 그분이 고봉우 선생님이셨으니까요. 벌써부터 쯧쯧 혀를 차며 낙담하는 우리 아버지 모습이 눈에 선했습니다. 그래도 일단은 담임선생님 책상 곁으로 가 섰습니다.

"뭐하다가 이제 왔나? 무슨 급한 일이 있었나?"

약간은 화가 나 있는 듯했지만 그래도 낮고 온화한 경상도 억양의 목소리였습니다. 내가 막 뭐라고 좀 둘러대려는 순간, 내 등 뒤에서 버럭 다시 고함이 터졌습니다. 돌아보니 교련 선생님이었습니다.

"고 주임, 전마는 말로 해서는 안 통하는 놈입니다. 이리로 보내 주세요!"

담임선생님이 확답도 하기 전에 교련 선생님은 또 소리쳤습니다.

"따라와, 인마!"

교련 선생님은 교무실 옆에 딸린 자료실이라는 작은 곳으로 나를 데리고 들어가더니, 자초지종을 캐묻지도 않고 다짜고짜 선 채로 벽에 엎드리라고 했지요. 이미 손에는 대걸레 자루인지 교련 시간에 쓰는 지휘봉인지 아무튼 크고 굵직한 몽둥이가 하나가 들려 있었습니다.

'픽! 픽! 픽!'

내 엉덩이에서는 불이 번쩍번쩍 나기 시작했습니다. 그런데 웬일일까요? 교련 선생님은 딴에는 무지무지 터프하게 몽둥이를 휘둘러 대고 있는지는 모르겠지만, 나는 그 매가 오히려 무섭고 아프다기보다는 좀 우습고 한심한 느낌이 들었습니다. '아이그, 요렇게 매를 몇 대 맞아서 내 마음속 깊은 곳으로부터 이 국립철도고등학교를 향한 애교심이 싹틀 수만 있다면, 이상한 이름의 학과 공부

에 새록새록 재미를 붙일 수만 있다면 참 좋으련만….'

"학교 잘 다닐 거야, 말 거야?"

아직도 남은 세월이 1년인데, 아무래도 이 학교를 잘 다니지 못할 것 같았지만, 아니 이 학교를 견디지 못할 것 같았지만, 대놓고 그렇게 말할 수 있는 상황은 아니었습니다.

"…예, 잘 다녀 보겠습니다."

"이 짜식이 이거, 대답 바라! 잘 다니겠습니다가 아니라, 다녀 보겠다고? 허이고, 이거 참!"

다시,

'퍽! 퍽! 퍽!'

"학교 부지런히 다닐 거야? 말 거야?"

약속할 수 없었지만, 설령 약속한다 해도 지키리라 확신할 수 없었지만, 또 그렇게 말할 용기까지는 나지 않았습니다.

"예…, 약속…합니다."

"정말? 믿어도 되나?"

"예! 믿어도 됩니다."

"운전과 3학년 B반이라고? 내 앞으로 지켜보겠어, 알았나?"

"…예."

"가 봐, 인마!"

자료실 문을 열고 교무실로 도로 나오니 그때야 아랫도리가 욱신욱신 얼얼해졌습니다. 나를 뒤따라 나오던 교련 선생님이 다른 선생님들 들으라는 듯이 다시 의기양양하게 중얼거렸습니다.

"짜식, 선생님들이 슬슬 받아주니까 말이야…."

그 순간, 내 목구멍에서도 정말 하고 싶은 말이 막 치밀어 올랐지만 차마 내뱉을 수는 없었지요.

'교련 선생님, 선생님이 우리를 언제 슬슬 받아 주기라도 해 봤습니까? 그리고 여기가 학교지 무슨 훈련솝니까?'

우리 학교 교련 선생님들은 이렇게 무슨 일이든지 막무가내로 끼어드는 게 특기였습니다. 그것을 보고도 뭐라고 제지하는 선생님도 잘 없었고요. 심지어 교장 선생님까지 가만히 내버려 두었습니다. 그게 가장 심할 때가 애국조회였지요. 애국조회는 월요일마다 운동장에서 전교생이 교련복을 갖춰 입고 매우 일사불란하게 엄청 엄숙하게 치르는 주례 행사였는데, 식순에는 꼭 교장 선생님 훈화가 들어 있었습니다. 바로 그때가 교련 선생님들이 물 만난 고기처럼 나서는 순간입니다. 학생 대열을 휘젓고 다니면서 자세가 조금만 흐트러져도 군홧발로 사정없이 우리들의 정강이를 후려 차곤하지요. 그럴 때마다 나는 늘, 교련 선생님은 그렇다 치고 교장 선생님은 또 저게 뭐냐, 내가 만일 교장인데 교련 선생님들이 저러고 있으면 못 본 척 훈화만 계속하지는 않을 텐데, 하는 생각만 자꾸 들었습니다. 심지어 나는 그럴 때 들려주고 싶은 말을 미리 준비해 놓기까지 했습니다.

'여보시오, 교련 선생님. 지금 내가 훈화를 하고 있잖소? 이 시간만큼은 제발 그러지 마시오. 학생들이 무서워서 내 말이 귀에 들리기나 하겠소? 제발 참으시오.'

그러나 우리 학교에서는 교련 선생님이 교장 선생님보다 더 힘이 센지, 어쩐지 애국조회 시간에 그런 일은 한 번도 일어나지 않았습니다.

고봉우 선생님은 나를 좀 나무라기도 하고, 어깨를 토닥거려 주기도 하고, 아버지의 안부도 물으면서, 2층에 있는 운전과 3학년 B반 우리 교실까지 직접 데려다주셨습니다. 수업 중인 우리 반 교실 문을 노크해 담당 선생님과 무슨 귓속말까지 나누었는데, 뭐라고 그러셨는지 수업 중인 선생님은 나에게 아무 말도 하지 않았지요.

'사고'가 수습되기까지는 며칠이 더 걸렸습니다. 결국 밀양에서 밤 기차를 타고 우리 아버지가 상경하고, 나를 앞세워 흑석동에 있던 담임선생님 댁으로 사과하러 가고, 또 나는 마지못해 학교를 다녀 보겠노라고, 어쨌든지 졸업은 하고 철도공무원으로 발령은 받아보겠노라고, 마음에도 없는 소리를 되풀이하고….

나도 3월 2일 개학일에 맞춰 등교를 하고는 싶었습니다. 3월 1일, 그러니까 삼일절 날 점심때 옥산리 집을 무거운 발걸음으로 나서기는 했지요. 일단 완행열차를 타고 동대구쯤 올라가서 다시 급행열차로 갈아타려고 유천역으로 나가다가, 그만 대구에서 학교를 다니는 우리 동네 친구 장석이를 동네 어귀에서 만나버렸습니다. 장석이도 마침 대구 자취방으로 가는 길이었습니다. 그런데 동대구역까지 가면서 그만 나와 장석이는 죽이 맞아 버렸습니다.

"야, 너그들은 기차 공짜로 탈 수 있제?"

"응."

"그러면 대구 우리 자취방에서 좀 놀다가 저녁때 가도 되겠네?"

"그래 보까아…."

안 그래도 울고 싶은데 어찌 알았는지 장석이가 내 뺨을 후려쳤습니다. 우리는 대구 경북대학교 부근 복현동이라는 동네 언덕배기에 있는 장석이 자취방으로 가서 큰대자로 벌렁 누웠습니다. 떠들다가, 자다가, 저녁까지 먹었습니다. 어둑어둑한 밤이 되니 더 역으로 나가기 싫었습니다. 에라 모르겠다, 하룻밤 자자고 하니까 장석이도 반색을 했습니다.

다음 날 아침, 대구공고에 다니는 장석이는 학교로 가고, 나는 빈방에 벌렁 누워 늦잠을 좀 자다가, 늘 갖고 다니던 소설 나부랭이를 이것저것 뒤지다가, 뭣 좀 끓여 먹고 하다 보니 금세 장석이가 돌아왔습니다. 그냥 돌아온 게 아니라 영진공고를 다니고 있는 우리 중학교 동기 홍규를 데리고 왔습니다. 이제는 셋이서 노닥노닥 놀았습니다. 다음 날 아침 장석이는 학교에 가면서 또 나보고 그러는 것이었습니다.

"야, 오늘도 쪼매만 놀고 있거라이. 오전 수업만 하고 퍼뜩 오께. 그라고 영신 다니는 진복이 연락해서 델꼬 오께. 홍규가 신천동에 있는 진복이 저그 누나집 안다 카더라. 진복이도 요새 고민이 많은 갑더라. 검정고시 볼 생각도 좀 있고…"

뿌리칠 수 없는 유혹이었습니다. 나와 참 친한 우리 중학교 동기 진복이는 대구 영신고등학교, 진복이 말로는 그냥 영신고등학교가 아니라 '천하장사 이봉걸이 다니는 영신고등학교'란 데로 진학하여 어찌어찌 어렵게 누나집에서 기거하고 있었습니다. 빈둥빈둥 또 한나절을 보냈습니다.

오후 두어 시쯤 되자 정말 장석이는 진복이를 데리고 왔습니다.

이 낯선 도시 대구 변두리 허름한 자취방에서 우리가 다시 만나다니, 반가워서 진복이와 나는 와락 껴안았습니다. 그리고는 우리식으로 오래 쌓인 회포를 풀었지요. 작은 술을 한 병 사 와서는 홀짝홀짝 마시면서 이런저런 안부와 근황들을 확인했습니다. 좁은 자취방이라 셋이서 칼잠을 자고 일어나보니 토요일 아침이었습니다. 서울로 가봤자 등교는 이미 글러 버렸습니다. 그렇게 해서 나의 고등학교 3학년 생활은 첫출발부터 일정이 꼬여 버린 것이었지요.

돌이켜 보면 나의 이런 고등학교 거부 소동은 연례행사처럼 이미 몇 차례나 있었습니다. 학교에서는 결석, 지각 등으로 수차례 의사표시를 해 봤지만 매번 교련 선생님처럼 그런 식이었고, 밀양 집에 내려가서도 여러 번 항변을 해 봤으나 아예 우이독경, 씨도 먹히지 않았습니다. 자칭 흔히들 '국립철도고등학교' 아니면 '대철도고등학교'라고 부르는 우리 학교와 나는, 어른들이 말하는 그 궁합이라는 게 처음부터 맞지 않았던 건지 맨 처음 '철도고등학교'라는 이름을 듣던 그 순간부터 내 마음은 썩 내키지 않았는데, 기어이 올 데까지 오고 만 것이었습니다.

여름방학이 끝나고 내가 중학교 3학년 2학기를 막 시작하려던 그 무렵이었습니다. 하루는 유천역 선로보수반에 다니던 우리 아버지가 퇴근을 하더니 정색을 하고 나에게 선언하셨습니다.

"니는 함부래 고등학교를 다른 데 갈 생각 말아라이. 철도고등학교라고, 니는 거게 가면 된다. 내가 다 알아 봤다. 그게는 머든지 공짜라고 하더라. 지가 자고 묵는 것만 해결하면 공납금도 없고,

책값도 없다 카더라. 거다가 졸업하면 철도에 바로 취직까지 시켜 준다카이, 또 승진도 빠르다카이, 그보다 좋은 학교가 어딘노?"

'철도고등학교? 철도고등학교라?'

내 귀에는 참 낯선 이름이었습니다.

'어디에 있을까? 밀양에 있는 학교는 아니겠지만 그래도 좀 가까운 도시면 생각해 볼 수도 있는데…. 뭐 하는 학교일까? '철도'란 말이 들어간 것을 보면 철도에서 필요한 기술을 가르쳐 주는 그런 학교가 분명한데….'

궁금한 게 한둘이 아니었습니다.

그런데 일단 나는 학교가 '서울'에 있다는 사실을 알고부터 겁부터 덜컥 났습니다. 중학교 2학년 수학여행 때 딱 한 번 가 본 서울이지만, 왠지 그때 내 머릿속에는 각인이 되고 말았습니다. 서울이라는 도시는 넓고 크고 화려해서 재미있는 일도 많겠지만, 오래 머물러 살 곳은 못 된다고 말입니다. 친구 한 명 없고 말씨도 다른 그런 서울로 가서 3년을 견딜 생각을 하니 대번에 눈앞이 캄캄해져 왔습니다. 밀양 읍내만 나가도 눈이 뱅뱅 도는데, 부산도 대구도 아닌 서울이라니….

나는 또 '철도'라는 말 자체도 좀 그랬습니다. 우리 고향 동네 한가운데를 뚫고 지나가는 게 철도이고, 우리 아버지랑 우리 고모부랑 우리 동네 어른들 여럿이 벌어먹고 사는 직장이 철도이고, 지금 우리 식구들이 살고 있는 집이 옛날 일제시대 유천역 시절 일본역장 관사로 쓰였다던 일본식 기와집이긴 해도, 왠지 나는 학교 이름에 들어가 있는 '철도'란 말이 영 마땅찮았습니다. 아니 그럴수록 나는 더욱더 철도란 말을 내 인생 속으로 끌어들이고 싶지 않았습니다. 그 까닭이 뭐냐고 묻는다면 글쎄 나도 딱히 설명해 낼 자신은 없습니다만, 굳이 이유를 갖다 대자면 이렇습니다. 철도할 때 그 '철'은 '쇠' 아닙니까? 쇠는 무겁고, 무섭고, 차갑고, 복잡하고, 위험한 것이니까요. 쇠보다는 나무나 물이나 구름이나 흙 같은 게 더 편안하고, 부드럽고, 순한 것이니까요.

정말이지 나는 쇠로 만든 기계 같은 것을 만지기보다는 책이나 신문처럼 글로 된 것을 가까이하고 다뤄 보고 싶다는 생각을 희미하게나마 오래 전부터 가지고 있었습니다. 중학교 공부만 하더라도 그랬습니다. 나는 기술이나 과학 같은 과목보다는 국어나 국사, 사회 같은 과목이 훨씬 더 재미있었습니다. 그리고 무엇보다 나의 장차 희망이 시인 아닙니까? 왠지 철도고등학교라는 학교는 내가 그런 꿈을 이루도록 가만히 내버려 둘 것 같지가 않았습니다.

우리 상동중학교 3학년들은 2학기가 되자 조금씩 고민들을 하기 시작했습니다. '어떤 고등학교에 원서를 써야 하나, 인문계 고등학교에 가야 하나, 실업계 고등학교에 가야 하나, 밀양에 있는 서너 개 학교 중에서 골라잡아야 하나, 아니면 인근 대도시에 있는 몇몇 고등학교에 가야 하나…'

나도 당연히 머리를 요리조리 굴려보기 시작했습니다. 어쨌든 밀양 안에 있는 고등학교에 가긴 가야겠는데 나와 친한 친구들이 어디로 많이 지망하는지 관망하는 중이었지요. 아무래도 나와 친한 친구들은 밀양고등학교로 몰리는 것 같았습니다. 그런데 그 무렵, 우리 아버지의 입에서 단호하게 철도고등학교란 말이 튀어나오고 말았습니다.

고등학교라면 당연히 밀양고등학교나 밀성고등학교 뭐 이런 데만 있는 줄 알았던 우리 밀양에서, 우리 아버지가 철도고등학교의 존재를 알아낸 사정은 이랬습니다.

좀 전에도 밝혔지만, 우리 아버지는 오래전부터 유천역 선로보수반에서 일해 오셨지요. 철도공무원이긴 하지만 몸으로 아주 고된 일을 하는 부서가 바로 선로보수반이란 데였습니다. 월급도 넉넉한 편이 아니었고요. 그러다 보니 조금 편해 보이는 직종, 조금 높아 보이는 직급에 대한 부러움이 엄청 컸는데, 하루는 작업 현장에서 나이 새파란 어떤 계장을 한 사람 만나셨답니다. 눈빛이 초롱초롱한데다가 인사성도 있고, 일머리도 제대로 파악하고 있고, 아무튼 그 젊은 계장이 우리 아버지 눈에는 몹시 '빠릿빠릿해' 보이더랍니다. 그래서 주위 사람들을 통해서 이것저것 물어보다가 그 계장이 졸업한 학교가 바로 서울 용산에 있는 국립철도고등학교란 사실을 알아낸 것이지요. 그리고는 그 계장을 통해 철도고등학교의 요모조모를 다 파악하게 되었답니다.

"근데 그렇게 꼭 먼 데를 가야 됩니꺼?"

"에헤이, 쓸데없는 소리! 늠들은 그런데 못 가서 난리라고 하는데…"

"밀양에도 학교가 많은데…"

"마, 그런 소리 하지 말고, 공부나 단디 해라이. 전국에서 공부깨나 한다 카는 늠들은 다 몰리온다 카이, 거게 갈라 카면 반에서 1~2등 밑으로 떨어져서는 안 되는 기라."

내 의사는 확인도 않고 마지막으로 또 한 번 성적으로 명토 박아 놓은 바람에, 내 가슴 위에는 다시 커다란 바윗덩어리 하나가 쿵 내려앉고 말았습니다.

그러다가 시나브로 가을이 되고 정말 고입원서를 써야 할 때가 닥쳤습니다. 구미에 있는 금오공고, 부산에 있는 한독기계공고, 서울 철도고등학교 같은 학교는 특차전형이라 원서도 다른 학교보다 먼저 써야 했습니다.

몇 번이나 더 서울로는 가기 싫다고, 서울에서는 어디서 먹고 잘 거냐고, 그냥 남들처럼 밀양에 있는 학교를 가면 안 되겠느냐고 어깃장을 놓아 보았으나 우리 아버지 생각은 이미 신념에 가까울 정도로 확고했습니다. 우리 아버지에게는 전설 같은 그 이름 경북고등학교, 경남고등학교, 또 우리 상동중학교에서 전교 1~2등 하는 친구 영현이가 갈 거라고 벼르고 있는 저 마산고등학교보다 더 좋은 학교가 바로 철도고등학교였습니다. 그리고 우리 아버지는 또 어떻게 알아냈는지, 우리 상동중학교 두 해 선배 중에 한 명이 이미 철도고등학교를 다니고 있다는 것까지 꿰고 있었습니다. 그건 사실이었습니다. 고답에 사는 김재훈이라는 형이 바로 그 주인공이었으니까요. 그 형이 철도고등학교로 진학할 때 우리는 중학교 1학년이어서 모르고 있었을 뿐이었습니다.

"너그 선배도 한 사람 있겠다, 머가 걱정이고? 열차 타고 댕기면 차비도 안 든다 카는데…."

결국 아버지는 하루 결근을 하고 서울로 가서 철고고등학교 입학원서 한 장을 받아 오셨습니다. 그런데 원서를 담임선생님께 갖다 드리고 나서 바로 그다음 날, 곧바로 나에게 희소식이 날아들었습니다. 선생님이 철필로 원서에 뭐라고뭐라고 쓰시다가 그만 몇 자 틀려서 원서를 아예 못 쓰게 됐다는 겁니다.

'야호, 그러면 그렇지, 이심전심이라더니 우리 선생님이 정말 날 돕는구나. 선생님이 한 실순데, 설마 우리 아버지가 뭐라고는 못 하겠지. 그 먼 서울을 또 다녀올 리도 없고….'

그런데 그것은 나의 성급한 판단이었습니다. 집으로 가서 '원서 사건'을 말씀드리자 우리 아버지는 대뜸,

"할 수 없지 머. 원서마감이 이달 말까지라 카이, 걱정 마시라고 전해라. 한 며칠 있다가 내가 또 한 번 더 서울 댕기 와야지."

태연하게 이러시는 것이었습니다. 그러고저러는 가운데, 중학교 우리 동기들 사이에는 나의 진학 소식과 원서 사건이 짜하게 알려져 버렸습니다. 서울에 철도고등학교라는 데가 있다, 국립이라서 공부를 거의 다 공짜로 시켜준다, 졸업하면 철도에 무조건 다 취직시켜 준다, 서울에서 연합고사란 시험을 쳐야 하는데 커트라인이 꽤나 높다, 이미 상동중학교 졸업생 중에 한 명이 거기를 다니고 있는데 들어보니 좋은 학교라더라, 정태가 거기 가려고 원서를 한 장 가져 왔는데 무슨 일이 터져 다시 원서를 가지러 가야 한다….

며칠 뒤, 우리 아버지는 무려 넉 장의 원서를 가지러 다시 한 번 서울행 밤 기차에 고단한 몸을 실었고, 밀양 시골 구석 상동중학교에서 철도고등학교는 이름이 널리 알려진 고등학교가 돼 버렸습니다.

제법 실력이 짱짱한 상동중학교 정예군 4명이 200점 만점짜리

서울 지역 연합고사에 도전을 했습니다. 결국 한 친구는 뜻을 이루지 못하고 도로 밀양에 있는 어떤 고등학교 장학생으로 재입학하고, 총 세 명이 중학교에 이어 다시 고등학교 동기생까지 되고 말았지요. 집이 유호동인 상규는 업무과, 안인국민학교를 나온 똘똘하고 다부진 수철이와 나는 운전과.

개학 무렵부터 또 한바탕 난리를 겪고 나니, 에라 죽이 되든 밥이 되든 이 학교를 졸업이나 하고 보자 싶은 마음도 들었습니다. 분위기를 조금 바꾸고, 마음도 조금만 다잡으면 못 견딜 것도 없겠다 싶은 생각이 들었습니다. 무엇보다 어른들 고집을 꺾는 게 너무 힘들었지요.

그 무렵, 당장 해결해야 할 과제도 하나 발등에 떨어지고 말았습니다. 1년 넘게 같은 하숙집에서 나랑 한 방을 써 오던 상규가 곧 먼 친척뻘 되는 집으로 들어가 살게 될 것 같다는 말을 했기 때문입니다. '상규가 이 하숙집을 나가 버리면 나는 어떡하지? 계속 여기에서 하숙을 한다? 아니면 나도 이참에 집을 옮겨 본다?' 하숙집 구석진 방에 혼자 남는다고 생각하니 그것도 참 처량할 것 같고, 집을 옮기자니 좀 막막했습니다.

그렇다고 해서 그때까지 지내던 응암동 하숙집이 못 견딜 만큼 무슨 큰 문제가 있는 것도 아니었습니다. 하숙비도 월 2만 5천 원이면 그리 비싸지 않았고, 주로 충청도 출신인 옆방 형들하고도 정이 들 대로 들었을 뿐만 아니라, 무엇보다 수철이까지 바로 옆 골목에 있는 자기 이모님 댁에 기거하고 있어서, 그 넓은 서울에서 응암동 골목은 어찌 보면 우리 상동중학교 동기 세 명의 아지트나 다름이 없었습니다.

그래도 하숙은 하숙인지라, 불편한 점이 전혀 없는 것은 아니었습니다. 방이 좀 좁고, 하숙생 중 제일 어렸던 우리로서는 집안 분위기가 마음 놓고 찧고 까불기엔 어딘지 모르게 갑갑하고, 150번이나 143번 시내버스를 타면 한 번에 용산까지 가긴 했지만, 너무 멀고 손님이 많아 아침마다 고역이었습니다. 특히 무악재를 넘어가는 150번 버스는 악명이 높았습니다. 아침마다 만원 버스도 그런 만원 버스가 없어서, 용산역 앞에 내려 보면 교복 단추가 한두 개씩 떨어져 나가고 없을 때도 종종 있었습니다.

며칠 생각을 하다가 이래저래 내 마음도 이사 쪽으로 기울고 말았습니다.

그래서 떠올린 친구들이 바로 '일산파'. 누구의 작명인지는 몰라도 경의선 열차를 타고 일산이란 데서 통학한다고 해서 우리 3학년들 사이에서는 그렇게 통하곤 했는데, 모두 예닐곱 명쯤 됐습니다. 그 일산파 중에서 특히 재영이와 나는 이미 친밀감이 제법 쌓여 있던 편한 사이였습니다. 재영이는 고향이 경북 의성인데, 생긴 것이랑 성격이 소탈하여 우리 운전과에서도 인기가 제법 있었지요. 나는 한 번도 안 가 봤지만, 왠지 일산이란 데가 마음에 끌려, 은근히 재영이에게 접근했습니다.

"오우, 일산파 요새 안녕하신가?"

"오냐, 그놈 참 인사성 하나 밝구나."

"근데 하루 이틀도 아니고, 일산이 너무 멀어서 어찌 통학들을 하고 계신가? 웬만하면 일산생활 청산하고 좀 가까운 데로 오시지."

"하이고, 그걸 무슨 걱정이라고…. 일산역에서 차 딱 올라타면 서울역, 내려서 쪼르르 지하철 타면 용산역, 한 시간만 하면 떡을 치는데. 청산하긴 멀 청산해. 거다가 자네들은 버스 회수권 돈 주고 사야제?"

이러는 것이었습니다. 경의선 열차에 지하철이라, 우리는 철고생들이니까 차비 한 푼 안 든다는 것은 새삼 물어볼 필요도 없었습니다.

"그래? 그러면 일산이란 동네는 좀 사람이 복작대는 덴가? 혹 어여쁜 낭자들도 하나 없는 껌껌한 동네는 아닌가?"

"백문이 불여일견, 언제 한번 같이 유람 가세. 말만 잘하면 여관비 안 받고 재워도 주고."

그렇게 해서 나는 학교가 좀 일찍 끝나는 날을 잡아 재영이를 따라 말로만 듣던 일산을 처음 찾아갔습니다. 일산행 열차는 서울역, 아니 정확히 말해서 서울서부역에서 출발하는 열차였습니다. 신촌 지나고, 가좌 지나고, 또 무슨무슨 역을 지나고 마침내 일산.

일산역에 내리니 마침 역 앞에는 일산 5일장이 서 있었습니다. 5일장 풍경을 보니 그만 마음이 푸근해졌습니다. 일산은 주소부터가 달랐습니다. 경기도 고양군 중면 일산리. 꼭 우리 고향 동네 유천역을 떠오르게 만드는 그 일본식 기와집 역사를 나와 몇 발짝 걸어보기도 전에 나는 대번에 직감할 수 있었습니다.

'아, 내가 당분간 일산에서 살게 되겠구나.'

그 청량한 공기 하며, 편리한 교통 하며, 면보다는 조금 크고 밀양

읍내보다는 조금 작은 듯한 정감 가는 시가지가 그만 내 마음속으로 쏙 들어오고 말았습니다. 더구나 재영이 말에 따르면 방세가 싸도 너무 싼 편이었습니다. 하숙비에 비하면 푼돈에 불과할 정도인데, 스스로 끼니를 해결하기만 하면 나머지 돈은 모두 남으니까, 그 계산도 썩 마음에 들었습니다. 나는 어디까지나 정찰 차, 재영이의 말대로라면 유람 차 처음 찾아간 일산인데, 그만 그 길로 복덕방이라는 데를 찾아가서 덜컥 방 하나를 계약하고 말았습니다.

일산역에서 한 10분 걷다가 좁다란 골목길로 접어들어 야트막한 언덕배기에 다다르면 있는 집이었습니다. 지은 지가 꽤 돼 보였지만 약간은 편리하게 집안을 구획해 놓은 전형적인 농촌 주택이었지요. 내가 살 방은 행랑채에 딸린 흙벽으로 된 문간방이었습니다. 문간방은 하나가 아니고 두 개였는데, 그러니까 두 방 사이 뻥 뚫린 공간이 바로 그 집 대문통이었습니다. 행랑채를 거느리고 있긴 했지만 본채가 아주 덩그런 집은 아니었지요. 손잡이 달린 물펌프가 서 있는 좁다란 마당, 그 마당보다 조금 높은 터에 지은 수수하고 작은 세 칸짜리 기와집이 본채였습니다. 본채엔 아주 젊은 부부가 갓난쟁이 하나를 키우며 살고 있었는데 남편은 일산시장 안에서 무슨 자그마한 가게를 하는 사람이라고 했습니다. 내 방 맞은편 문간방엔 두 사람이 살고 있었습니다. 정정한 할머니 한 분과 나보다 서너 살 많아 보이는 아가씨 한 명. 동네도 집 분위기도 모두 내 마음에 딱 들었습니다.

나는 주말에 밀양 집으로 내려가 이사할 거라는 말을 하고, 돈을 조금 더 타 왔습니다. 우리 철고생들이 흔히 그렇듯 부모님들은 다들 먼먼 시골 촌동네에서 농사를 지으니, 아들 있는 서울 한 번 오기가 쉽지가 않았습니다. 그래서 우리는 뭐든지 스스로 해결해야 했습니다. 소풍이나 운동회를 해도, 학교에서 좀 다쳐도, 몸살 감기로 드러누워도, 심지어 방을 계약하고 이사를 해도, 우리 지방에서 올라온 촌놈들은 혼자 다 해결할 수밖에 없었지요.

결국 며칠 뒤, 상규와 나는 응암동 하숙생활을 청산했습니다. 상규는 자기 먼 친척집이 있는 북아현동이란 데로, 나는 서울에서 북쪽으로 한참 떨어진 경기도 땅 일산으로 각각 흩어져 갔지요. 상규와 헤어질 땐 가슴이 너무 짠했습니다. 상규는 정말 무던하고, 사려 깊은 친구였습니다. 거기다 밀양에서도 상규네 집은 유호동이라 늘 일요일 점심때면 유천역으로 나가는 중간 지점에 있던 우리 옥산리 집으로 먼저 와서 짐 챙기는 나를 기다려 주었다가 역까지 같이 걸어 나가고, 기차간에서도 붙어 서서 속닥대고, 서울 오면 한 하숙방에서 또 뒹굴던 그런 그림자 같은 친구였거든요.

하숙생활이었으니 짐이랄 것도 없었습니다. 입던 옷가지 몇 벌, 책가방이 다였으니까요. 나는 일산 거리 가게들을 기웃대며 난생처음으로 이런저런 자잘한 가재도구들을 구입했습니다. 이불, 석유곤로, 냄비, 밥그릇, 수저, 도마, 칼…. 참 먹고사는 게 만만치 않았습니다. 아무리 하잘것없어도 있어야 할 게 없으니 살림살이가 불편해서 견딜 수가 없었습니다. 그래도 마음 하나만은 편안해서 그 언덕배기 흙집 문간방에서 고등학교 3학년 봄날을 그런대로 평온하게 맞을 수가 있었습니다.

그렇다고 우리 아버지가 열일곱 키만 멀쑥하게 큰 나를 서울까지 부득부득 올려 보내 놓고 발걸음을 한 번도 안 하신 것은 아닙니다.

내가 철도고등학교에 합격하자마자 우리 아버지는 나의 서울살이에 대한 대책을 내놓으셨습니다. 그것은 바로 아버지의 사촌누님, 그러니까 나에게는 종고모되는 그분 댁에 얹혀 지내라는 것이었지요. 집은 가리봉 전철역 부근에 있어서 통학에는 큰 불편이 없었습니다. 고모님은 일찍이 남편을 여의고 딸 둘만 키우며 늙어가고 계셨는데, 큰딸은 벌써 시집가서 가리봉동에서 그리 멀지 않은 구로동에 살고 있었고, 막내딸인 옥숙이 누나는 나보다 세 살 많은 스물이었지요. 영등포에 있는 방림방직이라는 큰 회사에 다니고 있었습니다.

고모님은 새로 지은 어떤 단독주택 본채 귀퉁이에 붙은 단칸방에 세 들어 살고 계셨지요. 아버지는 밀양에서 종고모님 말만 듣고 그렇겠거니 하고 아들을 맡겼겠지만, 나는 막상 와보니 끼어들어 살기엔 너무 미안하고 불편했습니다. 고모님과 옥숙이 누나도 그랬습니다. 여자 둘만 조용히 살다가 그리 가까운 핏줄도 아닌데, 무뚝뚝한 촌 머슴애 하나가 끼어들었으니 말은 안 했지만 편치 않은 표정이 역력했습니다.

잘 때는 고모님이 가운데 자리를 잡으면 저쪽에 옥숙이 누나가 이쪽에는 내가 눕지요. 잠자리에 드는 시간도 맞지 않았지만, 주로 고모님이 상황을 보다가 한마디 툭 던지면 그게 바로 자는 시간이었습니다. 특히 옥숙이 누나가 많이 불편한 눈치였습니다. 씻거나,

자거나, 옷을 갈아입을 때는 늘 눈치를 살피곤 했거든요. 나도 마찬가지였습니다. 굴러들어온 돌인지라 활개를 치며 노닥거릴 수가 전혀 없었습니다. 고모님은 자주자주 괜찮다, 너그 집이라고 생각해라, 먹고 싶은 거 있으면 말해라, 그러셨지만 어디 그게 말처럼 쉽겠습니까? 무엇보다 도시락 싸는 낯선 일을 새로 시작한 고모님에게 매번 너무 미안할 뿐이었습니다.

방이 한 개뿐이라서 난처한 일은 돌발적으로 일어나기도 했습니다. 하루는, 무엇 때문인지 학교에서 종례를 좀 일찍 해 준 날이 있어 서둘러 집으로 돌아왔지요. 고모님도 낮에는 어디엔가 작은 공장에 일을 나가셨기 때문에 그래도 빈방에서 혼자 누워있거나 책을 보는 게 마음 편했으니까요.

경상도 아주 구석진 시골 강촌에서만 커 온 내가 별안간 우리나라에서 가장 큰 도시 한가운데로 굴러떨어지고 보니 나를 가장 힘들게 하는 것 가운데 하나가 학교와 집 두 군데 말고는 어디고 놀만한 데가 없다는 것이었습니다. 우리보다 나이가 적은 국민학교, 중학교 아이들은 학교가 파하면 무엇을 하고 노는지 도무지 짐작이 가지를 않았습니다.

나는 부엌문을 열려고 평소 열쇠를 숨겨두는 블록 담장 벽돌 구멍에 손을 넣어 보았습니다.

'어? 열쇠가 없네?'

부엌문은 이미 열려 있었습니다. 부엌에 들어서서 다시 방문 하나를 더 열어야 하는데 방문도 이미 열려 있었습니다. 그때야 생각이 났지요.

'맞다, 옥숙이 누나가 간밤에 야근이라고 했지. 이미 퇴근했겠구나. 둘만 있으면 좀 어색하겠는데…'

나는 방문을 살며시 열어 보았습니다. 열자마자 후끈한 열기가 화장품 냄새 비슷한 것과 뒤섞여 내 코로 확 쏟아져 나왔습니다. 방 안 풍경은 너무나 예상 밖이었습니다. 옥숙이 누나가 또 다른 누나 둘을 더 데리고 와서 낮잠을 자고 있는데, 옥숙이 누나는 늘 이 집에 남자 하나가 더 있다는 것을 염두에 두었는지 그런대로 옷을 갖춰 입고 곱게 자고 있었지만, 같이 야근한 공장 친구들로 보이는 다른 누나 둘은 얇은 속옷만 입고 이불 위로 허연 허벅지를 다 드러낸 채 세상모르고 자고 있는 게 아니겠습니까? 도저히 방에 들어갈 수는 없었습니다. 그렇다고 딱히 다시 갈 데도 없었고요. 할 수 없이 나는 볼일 없는 가리봉동 거리를 교복을 입은 채 한참이나 배회할 수밖에 없었습니다. 그것 말고도 한 방에 여자 둘, 남자 하나가 살다 보니 참 난처하고 불편한 순간이 한두 번이 아니었습니다.

그래서 밀양 집에 내려갈 때마다 나는 거듭거듭 하소연했지요. 학교도 싫지만, 가리봉동 고모님 집은 더 싫다고요. 결국 1학기가 다 가기 전에, 아무래도 심상찮다고 여겼던지 우리 아버지는 하루 결근을 하고 서울로 올라오셨습니다. 가리봉동 그 작은 단칸방 살림살이를 말없이 둘러 본 우리 아버지는 좀 결연한 목소리로 그러셨지요.

"안 되겠다. 집을 옮겨라. 난 이런 줄도 모르고…"

그래서 상규와 수철이와 나, 이렇게 중학교 동기 셋은 극적으로

1학년 여름방학을 며칠 앞두고 서대문구 웅암동, 정확히 말해서 충암고등학교와 웅암동 우체국 사이에 있는 웅암 2동 뒷골목에서 다시 얼굴을 맞대게 되었습니다.

3월이 거의 끝나갈 무렵이었습니다. 우리 운전과 3학년 B반에 희소식 하나가 날아들었습니다. 돌연 담임 선생님이 바뀐 것이었습니다. 까닭은 잘 모르겠지만 아무튼 50명 우리 반 친구들 전원은 아주 기분들이 좋아졌습니다. 특히 내 기분은 더 좋았습니다. 그 부담스러운 고봉우 선생님에게 나의 너절한 근황을 더 이상 들키지 않게 되었으니까요. 또 무엇보다 새로 담임을 맡으신 양진웅 선생님은 흔히 우리가 말하는 '일반 선생님'이 아니라 '전공 선생님'이었으니까요.

'전공 선생님'들은 아무래도 공부를 빡세게 시키지는 않았고, 뭔가 좀 말투도 달랐으며 조금은 빈틈 같은 게 보여서 우리들이 슬쩍 슬쩍 넘기기가 수월했지요. 기관사로 수십 년 근무하셨다는 양 선생님은 이미 학교 안에서 편한 선생님, 절대 때리거나 벌을 주는 선생님이 아니라는 평판이 자자했습니다. 담당 과목이 '디젤기관차', '현장실습', '제동장치' 같은 것이었는데, 나이도 꽤 드셨을 뿐만 아니라 성격마저 무골호인 타입이라, 왠지 우리 눈에는 마음씨 좋은 과 선배님 정도로만 비쳤습니다. 그러니 우리 운전과 3학년 B반은 뒤늦게 담임 복이 터진 셈이었지요.

담임이 바뀌자 교실 분위기도 아주 급변했습니다. 와글와글 말들이 많아졌고, 옷차림이며 청소며 조종례 같은 것도 좀 편해졌습니다. 어떤 친구들은 담임선생님에게 다가가 안마를 해 드리면서 콧소리로 애교 아닌 애교를 떨기도 했지요.

"선생니임, 저희들은 선생니임을 매우 존경합니다아. 내일은 오늘보다 종례를 쬐끔만 더 일찍 해주시오면, 저희들은 소원이 없겠사옵니다, 선새앵니임."

그러면 담임선생님은 짐짓 귀찮다는 듯이 달라붙는 친구들의 손을 뿌리치면서도 허허허 웃음만은 잃지 않으셨습니다. 워낙 인정은 많으셨지만, 또 우리들 세계의 세세한 사정은 잘 모르는 면도 있었기 때문에 '쇼'를 그럴싸하게 한바탕 해서 수업을 '제끼는' 친구들도 생겨났습니다. '쇼'하면 충청도 옥천이 고향인 영한이의 '쇼'가 으뜸이었습니다.

어느 날 오후, 담임선생님 수업이 막 시작되려는 순간 내 옆자리에 앉아 있던 영한이가 아주 작은 목소리로 그러는 것이었습니다.

"배때지 안에 거지가 들었나? 야, 이거 배고파 안 되것다. 집에 가서 라면 좀 끓여 먹고 와야것다."

"…"

영한이는 학교에서 아주 가까운 용산 어느 골목집에서 자취를 하고 있었지요. 우리 학교 울타리는 좀 엉성해서 영한이 자취방 있는 쪽으로는 흔히 우리가 '개구멍'이라고 부르는 작은 통로도 몇 개나 뚫려 있어 정문 수위 아저씨들 모르게 학교 밖으로 들락거리는 것도 가능했고요. 우리는 수업 중에 웬 라면인가 싶어 의아해 눈만 멀뚱거리는데 벌떡 일어선 영한이는 벌써 칠판 쪽으로 걸어나가고 있었습니다. 그런데 걸음걸이가 영 이상했습니다. 길에서 설사를 만난 사람 같기도 하고, 배를 강타당해 곧 쓰러질 권투선수 같기도 하고. 아무튼 영한이가 그러고 나가니 우리 선생님이 깜짝 놀라 물으셨지요.

"어? 얌마, 왜 그래? 어디 아퍼? 배가 아퍼?"

"…예. 아침에 좀 상한… 밥을, 라면에 말아 먹었는데, 그만 으으으, 배가 아프고… 설사가…."

목소리마저 영한이는 벌써 몹시 아픈 사람으로 변해 버렸습니다. 얼굴도 일그러져버렸고 배를 움켜잡은 손마저 조금 떨고 있었습니다. 우리 선생님은 영한이보다 더 다급하게 소리 질렀지요.

"야, 뭐해! 빨리 양호실을 가든지 변소를 가든지, 빨리 댕겨와! 그러고 앉아서 수업을 하겠어?"

"…예. 빨리 갔다…오…."

영한이는 교실을 나가며 숙였던 고개를 우리 쪽으로 돌리면서 찡긋 윙크를 해 보였습니다. 우리는 비로소 상황을 알아차리고 킥킥 웃었지만, 선생님은 지루한 '디제루기관차' 수업만 계속 이어가실 뿐이었습니다.

영한이는 몸이 참 실하고 먹성이 아주 좋았습니다. 별명이 아예 '기본 네 개'였습니다. 영한이는 배가 그냥 그저 고만고만하게 고프면 라면을 네 개 끓여 먹어야 하고, 많이 고프면 다섯 개를 끓여 먹곤 했습니다. 보통 우리가 먹는 라면 두 개쯤은 영한이 표현을 빌리자면 '간에 기별도 안 가는' 정도였지요. 그래서 별명이 그리됐습니다.

내가 '일산파'의 존재를 알게 된 것도 우리들의 고단한 서울살이 때문이었습니다.

2학년 가을쯤이었지요. 체력검사인가 뭔가를 한다고 운동장에 우리 2학년들이 다 쏟아져 나와서는 어떤 반은 달리고, 어떤 반은 던지고, 어떤 반은 벌을 서고 있을 때였습니다. 갑자기 오래달리기를 하던 학생 하나가 쓰러져 버렸습니다. 사람들이 걱정스러운 얼굴로 우우 모여들었습니다. 나도 가 보았지요. 토목과에 다니고 있던 정형모라는 친구였습니다. 집이 대구인 형모와는 주말 기차간에서 자주자주 마주친 적이 있었던 터라, 나도 적잖이 걱정이 되었습니다. 누군가 나서서 부축을 하고, 나무 그늘로 옮기고, 물도 좀 떠먹이고 하니 형모는 차차 정신을 차렸습니다. 그런데 정신을 차리면서 하는 말이 가관이었습니다.

"일주일 내내 라면만 먹었더니… 에이 씨, 쪽팔리게!"

좀 우습기도 하고 서글프기도 하고 그랬지만, 나는 얼른 그 자리에서 형모 일은 잊어버리고 뛰고 달리기를 계속했습니다. 이윽고 체력검사를 끝내고 종례도 하고 집으로 가려고 교문을 막 나서는데, 저만큼 다시 형모가 보였습니다. 그런데 이상한 것이 형모 주변을 아직도 서너 명의 아이들이 둘러싸고 있었습니다. 자세히 보니 형모 책가방도 누군가 대신 들고 있고, 어떤 친구는 형모를 그때까지도 부축하고 있고, 또 누구는 근심스런 얼굴로 뒤따르고 있고… 그중에는 우리 운전과 2학년 친구 재영이도 섞여 있었습니다. 참 보기 좋았습니다. 알고 보니 그들이 바로 '일산파'였지요.

그 뒤로 나는 늘 '일산파'의 근황이 궁금했고, 조금 부럽기도 했습니다. 나도 생각 같아서는 꼭 일산은 아니더라도 서울 교외 열차가 닿는 어디 시골 동네에서 자취란 걸 한번 해 보고 싶어졌습니다. 기차가 닿으니 필시 거기도 우리 학교 동기들이 적어도 두어 명은 있을 것이고, 나도 부실하게 끼니를 때우다 형모처럼 학교에서 쓰러진다면, 그들도 나를 지극정성으로 걱정해 주고 부축해 줄 것 같았습니다. 내 곁에 그런 친구가 단 한 명이라도 있다면, 자취 생활의 고생과 허기쯤은 얼마든지 견딜 수 있겠다 싶었습니다.

우리 철고생들은 다들 그랬습니다. 중학교에서는 한 가락씩 하다가 따뜻한 고향집 두고 멀리 떠나와 참 고생들이 많았습니다. 무엇보다 먹는 게 부실하여 지방에서 올라온 촌놈들은 다들 얼굴이 푸석푸석했지요. 그러다 보니 출현한 것이 바로 '빈대'였습니다.

한 학년만 해도 600명이니 모두가 고향이 서울이거나 서울 근방인 것은 아니었지요. 또 집을 떠나왔지만, 다들 하숙을 하거나 집 안에서 여자들이 살림을 제대로 하는 친척집에서만 다녔던 것도 아니었고요. 자취하는 친구들도 상당수였지요. 그런 친구들은 허기와 영양 결핍을 늘 달고 다녀야 했습니다. 남들 안 보는 자취방에서야 무엇을 먹든 굶든 혼자 부닥칠 일이었지만, 점심 도시락만은 그렇지가 못했습니다. 밥이야 어찌어찌 짓는다지만 반찬은 아무래도 힘에 부쳤습니다. 더구나 도시락에 넣어갈 만한 깔끔한 반찬을 어떻게 장만하겠습니까? 그래도 그냥 굶을 수는 없는 노릇이니 자연 남의 피를 빼는, 아니 남의 밥을 축내는 빈대로 진화를 하는 것이었지요.

빈대들도 예의가 아주 없는 것은 아니었습니다. 완전한 빈손으로 등교하지는 않으니까요. 꼭 포크 하나나 젓가락 한 짝은 준비해 왔습니다. 표정도 상냥했고요. 그리고 한 사람에게만 붙어 '피'를 빨지는 않았습니다. 서로의 형편을 훤히 알고 있으니, 붙을 데와 안 붙을 데를 가릴 줄도 알았지요. 특히 집이 서울인 친구들의 도시락은 빈대들의 좋은 먹잇감이었습니다.

이렇게 도시락 없이 점심시간에 분단 사이를 왔다 갔다 하며 여기저기서 한 젓가락씩 집어먹으면서 허기를 달래는 친구를 우리는 흔히 '빈대', 그러한 짓을 '빈대 붙는다'고 표현했지요. 말 그대로 십시일반 바로 그것이었습니다.

우리 반 영한이는 빈대 중에서도 '왕빈대'였습니다. 주로 4교시가 교련이나 체육인 날은 모두들 영한이의 동선에 바짝 신경을 곤두세웠습니다. 멀쩡하게 운동장에서 수업을 받고 있는 영한이지만 언제 사라질지 몰랐으니까요. 수업 종료 한 10분 전이면 영한이는 곧잘 그 '쇼'를 펼치곤 했습니다. 선생님도 수업이 다 끝나가니 별 의심 없이 좀 일찍 영한이를 교실로 들여보내기 십상이었고요. 일단 교실로 들어오는 데 성공했다 하면 영한이는 얼른 밥과 반찬이 충실한 도시락을 한 서너 개 골라, 보자기를 풀어 알도시락을 거꾸로 탁 뒤집습니다. 즉 수북한 밥이 얕은 도시락 뚜껑 위에 덩그렇게 놓이도록 말입니다. 그 상태에서 밥 속을 움푹하니 서너 젓가락 파먹습니다. 적당히 파먹고 나서는 도로 밥을 뒤집어 제 위치로 돌려서 도시락 뚜껑을 닫아 놓습니다. 겉모양으로는 도시락밥에 별 이상이 없지요. 주인이 도시락 뚜껑을 열고 한두 젓가락 밥을 떠먹을 때까지도 이상이 없습니다. 그러나 결국, 속이 텅 빈 밥 무더기는 몇 번의 젓가락질에 푹 구멍이 나고 말지요. 도시락 주인은 그때야 비로소 빈대의 출몰을 감지합니다. 곧이어 여기저기서 고함이 터져 나옵니다.

"에이 씨, 또 빈대 붙었네!"

"내 이럴 줄 알았다. 영한이, 이 새애끼 이거…."

"야, 체육 시간에는 앞으로 당번이 남아서 교실 지켜라이!"

그러나 '빈대'는 이미 운동장으로 사라진 뒤.

언제였던가, 영한이 혼자서 도시락 열 개를 넘게 파먹어 그 어마어마한 식성에 우리는 두 손, 두 발 다 들었던 적도 있었지요. 그래도 영한이 형편을 다들 뻔히 아는 터라, 선생님께 일러바치고 어쩌고 하는 생각들은 아예 하지를 않았습니다.

나는 철도고등학교에 입학을 하고 나서 처음 며칠간은 학교 분위기 때문에 무척 마음이 산란했습니다. 무슨 적성검사를 거쳐 학과가 정해지고 입학식까지 끝났지만 마음은 밀양에 두고 몸만 서울로 올라와 있는 것 같았습니다. 그래도 며칠 시간이 지나니, 좋든 싫든 일단은 국립철도고등학교 운전과 1학년 학생임을 인정하지 않을 도리가 없었습니다.

그래서 우선 낯도 좀 익힐 겸 해서 학교 안팎을 요모조모 둘러보기로 했지요. 그런데 참 놀랐습니다. 어디 한구석 학교 안이 밝고 명랑한 데가 없었거든요. 예쁘게 환경미화를 해 놓은 반도 드물었고, 강당 뒤에 후원이 하나 있기는 했지만, 운동장에는 앉아 쉴만한 품 넓은 나무 한 그루 없었고, 화단도 변변찮았고, 3층짜리 본관건물도 정감 없는 밋밋한 형태에다 그저 키 큰 서양측백나무 몇 그루만 그 앞에 듬성듬성 서 있는 게 다였습니다.

또 교내에 여자라고는 약에 쓰려 해도 보이지 않았습니다. 한 학년에 600명씩 1,800명 전교생은 물론이요, 교문 수위 아저씨부터 선생님, 서무실 직원들까지 하나같이 다 뻣뻣하고 퉁명스런 남자들뿐이었습니다. 그러니 자연 분위기가 어두컴컴하고 우락부락할 수밖에요. 학교 근처로 맑은 강이 흐르고 사시사철 꽃 피고 잎 지던 상동중학교가 새삼 그리웠습니다. 봄이면 학교 운동장에서도 훤히 보이던 옥교봉 진달래꽃밭을 다시 보고 싶었습니다.

그때야 나는 우리 고향 동네 한 해 선배 수곤이 형이 1년 전 겪은 마음고생을 비로소 조금 이해할 수 있었습니다. 학교에 가면 선배지만 집에 오면 편한 친구였던 수곤이 형은 공부를 아주 잘했습니다. 덩치는 좀 작았지만 눈이 반짝반짝했지요. 중학교 3학년을 마치자마자 누가 소개를 했는지 수곤이 형은 경북 구미에 있는 금오공고란 학교로 진학을 했습니다. 금오공고는 그저 그런 학교가 아니었습니다. 취직 걱정 없는 학교, 전교에서 1~2등이나 해야 갈 수 있는 학교, 졸업만 하면 앞길이 탄탄히 열리는 대단한 고등학교라고 정평이 나 있었습니다. 더구나 박정희 대통령이 특별히 관심을 가지고 있다는 소문까지 더해져 전국의 중학생들이 모두 다 부러워하는 학교였습니다. 말하자면 기술 계통의 고등학교 중 무슨 사관학교 비슷한 데였지요.

그런데 결론부터 말하자면, 수곤이 형은 금오공고를 채 한 달도 다니지 않고 그만 낙향하고 말았습니다. 조금 늦게나마 밀양에 있는 인문계 고등학교에 장학생으로 재차 입학을 했지요. 동네 어른들은 자기 일이 아니니까,

"평양감사도 지 하기 싫으마 몬 한다 카더마는, 얄궂네. 와 그 좋은 학교를 안 댕길라 카노? 허허, 참!"

하면서 고개를 갸웃거렸지만, 나는 지레짐작하기가 뭣해서 한창 동네에서 남의 입길에 오르내리던 수곤이 형에게 넌지시 물어보았습니다.

"그 학교 어데가 안 좋더노?"

"못 댕기겠더라. 입학하자마자 군기를 꽉 잡지, 배우는 과목도 재미 하나도 없지…. 그라고 그 학교 졸업하면 바로 군대 가서 하산가 중산가 하는 계급장 달고, 7년인가를 의무복무를 해야 된다 카데. 내가 그거를 알았나, 씨!"

"의무 복무? 그거는 꼼짝 못 하고 말뚝 박는 것 아이가?"

"맞다. 그 전에는 제대 못 한다."

"그라마 잘한 기다. 우예 7년이나 군인 하노?"

"니도 내년에 그런 학교에 가라 카면 함부래 가지 마래이."

"내가 머, 그런 데를 갈 수가 있나."

수곤이 형은 내가 고맙다는 듯이 씽긋 웃어 보였지만, 얼굴이 많이 상해 있었습니다.

그렇게 수곤이 형을 괴롭힌 고등학교 진학 문제가 1년 뒤 바로 나에게도 닥칠 줄을 그때는 정말 몰랐습니다. 학교 이름이 금오공고에서 철도고등학교로, 그리고 학교 있는 데가 구미에서 서울로

바뀌었을 뿐, 학교에 다니기 힘든 이유는 수곤이 형이나 나나 똑같았습니다. 부득부득 우겨대는 어른들의 모습도 똑같았습니다. 다만 다르다면 수곤이 형은 가차 없이 짐보따리를 꾸려 기숙사를 도망치듯 나와 버렸지만, 나는 그럴 기회를 번번이 놓치고 말았다는 점이었습니다.

입학하고 나서 한 두어 주일 지나자 그다음부터 나를 힘들게 만든 것은 공부할 과목들이었습니다. 국어, 영어, 수학, 사회 같은 과목은 일주일에 두어 시간씩밖에 안 들어 있고, 나머지는 전부 생소한 과목들 아니면 괴롭기 짝이 없는 과목들뿐이었지요. '철도개론', '제동장치', '디젤기관차', '현장실습', '교련'….

운전과의 주요 과목인 '기관차' 공부라는 것도 그랬습니다. 우리 주변에서 볼 수 있는 기계류 중에서 워낙 육중하고, 빠르고, 힘이 센 놈인지라 처음 몇 시간은 그런대로 구미가 좀 당겼습니다. 잠시 공부를 해 보니 철도 기관차의 종류와 특징들이 한눈에 들어오고 재미도 살짝 있었습니다.

우선 기관차는 크게 세 종류로 나눌 수 있다. 증기기관차와 디젤기관차, 그리고 전기기관차. 이 순서는 기관차의 발달 과정이기도 하다.

증기기관차는 모든 기관차의 시조 격이다. 말 그대로 석탄과 물로 증기를 만들고 그 증기압으로 실린더와 차축을 돌리는 원리. 불과 몇 년 전까지도 현장에서 화물이나 여객을 운송했지만, 지금은 퇴역하여 만나볼 수가 없다. 달리면 엄청난 연기와 김과 소리를 쏟아낸다. 흔히 기차 소리를 칙칙폭폭이라 하는데, 그 소리의 진짜 주인공은 이놈이다.

그리고 '디젤기관차'. 이놈은 다시 둘로 나눌 수 있다. '디젤전기기관차'와 '디젤동차'로. '디젤전기기관차'는 우리 주변에서 가장 많이 달리고 있는 바로 그 기관차이다. 경유로 디젤기관을 돌리고, 디젤기관은 발전기를 돌리고, 발전기에서 생산된 전기는 차축에 붙은 전동기를 돌리는 원리. 엔진과 발전기와 엄청 큰 경유 탱크를 기관차 내부에 다 장착하고 있기에 차체가 아주 무겁다. 그러나 증기기관차보다는 힘이 훨씬 세다. 3,000마력쯤 나가는 놈도 있다.

'디젤동차'는 쉽게 말해서 철로 위를 달리는 큰 버스나 트럭과 같다고 보면 된다. '디젤전기기관차'에는 있는 발전기, 전동기가 여기에는 없다. 디젤엔진의 힘이 변속기를 거쳐 바로 차축에 전달된다. 이놈은 맨 앞에서 여러 칸의 객차나 화차를 혼자 끄는 힘센 기관차가 필요 없다. 기관차가 곧 객차이고 객차가 곧 기관차이다. 당연히 객차마다 그 밑바닥에는 엔진이 다 들어 있어 소음이 심하고 승차감이 떨어진다. 그리고 장거리 운행도 좀 어렵다. 주로 경의선, 경원선, 경춘선 같은 단거리 노선에 많이 투입된다. 기관실이 객차 바닥과 똑같아 충돌 사고가 나면 기관사도 크게 다칠 수 있다.

마지막으로 '전기기관차'. 이놈도 다시 두 종류로 나눠야 한다. 그냥 '전기기관차'와 '전기동차'로. '전기기관차'는 '디젤전기기관차'에서 디젤엔진과 발전기만 떼 낸 것이라고 보면 된다. 당연히 전기는 내부에서 생산하는 게 아니라 외부 전력선에서 공급받는다. 힘이 '디젤전기기관차'보다 더 센 편이다. 웬만하면 5,000마력 이상의 힘은 쓴다.

'전기동차'는 별것 아니다. 수도권을 달리는 지하철이 바로 이놈이다. 역시 기관차가 따로 없다. 각각의 객차 밑바닥에 차축을 돌리는 전동기가 다 장착돼 있다. 엔진이 없어 아주 조용하고 승차감이 좋다. 여객 수송 전용이라 열차 편성이 간단하고, 한번 편성된 열차는 고정적으로 운행되는 경우가 많다. 모든 객차가 동력을 골고루 생산하기 때문에 급가속 급정거가 가능하다.

정리하자면, '디젤' 기관차는 어쨌든 경유를 연료로 하는 디젤기관이 장착돼 있어야 하고, '전기' 기관차는 선로 위에 전력선이 가설돼 있어야 한다. '디젤' 기관차는 매연과 소음이 매우 심하고, '전기' 기관차는 깨끗하고 조용하다. '동차'는 객차 여러 량이 조금씩 힘을 나누어 쓰는 방식이며 여객 수송 전용인데 비해, '기관차'는 자기 뒤에 붙어 있는 객차나 화차를 혼자서 강력한 힘으로 끌고 간다.

최첨단 방식으로는 '자기부상열차'라는 게 있긴 하지만 아직 실용화는 멀었다.

철도 기관차에 대한 나의 호기심도 결국 요 정도까지였습니다. 짧은 내 소견으로는 더 깊은 공부가 그리 필요하지 않을 것 같았습니다. 자전거를 모는 사람은 그저 자신이나 남 안 다치게 또 자전거 안 부서지게 조심조심 몰면 되지, 자전거의 규격, 재질, 생산

연도, 제조 회사 등에 대해 밑줄 긋고 외우고 할 것까지는 없듯이 말입니다. 그리고 무엇보다 나는 철도 기관차 그중에서도 특히 그놈의 '증기기관차'에 대한 안 좋은 기억이 있어 이래저래 기관차 공부에 일찌감치 입맛을 잃고 말았습니다.

'제동장치' 공부는 무엇보다 그 그림이나 용어들이 복잡해서 정신이 하나도 없었습니다. 열차의 안전은 바로 제동장치에 달려 있다, 어쩌면 동력장치보다 더 중요한 것이 바로 제동장치라고 해도 과언이 아니다, 이렇게 양진웅 선생님이 누누이 강조하셨고 또 내가 생각해도 그럴 것 같았습니다. 그래서 다른 과목은 몰라도 이 과목만큼은 공부를 좀 해 두어야겠다 싶어 나름대로 수업도 듣고 책도 곰곰이 읽어보았습니다.

열차의 제동 거리는 상당히 멀다, 승무원들은 열차 속도에 따른 제동 거리를 항상 염두에 두고 전방 주시를 잘해야 한다, 열차의 제동장치는 기관차의 공기압축기에서 생산한 공기를 열차 전체로 연결해 놓은 배관으로 불어 넣어, 그 공기압으로 작동한다, 차륜마다 쇠로 만든 큰 신발 모양의 제륜자가 붙어 있는데, 그놈이 공기압을 받아 차륜에 밀착한다, 열차 제동이란 막대한 열차의 주행에너지를 차륜과 제륜자 사이에서 마찰에너지와 열에너지로 상쇄시키는 작동 과정을 가리킨다, 열차에 제동을 걸면 제동 배관에는 가압이 아니라 감압이 이뤄진다, 안전이라는 측면에서 보면 동력장치보다 더 중요한 것이 제동장치이다, 제동 시기를 놓치면 열차는 거대한 **흉기**로 변한다….

이렇게 얼마 동안 공부를 좀 하고 나니 이 과목 또한 더 깊이 파고들 것이 없어 보였습니다. 이제 기관차를 맡겨도 운전할 수 있겠다 싶었습니다. 세세한 기계 설계 도면 공부보다는 운전 관련 규정을 잘 지키는 태도가 더 중요하다는 생각도 들었습니다. 자동차 운전하는 사람은 그저 무엇이 가속 페달인지 무엇이 브레이크 페달인지는 알고, 또 브레이크 작동 시 정지거리가 어느 정도인지도 알고, 무엇보다 정신을 바짝 차리고 교통사고 안 나게 조심조심 운전하는 게 중요하지, 굳이 자동차 제동장치를 일일이 분해해서 공부할 필요까지야 없듯이 말입니다. 그래도 제동장치 공부는 밑도 끝도 없이 이어지고 있었습니다. 그 복잡한 제동장치 계통도를 그리는 대목에서는 머리에 김이 피어오를 지경이 되고 말았습니다.

'교련'도 정말 미치고 폴짝 뛸 과목이었습니다. 누군가 서울 시내 남자고등학교 교련 실력 랭킹을 정한다면 분명 우리 학교가 3등 안에는 들 거라고 나는 믿어 의심치 않았습니다.

교련 시간이 괴롭고 힘든 것은 벌을 엄청 세운다는 것과 단순한 것을 무한 반복시킨다는 바로 그것이었습니다. 교련 시간에 벌을 서지 않으려면 복장부터 제대로 갖추고 운동장으로 나가야 했습니다. 교련복에 모자를 쓰고 운동화를 신어야 하는 것은 매번 기본이고, 허리에는 요대, 발목에는 각반을 한 채 문짝에다 '관계자 외 출입금지'라는 붉은 글씨의 팻말이 붙어 있는 무기고에 가서 목총까지 들고 조례대 앞에 집합하여 교련 선생님을 기다리는 것이 교련수업의 시작이었지요.

수업 내용이라고 해 봤자 총검술 16개 동작 아니면 제식 훈련. 아마도 총검술 16개 동작은 논산훈련소 훈련병들보다 우리 철고생들이 더 잘 하는 것 같았습니다. 그래도 총검술 16개 동작은 반복 또 반복, 끝없이 반복할 뿐이었습니다. 어떨 땐, 이 16개 동작을 이렇게 계속하다가는 우리들 중 몇몇은 아마 미쳐 버릴지도 모르겠다는 생각이 들 때도 있었습니다.

"찔러!"

"아이!"

"길게 찔러!"

"아이!"

"비켜 우로 찔러!"

"아이!"

이런 교련 시간의 결정판은 매주 월요일마다 열리는 애국조회. 특별한 일이 없으면 취소되는 일이 드문 게 바로 이 애국조회였지요.

애국조회가 열리는 날이면 전교생들은 운동장에 소대별, 중대별, 대대별로 오와 열을 딱 맞춰 교련복을 제대로 갖춰 입고 집합을 합니다. 전교생은 하나의 연대, 학년은 하나의 대대, 각반은 소대, 소대 3개 정도를 묶어서 중대, 이렇게 완전히 전교생을 군대식으로 편성해 놓았지요.

전교생 대열과 교장 선생님이 올라가서 훈화하는 조례대 사이에 버티고 서서 전교생을 구령으로 통솔하는 3학년 연대장은 엄청 어깨에다 힘을 주고 다녔습니다. 허리에 찬 지휘도를 입 가까이 쓱 올렸다가 빗겨 내리며 '전체 차렷!' 하고 외치면 철도고등학교 운동장은 영락없는 군대 연병장으로 변해 버립니다.

애국조회 때 정말 한몫을 하는 친구들이 또 있었으니 그들은 바로 우리 학교 밴드부. 어느 정도냐 하면 교장 선생님 없는 애국조회는 가능해도 밴드부 없는 애국조회는 열 수가 없을 정도였으니까요.

'빵빠라빵 빵 빠아아빵! 챙!'

밴드부의 전주 끝에 심벌즈가 챙, 하고 끝을 장식하면 누구든지 비로소 옷매무새를 가다듬고 애국조회에 임해야 합니다. 밴드부가 없다면 애국가, 교가 제창을 못하는 정도로 끝나지 않습니다. 전교생이 열병 분열 자체를 할 수가 없게 됩니다. '쿵! 쿵!' 치는 큰북 소리에 전교생이 왼발을 착착 맞춰야 비로소 절도 있는 행군이 가능하기 때문이었지요.

중학교 우리 동기 수철이는 바로 그 밴드부에서 색소폰을 불었습니다. 선후배 사이의 군기가 그렇게 세다고 하면서도 수철이는 밴드부를 절대 그만둔다는 말은 하지 않았습니다.

애국조회에서 가장 숨 막히는 순간은 단연코 '열병 분열식' 시간이었습니다. 밴드부를 선두로 전교생이 열과 오를 맞춰 운동장을 한 바퀴 돌아 제자리로 돌아오는데, 힐끗 우리가 다른 대열을 쳐다봐도 저게 우리 친구들 맞나 싶을 정도로 엄청났습니다. 교련복을 완전히 갖춰 입고 오른쪽 어깨에는 모의 소총을 멘 채 왼손을 쭉쭉 어깨높이로 뻗쳐 올리는 동작이 마치 한 사람이 하는 것 같 았거든요. 10월 1일 국군의 날 행사 때 선보이던 무슨 행렬 비슷해 보였습니다. 그 분열 행진의 하이라이트는 교장 선생님이 서 있는 조례대 앞을 지나가면서 '우로 봣!' 하는 순간이었습니다. 그럴 때 교장 선생님의 인사는 늘 거수경례.

이 모든 과정에서 뭐가 좀 삐끗했다 하면 애국조회 끝나고 그 반 은 바로 교실로 못 들어가고 뒤늦게까지 남아 교련 선생님의 특별 훈련을 받아야 했습니다. 이렇다 보니 고단하고 싫은 게 교련 시간 이고 애국조회 시간이었지만, 국어, 영어 같은 과목처럼 대강대강 넘어가지를 않았으니 정말 갑갑할 뿐이었습니다.

또 '현장실습'이라는 만만찮은 과목도 있었습니다. 현장실습은 말 그대로 학교가 아니라 현장에서 하는 공부였는데, 그 현장이라 는 데는 주로 용산역 근처에 있는 '화물센터'란 곳이었지요. 학교에 서 한 20여 분 걸어가야 닿을 수 있었는데, 옷은 미리 실습복으로 갈아입고 가야 했습니다. 그런데 그 실습복이란 게 내 눈에는 꼭 무슨 죄수복 같아 보여 정말 싫었습니다. 내가 싫어하는 푸르딩딩 한 색깔에다 대충 덩치 보고 나눠준 옷이라 몸에도 잘 맞지 않은 그 실습복을 입고, 학교 교문을 나서서 육교를 건너고 한강로 큰 길을 가로질러 '화물센터'로 줄지어 가노라면 마주치는 행인들은 뭔 가 싶어 힐끗힐끗 쳐다보기 일쑤였지요. 그럴 때마다 나는 내 몸 이 파리처럼 작아져서 어딘가로 사라져 버리는 상상을 하고 또 하 면서 길을 걸었던 적이 한두 번이 아니었습니다.

'화물센터'에 가도 또 그렇습니다. 교실도 없고, 앉을 자리도 없고, 소변 볼 데도 딱히 없고, 꼭 우리를 기다리는 사람도 없고, 우리에게 주어진 실습 도구도 없고…. 그저 황량한 곳에서 한나절을 그렇게 웅성웅성 대충대충 보내야 했습니다. 공부라야 화물을 싣고 와서 제법 오래 정차하고 있는 화차 같은 게 전부였지요. 그 화차에 들러붙어 저게 제륜자, 저게 연결기, 저건 제동장치 연결관, 저건 무개화차, 또 저기 가고 있는 조그만 기관차 저게 바로 2,100대 디젤전기기관차, 중구난방 뭐 이런 식이었거든요.

현장실습 지도교사인 양진웅 선생님도 화물이 아닌 우리를 매번 '화물센터'로 데리고 가려니 좀 미안했던지 가끔 다른 데로 가기도 했습니다. 화물센터 바로 근처에 있는 서울동차사무소라든지, 혹은 수색에 있는 서울기관차사무소라든지, 9월 중순이면 철도의 날 행사에 참석하는 걸로 대신한다든지….

한번은 '특동'이란 데를 갔습니다. '특동'이란 건 순전히 양진웅 선생님한테 배운 말인데 바로 '특별동차사무소'의 준말이었지요. 대통령이나 정부 요인만이 탈 수 있는 특별한 동차 몇 량을 늘 수선 관리하고 가끔씩 실제 운행에 나서는 것이 주 임무인, 말 그대로 철도청 산하에 있는 좀 특별한 기관이 특동이었지요. 거기는 보안이 꽤나 삼엄했습니다. 근무자들 얼굴도 굳어 있고 담장 위에는 철조망까지 둘러놓았습니다. 양 선생님도 현직 시절엔 잠시 특동에 근무를 하신 적이 있다고 했습니다. 친구들은 눈이 동그래져 관계자란 분의 코앞으로 다가가 설명을 열심히 들었지만 나는 별로 궁금한 점이 없었습니다. 왜냐하면 나는 두꺼운 시멘트로 덮여 있는 지붕 둥그런 격납고, 그 안에 들어 있는 특동 실물을 이미 여러 번

봤으니까요.

나는 어릴 때 경부선 철길 바로 옆에 있는 우리 고향 마을에서 1년에 한두 번씩은 꼭꼭 특동을 눈앞에서 보며 자랐습니다. 가끔씩 정복을 차려입은 경찰들이 카빈총을 든 채 철길 옆에 죽 도열하면 우리는 호기심에 다가가 막 이것저것 물어봅니다.

"아저씨예, 오늘 머 때문에 이러는데예?"

"몰라, 아마 대통령이 지나간다 카제?"

"대통령은 어데 가는데예?"

"진해 해군사관학교 졸업식이라 카덩강, 나도 자세히는 모리겠다."

"그라면 좀 있다가 기차 창문으로 대통령 볼 수 있겠네예?"

"야, 인마, 대통령은 우리를 봐도 우리는 대통령 못 본다. 그라고 열차도 두 대가 연방 지나가는데, 대통령이 앞차에 탔는지 뒤차에 탔는지 우리도 고거는 모린다."

"대통령이 우리를 보고 있다 카는 건 우예 아는데예?"

"얄마, 너그는 모리나? 저 우에 저 산 하나 보이제? 그 너머가 경북 청도 신거라 카는 동네라. 그 동네가 새마을운동 잘한다고 대통령한테 큰 상을 받았다 아이가. 대통령이 우예 알았겠노? 지금 맨치로 열차 타고 가다가 그 동네 사람 열심히 일하는 거 딱 본 기지. 그런 거 보면 신거 사람들도 철둑 옆에 살기를 참 잘한 기라."

"응, 그렇구나."

조금 기다리면 진짜 특별하게 생긴 열차가 두 대 연이어 창문마다 커튼을 드리운 채 휙 지나갑니다. 그럴 때 경찰 아저씨들은 바람에 모자가 저만큼 날아가도 꼼짝없이 서 있기만 하고요. 그게 바로 특동이었지요.

그런데 나는 특동에 대한 설명보다 양진웅 선생님의 특별한 표현이 더 재미있었습니다. 말씀 중간중간에 자주 그러셨거든요.

"이건 말이야, 국가 기밀이야. 어디 가서 말하면 안 돼."

양진웅 선생님은 특동 견학을 마치는 종례 비슷한 자리에서도 또 그러셨습니다.

"여기는 특동이지만, 다른 데 가면 스티무기관차를 지금이라도 당장 달리게끔 잘 관리하고 있는 그런 기관이 있어. 왜냐하면 6·25 때 김재현 기관사라고 있었어. 들어봤어? 김재현 기관사 그분이 말이야, 북한군에 포로로 잡혀 있던 미국 24사단장 딘 소장 구출작전에 투입돼서는, 그때 대전까지, 적진으로 몰고 간 기관차가 바로 스티무기관차다, 이 말이야. 알았어? 그때 디제루도 있었지만 스티무 아니면 어림도 없었단 말이야. 디제루는 사격 몇 발에도 대번에 스톱이지만, 스티무는 웬만해도 끄떡없어요. 결국 그때 딘 소장을 구해 오지도 못하고 김재현 기관사도 운전실 안에서 북한군 총탄에 온몸이 벌집이 돼서 순직했지만…. 너희들도 앞으로 그런 정신으로 근무해야 돼. 알았어? 스티무기관차 얘기도 어디 가서 하면 안 돼. 이것도 국가 기밀이야, 알았어?"

"예!"

우리는 양진웅 선생님이 그리 말씀하셔도 알아들을 건 다 알아들었습니다. '디제루'는 정확한 자기 본명이 '디젤기관차'이며, '스티무'도 바로 '증기기관차'라는 것을 말입니다.

나와 학교, 나와 교과목의 궁합이 이렇다 보니 1학년 2학기쯤부터 차곡차곡 쌓여 가는 게 지각 횟수요, 결석 일수였습니다.

국민학교, 중학교 9년 동안 결석이라고는 모르고 학교 잘 다니던 내가, 고등학교 생활을 채 한 학기도 하기 전에 학교를 좀 우습게 여기게 된 데는 1학년 운전과 우리 반 어떤 친구 한 녀석의 귀띔 한마디도 적지 않게 작용을 했습니다.

"야, 정태야, 니 인마, 그거 아니?"

"멀?"

"우리 학교는 학생들을 절대 퇴학 못 시킨다고 들었거든."

"그래? 머 때문에 그렇다 카더노, 말해 바라."

"잘 들어 봐, 우리 학교에서 학생 한 명을 퇴학시키려면 교통부란 데 하고 문교부란 데서 둘 다 오케이 해야 가능하대. 생각해 봐, 안 그렇겠어? 우리 학교는 철도고등학곤데. 엄청 복잡해서 사실상 퇴학이 없는 학교래."

"그것 참, 말이 좀 되네."

가만히 머리를 굴려 보니 정말 그럴 것 같았습니다.

'철도는 철도청 소관이고, 철도청은 교통부 소속이 분명하다. 학교는 또 교육청 소관이고, 교육청은 보나 마나 문교부 소속임도 분명하다. 그러니 우리 철고생들의 신분은 매우 복잡한 게 맞다. 복잡한 만큼 웬만해도 학교에서 퇴학을 시키지 않는 학교란 소리가 맞다. 그러나 학부모와 학생이 원할 때는 상황이 다를 수도 있겠지.'

이렇게 내 멋대로 정리를 하고 나니, 한편으로는 아주 홀가분했지만 또 한편으로는 많이 갑갑해져 버렸습니다. 퇴학 걱정이 없어졌다는 생각은 둘째 치고, 이제 도저히 철도고등학교라는 이 올무에서 벗어날 희망이 보이지 않는 것 같았으니까요. 아무리 학칙이나 규정이 그래도 학생과 학부모가 강력히 원하면 학교도 어쩔 수야 없겠지만, 언감생심 그건 우리 아버지한테는 통하는 말이 아니라는 건 새삼 확인할 필요조차 없었으니까요. 학교와 학부모, 이 둘은 다 내가 뿌리칠 수 있는 만만한 손아귀가 아닌 것 같았습니다.

불과 몇 달 전만 해도 상동중학교에서 막강 규율부원으로 떵떵대던 이 문정태가 한순간 왜 이렇게 돼 버렸는지, 내가 봐도 내 몰골이 참 한심했습니다. 수도 서울 한복판에 있는 이상한 고등학교, 이상한 교실에서 이상한 책을 펼쳐 놓고 이렇게 멍하니 앉아 있으리라고는 그땐 상상도 못했는데…. 와락, 밀양에서 고등학교에 다니고 있는 중학교 친구들 얼굴이 보고 싶어졌습니다.

'중학교 친구들 중에는 한 해를 꿇린 친구들이 많은데 나도 그렇게라도 해서 밀양 친구들 곁으로 돌아갈 수만 있다면…'

한 번씩 혼자 있을 때는 거울 앞에 서 보기도 했습니다. 거울 속에는 스포츠형의 머리를 한 한 남자아이가 눈빛이 많이 흐려진 채 물끄러미 거울 밖의 나를 또 쳐다보고 있었습니다. 마음은 어디다 두고 몸뚱이만 덩그러니 남아 있는 겉늙어 버린 소년, 얼굴에 웃음기라고는 없는 남자 고등학생 하나가 말입니다.

그런 내 몸뚱이를 내 마음이 있는 곳으로 매번 데려다주는 것은 바로 경부선 특급열차였습니다. 1학년 입학하고 나서 한참 동안은 진짜 천재지변이 아니고서는 주말마다, 즉 토요일 오후엔 경부선 하행선 특급에 일요일 오후에는 상행선 특급에 몸을 실었습니다.

그래야 단 하루 정도라도 내 몸에 비로소 피가 돌고 숨이 좀 쉬어지는 것 같았거든요. 오가는데 걸리는 시간이 문제였지 차비 같은 것은 전혀 신경 쓸 일이 아니었습니다. 우리나라 안에서는 새마을호를 제외한 그 어떤 열차도 공짜로 탈 수 있는 것이 바로 우리 철고생들에게 주어진 유일한 혜택이자 특권이었으니까요.

단화라고 부르는 까만 가죽 구두를 신고, 검은 플라스틱 바탕에 흰색 인쇄체로 적힌 이름표를 단 채, 특급열차를 타고 우르르 고향에 내려가면 내 속을 알 리가 없는 동네 사람들은 마치 무슨 사관생도 보듯 했지요. 철도와 기차에 대해 이것저것 마구 묻는 사람도 있었고요.

"기차에도 핸들이 있나?"

"기차 바퀴는 와 철길에서 안 떨어지노?"

"사람이 기차에 치이 죽으마 기관사도 잽히 가나?"

그래도 그 봄, 쩍쩍 갈라지고 바싹바싹 바스러져 내리는 내 마음을 조금이라도 촉촉하게 적셔주는 봄비 같은 사람들이 아예 없었던 것은 아니었습니다. 그들은 바로 최덕호 법사님과 우리 고향 동네 친구 허진구.

최덕호 법사님을 만나게 된 건 순전히 우리 중학교 두 해 선배이자 고등학교에서까지 두 해 선배가 돼 버린 재훈이 형 때문이었습니다. 입학하고 나서 복잡한 교내 건물 구조도 아직 파악하지 못하고 어리둥절해 할 때, 재훈이 형과 교내 한 귀퉁이에서 우연히 마주쳤습니다. 반가워서 눈으로 인사를 건네자, 재훈이 형이 대뜸 아주 편안한 우리 밀양 말로 그러는 것이었습니다.

"야, 정태 니 요새 학교 잘 다니제? 공부는 할 만하나?"

죽을 맛이었지만, 그렇다고 할 수는 없었습니다.

"…예."

"아참, 그라고 니, 오늘 학교 마치고 어데 갈 데 있나?"

"없습니다."

"그라면 오후 4시에 토목과 3학년 교실로 와 볼래? 거서 법회 열 린다. 토목과 3학년 교실은 저 1층 가운데쯤이다이."

법회라 하면 뭔가 불교와 관계되는 그런 행사 같았지만 어떻게 진행되는지는 정확히 알 수가 없었습니다. 그래도 선배가 마음을 내서 초청을 하는데 안 가 볼 수야 없지요. 오후 4시, 주뼛주뼛 토 목과 3학년 교실 문을 열고 들어가니 벌써 학생들이 제법 많이 와 있었습니다. 다들 표정들이 밝고 순해 보였습니다. 재훈이 형이 웃 는 얼굴로 내 손을 이끌어 빈자리 하나를 봐 주었습니다. 자세히 보니 우리 운전과 1학년 아이 두엇도 끼어 있었고요.

조금 뒤, 한 삼십 대 중반이나 돼 보이는 젊은 남자 어른 한 분도 조용히 문을 열고 교실로 들어섰습니다. 다들 자리에 앉고 법회가 시작됐지요. 죽비를 탁탁 치며 '입정' 하고 외치니 모두들 반듯이 앉아 숨을 골랐습니다. 다른 대부분 식순은 노래로 대신했습니다. '삼귀의', '찬불가', '청법가'….

청법가가 끝나자 조금 전에 교실로 들어섰던 그분, 사회자가 우 리 철도고등학교 불교반을 지도하고 계시는 최덕호 법사님이라고 소개한 그분이 아주 조용조용하고 단정하게 교탁에 섰습니다. 말씀도 아주 나직나직했습니다. 음성이 허스키한 듯도 했지만 듣기에 조금도 거북함이 없었고, 시선을 아래로 내리깐 채 낮은 목소리로 또박또박 말했지만, 거만한 구석은 전혀 없었습니다. 내 눈에는 뭔가 범접 못 할 위엄 같은 게 저절로 우러나오는 그런 분이었지요. 난생처음 그렇게 빨려들 듯이 누구의 말에 깊이 집중해 본 적은 없었습니다.

한번은 법사님이 또 어떤 손님 한 분을 모시고 왔습니다. 딱 보니 그분은 스님이었지요. 나중에 '청법가'가 끝나자 최덕호 법사님은 그분, 즉 '무진장스님'을 우리에게 소개한 뒤 법사님도 스스로 우리들이 앉아 있는 빈 책상 하나를 골라 앉으셨습니다. 무진장스님에게서 풍기는 체취는 법사님과는 많이 달랐습니다. 말을 굉장히 빨리 구사했으며, 눈빛이 순하다기보다는 날카로운 데가 있어서 꼭 공부를 아주 많이 한 대학교 교수님 같은 그런 느낌이었습니다. 무진장스님의 법문 내용은 대강 이러했습니다.

'내가 오늘 이 학교로 오다가 길에서 허수아비를 여럿 봤다. 서울에서 혹 허수아비를 본 사람이 있냐? 있으면 손들어라. 허수아비가 어디에 있더냐고? 사실 이 교실에도 허수아비는 앉아 있다. 꼭 나무막대기에 헌 옷을 입혀 논밭에 세워 놓아야 허수아비냐? 무엇을 하는지도 모르고 뭐든지 넋 놓고 우두커니 하는 사람들은 다 허수아비다. 맑고 고요한 제 본마음을 잃어버리고 몸뚱아리만 남아 허둥대는 사람들은 뭐를 하든지 다 허수아비다.

허수아비에서 사람으로 돌아오려면 어떻게 하면 되는가? 그건 아주 쉽다. 몸 가는데 마음 가고 마음 가는데 몸 가고, 늘 그때 그 자리에서 몸과 마음을 챙기는 것이다. 무엇을 먹을 때는 마음을 혀에다 두고, 무엇을 들을 때는 마음을 귀에다 두고, 무엇을 볼 때는 마음을 눈에다 두고 살면 된다. '수처작주'가 별 게 아니다. 중국의 조주 스님한테 손님이 와서 이런 거 저런 거 물으면 스님은 늘 그랬지. "차나 한 잔 드시게." 이 말이 뭐겠나? 차를 마실 때는 온전히 그 마음을 차 맛에다만 두라, 이 말씀이지. 이게 바로 수처작주 아니겠나?

여러분의 몸뚱이가 여기에 있는 건 나도 알겠는데, 진짜 여러분의 주인공, 참마음, 본성품은 어디에 있는가? 여기 함께 있는가, 어디 멀리서 잃어버리고 왔는가? 여러분은 이 세상을 사람으로 살아갈 작정인가, 허수아비로 살아갈 작정인가?'

무진장스님의 말씀이 또 한 번 내 머리를 세게 쳤습니다. 이 교실에 앉아 있는 허수아비라, 그건 마치 스님이 나를 두고 한 말씀 같았습니다. 수곤이 형처럼 떨치고 내려가지도 못한 채 마음은 밀양에다 두고 몸만 이 서울로 올라와 있는, 나야말로 이 용산역 앞의 허수아비란 걸 새삼 깨달았습니다. 최덕호 법사님과 무진장스님이 내 마음속을 훤히 다 읽고 계신 것 같았습니다. 그렇지 않다면 어떻게 내가 어쭙잖게 참석하기 시작한 이 법회에서 저런 말씀을 다 하실 수 있단 말입니까? 내 눈에는 그 두 분의 온화함과 지혜로움이 참 좋았습니다.

나에게도 '부처님'이라는 말이 전에 없이 따뜻하고 든든하게 느껴진다 싶은 순간이 전혀 없었던 것은 아니었습니다. 고등학교 입학시험 합격자 발표가 나기 며칠 전이었지요. 초파일 같은 때만 절에 가시던 우리 할머니가 느닷없이 우리 고향 마을 앞산 보광암에 가서 하룻밤 묵어오겠다며 산길을 오르셨습니다. 나는 뭐 그런가 보다 하고 무심히 지나쳤지요. 그런데 그다음 날, 보광암을 다녀오신 할머니가 식구들 다 모인 저녁상 앞에서 나를 쳐다보며 불쑥 그러셨지요.

"아이고 야야, 인자 니 고등학교 시험은 붙을랑갑더라."

"할매, 그거를 할매가 우째 아노? 떨어지는 아아도 많다 카고 밀양에도 좋은 학교 있는데…."

나는 시험을 보고 온 이후로는 늘 그랬습니다. 만약의 사태에 대비해 충격을 좀 완화하려고 거듭 한 발을 슬쩍 빼면서 확답이나 확신은 피하려고 애쓰고 있었지요.

"내가 보광암에 가서 부처님 전에 니 시험 붙으라꼬 기도를 했다 아이가? 밤에 자는데 부처님은 온데간데없고, 자꾸 내 입에서 피가 울컥울컥 한 바가지나 쏟아지는 기라. 하이고, 이상시럽다, 와 이카노, 와 이카노, 인자 내가 죽을랑갑다, 이래 생각이 들데. 그런데 턱 깨니 꿈이라. 아침에 공양하다가 스님께 그 말을 하이, 스님이 허허허 웃으며 '아이고 보살님, 이제 소원성취 하겠심더. 그 기 부처님 가피인 기라예.' 그 카는 기라. 소원성취가 머 있나, 니 붙어라꼬 빌었는데…."

그 순간, 할머니 꿈 얘기를 듣고 있던 우리 아버지도 갑자기 입을 여셨습니다.

"맞다, 니 시험에 붙는다. 나도 며칠 전에 꿈 꿨다."

"무슨 꿈이라예?"

옆에 있던 여동생 하나가 궁금증을 못 이기고 눈을 반짝 빛내자 아버지의 대답이 참 가관이었습니다.

"내가 혼자서 무슨 일을 하고 있는데, 누가 내 등 뒤에 떡 서 있는 것 같은 기라. 이 기 누고 싶어서 돌아보이, 그 사람이 바로 박정희 대통령 아이가? 수고가 많다 카시면서 악수를 청하데. 우리나라에서 제일 높은 사람이 우리 집에 찾아왔는데, 니 시험 붙는 거는 물어볼 것도 없지, 머."

할머니와 아버지의 꿈 얘기를 듣고 나니 잘못하다가는 큰 창피를 당할 것만 같아서 은근히 걱정이 앞섰습니다. 가기 싫은 학교지만 시험에 일단은 붙어야겠다는 생각이 와락 들었습니다.

나는 비로소 난생 처음 정신을 가다듬고 부처님이란 말을 다시 한 번 떠올려 보았습니다. '세계 4대 성인 중 한 명이 부처님이 아닌가? 부처님의 가피란 건 또 어떤 것일까? 내가 고등학교 시험에 붙는다면 그런 게 바로 가피일까? 그렇다면 부처님이 합격시켜주시는 학교라면 기쁜 마음으로 다녀야 하는 걸까? 아무래도 그건 좀…'

운만 좋으면 잔디밭에서도 바늘을 찾을 수가 있을 것 같았습니다. 왜냐하면 우리 동네 친구 진구를 서울하고도 바로 우리 학교 운동장 한가운데서 떡하니 만나게 되었으니까요.

내가 입학을 하니 우리 학교에는 야구부가 있었습니다. 체육 종목에 야구란 게 있다는 것쯤은 이미 알고 있었고, 또 진구가 자기 조카들과 함께 우리 동네 좁은 골목길에서 글러브란 것을 끼고서

자주자주 야구공을 던졌다가 받았다가 하는 것을 익히 보아왔기 때문에 야구가 그리 낯선 말은 아니었지만, 진짜 야구선수와 야구 경기 장면을 직접 눈으로 본 건 그때가 처음이었습니다. 야구부가 있으니 성가신 면도 많았습니다. 우선 학교 운동장을 마음대로 쓸 수 없어 짜증이 날 때가 더러 있었지요. 우리들 천 수백 명은 운동장 가장자리로 늘 피해 다니기만 하는데, 자기들 몇 명이 넓은 운동장을 한나절 정도는 독차지해 버리니까요. 곱게 운동장만 차지하는 게 아니었습니다. 그 무서운 야구공을 깡깡 알루미늄 배트로 총알처럼 날려 보내니, 그들이 연습을 시작하면 멀찌감치 서 있어도 마음은 늘 불안불안했습니다.

또 응원연습이란 것도 기다리고 있었습니다. 오후 수업은 중지하고 운동장에 모여 응원연습을 한 사나흘은 해야 동대문야구장으로 실제 경기를 보러 갈 수 있었으니까요. 실제 운동장에서보다 학교에서 하는 응원연습이 몇 배나 더 힘들었습니다. 잘만 하면 이번이 마지막이다, 자 정말 똑 부러지게 자알 한 번 하고 마치자, 이런 말을 수없이 들으면서 땡볕에 앉아 응원연습을 하기란 정말 고역이었지요. 동대문야구장에서야 우리 학교가 이기고 있으면 응원을 하지 말라고 해도 저절로 터져 나오는 게 응원이었으니까요.

"아카라카 치, 아카라카 초, 아라라카 치치 초초초, 라라라, 라라라~"

입학하고 나서 처음 몇 번은 아무리 야구를 봐도 뭐가 뭔지 잘 모르겠고 재미가 없었습니다. 저게 뭐가 재미있다고 고교야구대회는 그렇게 많이 열리는지 정말 이해가 가질 않았습니다. 축구나 프로권투 프로레슬링 같은 경기는 세 살배기 아이도 보면 바로 이해하는데, 야구는 웬 놈의 규칙이 그리 복잡하고 까다롭던지. 타자가 친 공이 땅에 떨어지기 전에 그대로 수비선수 글러브에 잡히면 아웃이라는 것은 알겠는데, 또 타자가 친 공이 관중석까지 날아가 버리면 홈런이라는 것은 알겠는데, 어떨 땐 수비선수의 글러브에 잡혔는데도 주자들이 막 뛰고 있고, 또 어떤 때는 타자가 공을 치지도 않았는데 '루'라는 데서 후다닥 무슨 상황이 벌어져 그만 공격과 수비가 바뀌기도 하고, 축구 심판은 달랑 한 명인데 야구심판은 서넛이 넘고, 감독들도 경기 내내 코를 만지다가 팔뚝을 쓰다듬다가 하면서 요란을 떨고….

그러나 하나둘 규칙을 익히고 두 번 세 번 경기를 보다 보니, 사실 야구는 엄청 재미있는 종목이었습니다. 축구가 장기라면 야구는 내가 좋아하는 바둑과도 흡사했습니다. 오밀조밀, 한순간도 운동장에서 눈을 뗄 수 없는 운동경기가 바로 야구였습니다. 축구야 그렇지요, 후반전 한 40분 정도 지났을 때 두어 골 차이가 나면 대부분 승부는 그대로 굳어져 버리지만, 야구는 그게 아니었습니다. 공 하나에 경기 전체가 요동을 치고, 0.1초 차이, 10㎝ 차이에 울고 웃는 스포츠가 바로 야구였으니까요.

우리 학교 야구부는 역사가 그리 오래되지 않았지만 고교 야구계에서 만만찮은 실력을 인정받고 있었습니다. 내가 입학하던 바로 그해 학교를 졸업해 버려 나는 직접 눈으로 본 적은 없지만, 우리 학교 야구부 선배 중에 투수였던 이진우 선수의 이름은 거의 전설이 되어 있었습니다. 야구 한 경기를 이기려면 상대 타자 27명을 아웃시켜야 하는데, 어떤 경기에선가 이진우 선수가 무려 상대방 타자 22명을 스트라이크 아웃, 즉 삼진으로 잡아버렸다고 하니 정말 경악할 기록이 아닐 수 없었습니다. 국민학교 야구팀과 고등학교 야구팀이 맞붙어도 그런 기록은 나오기가 힘들 텐데 말입니다.

야구경기에서 우리 학교가 지고 있다가 9회 공격에 큰 점수를 얻어 역전승하면 기분이 정말 째졌습니다. 반대로 상대방 학교 선수들과 응원단은 한순간 지옥으로 떨어지는 기분이겠지만. 그래서 동대문야구장에서 응원전이 벌어지면 두 학교 선생님들은 응원단 경계 지점에 죽 모여 늘 감시를 했습니다. 안 그러면 운동장에서는 야구를 하지만 응원석에서는 격투기가 벌어질 수도 있으니까요.

어쨌든 9회에 승부가 나고 두 학교 응원단이 자리를 털고 일어설 무렵엔 꼭 이긴 학교 응원단은 의기양양하게 합창을 합니다.

잘 있어요. 잘 있어요.
그 한마디였었네.
잘 가세요. 잘 가세요.
인사만 했었네.
달빛 어린 호숫가에 앉아
내 님 모습 나 홀로 새기며
또다시 오겠지. 또다시 오겠지.
기다립니다.
이 노래는 불러야 제 맛인데, 등 뒤로 들으며 운동장을 빠져나온다는 것은 정말 죽을 맛이지요.

그런 야구부가 그물을 쳐 놓고 타격 연습을 하는 운동장 주위를 기웃거리고 있는데 어라, 저기 야구선수 중에 꼭 우리 동네 진구를 닮은 선수 하나가 눈에 띄었습니다. 살금살금 다가가 보니 진구를 닮은 선수가 아니라 정말 진구였습니다. 진구도 나를 발견하고 눈을 찡긋하며 나중에 보자고 했습니다. 종례 후에 본관 옆 야구부 숙소로 찾아가니 진구도 반가워 어쩔 줄을 몰랐습니다. 참 세상은 넓고도 좁았습니다.

"야 진구야, 니가 우째 우리 학교 야구부에 다 와 있노? 오마 온다고 얘기해야지."

"우리 행님이 너그 학교 야구부 감독하고 잘 알거덩. 그래서 여서 야구 좀 하라카데. 어제 올라 왔다. 근데 씨발, 재미 없다아! 감독도 그렇고…."

"감독이 와?"

"어제 내 보자마자 '너그 형님 부탁이라 일단 받아는 보는데, 기본기도 그렇고 몸도 좀 그렇고, 아이갸, 니 내 밑에서 운동하겠나?' 이카데."

"와, 니 몸이 어때서?"

"덩발이 좀 작다 이기지 뭐. 햐, 씨발, 우리 행님 때문에 미치겠네."

"…."

그랬습니다. 말은 안 했지만 다시 찬찬히 보니 진구 키는 이젠 나보다도 좀 작은 것 같았고 덩치도 특별히 우람해 보이지도 않았습니다. 이미 진구 몸은 상동중학교 후문 부근 플라타너스나무 밑에서 우리보다 무려 두 살이나 많은 정택이를 한 주먹에 뭉개버리던 그때의 그 몸이 아니었습니다. 야구부 숙소에서 섞여 있으니 왜소해 보일 정도였습니다. 진구의 얼굴엔 중학교 시절 보였던 그 자신감은 어디 가고 초조함과 피곤함이 가득했습니다.

아니나 다를까, 진구는 한 학기를 못 채우고 갑자기 우리 학교 야구부에서 사라지고 말았습니다. 밀양 집에 내려오니 곧 부산에 있는 무슨 해양 관련 고등학교에 가서 결국 배를 탈 거라며 잠시 놀고 있었습니다.

그래도 진구가 서울에 있는 동안 우리 둘은 여기저기를 많이 돌아다녔습니다. 나는 길눈 어두운 진구의 길라잡이 노릇을 하고, 진구는 어리숙해 보이는 나의 보디가드 역할을 충실히 했습니다. 진구는 꼭 서울 시내에 나갈 때도 야구방망이를 어깨에 메고 다녔지요.

일산 그 언덕 문간방에서 그런대로 마음을 다잡고 궁색한 자취살림을 시작했습니다. 미닫이를 열고 들어가 앉으면 흙냄새 솔솔 나는 천장 낮은 방, 길거리 쪽으로는 큰 손수건만 한 창문이 하나 뚫려 있는 그 방은 내가 난생처음 가져보는 나 혼자만의 방이었습니다. 석유곤로에 밥도 혼자 지어 먹고, 이부자리를 깔고 혼자 잠을 청하고, 간단한 속옷이며 양말 같은 것은 내 손으로 빨고….

무엇보다 난생처음 하루 세 끼를 혼자 해결하자니 그게 그리 호락호락한 일만은 아니었습니다. 특히 점심 도시락을 싸 가는 일이 보통이 아니었지요. 그렇다고 영한이처럼 빈대로 변신할 수도 없는 노릇이었고요. 그래도 그동안 어깨너머로 보아두었던 실력을 발휘하니 그런대로 먹고 다닐 만은 했습니다.

반찬은 주로 일산시장에서 조금씩 사다가 먹었습니다. 끼니때마다 빠지지 않고 먹어야 하는 김치는 플라스틱 통에 넣어 찬물에 동동 띄어 놓고 다녔지요. 반찬이 좀 부실해도 즉석식품 3종 세트가 있어 밥을 굶는 일은 드물었습니다. 3종 세트란 바로 김, 달걀, 마가린.

뜨거운 밥을 지어서 열기가 충분히 남아 있을 때, 얼른 달걀 한 개와 마가린 반 숟갈 정도를 넣고 쓱쓱 비벼 버립니다. 다시 냄비 뚜껑을 닫고 조금 기다립니다. 잠시 뒤 밥을 푸면 즉석 달걀 비빔밥이 되어 있는데, 김이나 김치와 함께 먹으면 썩 괜찮은 맛이지요.

그리고 뭐니뭐니해도 자취생을 위해 하늘이 내린 음식 '라면'이 우리를 많이 도와주었습니다. 라면이 없었더라면 우리 일산파 중 누구 하나는 분명 아사했을 것입니다. 우리가 라면한테 진 신세는 정말 말로 표현하기 힘들 정도였습니다.

다른 친구들도 그랬겠지만, 특히 우리 일산파는 라면을 시도 때도 없이 먹어 치웠습니다. 정식으로 끼니를 때울 때도 라면, 밥 잘 먹고 놀다가 그냥 배가 좀 출출해도 라면, 술안주가 없을 때도 라면, 우리에겐 라면이 주식이었고 밥은 차라리 부식에 가까웠습니다.

자주는 먹었으나 우리는 영한이처럼 그렇게 한꺼번에 많이 먹지는 못했습니다. 기본은 1.5개, 배가 좀 고프다 싶으면 2개. 그러니 둘이서 먹을 때 크게 허기진 사람이 없으면 3개를 끓이면 되고, 혼자서 먹을 때는 한 개를 반으로 분질러 1.5개를 맞추면 되고. 그렇다 보니 우리는 라면을 한두 개만 달랑 사다 놓는 법이 없었습니다. 아무리 용돈이 궁해도 라면만큼은 늘 상자 단위로 사다 놓았지요.

뜨거운 라면을 먹을 때 남들보다 한 젓가락이라도 더 먹으려는 사람은 얼른 냄비 뚜껑부터 집어 들어야 합니다. 편편한 냄비 뚜껑에다 면발을 얹어놓고 후후 불어가며 먹으면 아주 수월하거든요. 면발 다 건져 먹고 나서 남는 국물에 찬밥이라도 한 덩이 말면 그런대로 무난하게 한 끼 식사로는 그만입니다.

그러나저러나 옹색한 자취생들에겐 라면이나마 밑반찬 제대로 갖춰 먹기가 그리 쉬운 일만은 아니었지요. 이런 우리들의 사정을 간파한 사람이 있었으니 그는 바로 우리 학교 교문 앞 간판도 없는 라면집 사장 아저씨였습니다.

서너 평 됨직한 그 작은 가게 풍경은 단조롭기 이를 데 없었지요. 여남은 명 들어가면 꽉 차는 홀엔 테이블과 의자 서너 세트, 테이블마다 하나씩 놓여 있는 플라스틱 수저통, 벽 쪽엔 불구멍이 예닐곱 개쯤 되는 가스레인지 조리대, 그 옆엔 라면 비닐 포장을 미리 제거한 알라면과 단무지, 그릇 몇 개가 가지런히 들어 있는 허름한 수납장 하나, 또 그 옆엔 뒷마당으로 나갈 수 있는 조그만 쪽문 하나, 벽엔 커다란 괘종시계. 이게 전부였습니다.

그 가스레인지 위에 죽 얹혀 있는 조개껍데기만 한 양은냄비들을 이용해 주인아저씨는 아주 재빠르고 정확한 솜씨로 라면 1개씩만을 끓여 냅니다. 길어도 채 3분을 넘기지 않습니다. 라면이 익었다 싶으면 주인아저씨는 미리 준비해 둔 김가루와 다진 파를 딱

한 숟가락씩만 탁탁 냄비 안에 끼얹어 우리 앞에 얼른 갖다 놓지요. 노란 단무지 대 여섯 조각이 든 병뚜껑만 한 접시 하나와 함께요. 수저통에서 골라낸 젓가락으로 호로록 그걸 먹어치우는 데는 또 채 2분이 걸리지 않습니다. 등교 시간에 쫓겨 뜨거운 라면 국물을 한두 모금 마셔보고 일어설 때는 2분까지도 필요 없습니다. 도합 5분이면 라면일망정 한 끼 식사가 끝납니다.

조리대 옆 쪽문도 다 필요가 있어서 뚫어 놓았습니다. 주인아저씨는 아주 눈치가 빠른 분이었습니다. 우리들 중 상당수는 어른들처럼 뭘 먹고 나면 연기 한 모금씩을 빨고 싶어 한다는 것까지도 간파하고 있었으니까요.

라면을 먹고 나면 우리 앞에는 두 갈래의 길이 기다리고 있습니다. 라면값 100원만 주고 나오든지, 아니면 현금을 손바닥 속에 감추고 뒷마당으로 통하는 쪽문 쪽으로 다가가서 주인아저씨와 눈을 맞추며 살며시 '한 개' 혹은 '두 개'라고 말하든지 아니면 손가락을 펴 보이든지 하면, 아저씨는 수납장 어딘가에 숨겨두었던 플라스틱 통 하나를 살며시 꺼내는데, 그 속엔 낱낱으로 풀어헤친 거북선 담배 개비가 소복이 들어 있지요. 담배 개비를 받아 들고 쪽문으로 나가보면 그 집 뒤뜰인데 거기엔 아무도 없고 덩치에 비해 잘 짖지 않는 개 한 마리만 담배 연기를 맡으며 묶여 있을 뿐입니다.

이 라면집 아저씨와 거래를 원활히 하려면 유념해야 할 불문율도 서너 가지 됩니다. 라면값 100원, 담배 한 개비 30원, 이건 모두 현찰 박치기 선불이고, 또 라면을 다 먹었으면 자리에서 발딱 일어나야 하고, 뒤뜰 출입은 조용히 그리고 깔끔하게 다녀와야 하지요.

어쨌든 우리는 라면이라는 신통방통한 음식이 이 세상에 있어서 쓰러지지 않고 두 발로 걸어 용산까지 나다닐 수가 있었습니다. 물론 그놈만 너무 의지하다가는 형모처럼 가끔 낭패를 볼 가능성도 있긴 했습니다만.

혼자 사니 좋은 것이 책을 좀 곰곰이 읽을 수 있다는 점이었습니다. 가리봉동이나 응암동 시절에는 전혀 맛보지 못했던 고요함이 비로소 나를 찾아왔습니다. 책꽂이에는 대중없는 책들이 조금씩 쌓이기 시작했습니다. 『문학사상』. 『현대문학』, 『창작과비평』 같은 문예지도 몇 권, 『범우 에세이 문고』도 몇 권, 소설집도 몇 권, 법정 스님이나 임어당 같은 분의 수필집도 몇 권, 제목이 근사해서 샀지만 읽기가 어려워 폼으로 그냥 꽂아 놓은 책도 몇 권, 이런 식이었지요.

김춘복의 소설 『쌈짓골』을 만난 것도 그 언덕집 흙방에서였습니다. 응암동 시절, 근처 헌책방에서 철 지난 『창작과비평』을 단지 제목이 그럴싸해서 몇 권 구해다 놓고서는 그만 읽는 것은 한없이 미루고만 있었는데, 뒤늦게 우리 고향 밀양 사람들을 글 속에서 만나게 되었지요.

깻등에 서면 쌈짓골이 한눈에 다 들어오는 것이다.

해발 일천 미터를 훨씬 상회한다는 태산 준령들이 사방을 병풍처럼 에워싼 쌈짓골. 골짝 한가운데를 '큰거랑'이 활대처럼 휘이며 흐르다가 화암산과 허리를 맞붙이다시피 해 있는 사태봉 모롱이를 비좁게 열면서 휘돌아 나간 입구를 제외하면, 날짐승도 마음대로 날아들 수 없는, 이름 그대로 쌈지처럼 오목한 분지이다. 암마가 위치한 용숫골은 쌈짓골에서도 가장 깊은 안 구석이다. 장대를 걸치면 엎힐 듯이 숨도 못 쉬게 죄어든 앞, 뒷산이, 그래도 암마만 벗어나면 남북으로 점잖이 물러나 앉으면서 천황산과 화암산을 솟구치며 겨우 쌈짓골 하나를 만들어 놓고는, 다시 못 참겠다는 듯 허리를 맞대고 우쭐우쭐 춤을 추며 뻗어 나갔다.

'야, 팔기아재 같은 사람들은 어느 동네라도 있는데, 이런 사람들의 이야기도 소설이 되고, 문학이 되네. 쌈짓골이 밀양하고도 정확히 어느 동네일까? 산세로 보아서는 단장면이나 산내면 같은데…. 김춘복, 이 분은 지금 어디서 창작 활동을 열심히 하고 계실까? 어떻게 생기셨을까?'

내 가슴 속 비밀 노트에 또 한 사람의 문인 이름이 새겨지는 순간이었습니다. 한용운, 김광섭, 신석정, 김용성, 양문길, 그리고 김춘복.

그런데 뭣 눈에는 뭣만 보인다고, 우리 철고생 농땡이들은 나를 그렇게 혼자 조용히 지내도록 놓아주지를 않았습니다. 눈치가 보였던 응암동 하숙집으로도 들락날락하던 그들에겐, 일산 내 자취방이 그보다 더 편할 수가 없었겠지요.

특히 1학년 때부터 잘 알고 지내던 희성이라는 친구는 일산이 뭐가 그리 맘에 드는지 부쩍 경의선 타기를 좋아했습니다. 희성이 집은 경북 경산이었는데, 맨 처음 주말 경부선 열차 안에서 마주친 우리는 대번에 안면을 텄습니다. 그리고 바로 죽이 맞아버렸습니다. 입학하고 한 달도 채 지나지 않아 희성이가 우리 밀양 집으로 놀러 오고 내가 경북 경산에 있는 희성이 집으로 놀러 갈 정도였으니까요. 희성이는 참 재미있고 쾌활한 친구였습니다. 전공 공부를 그렇게 열심히 하지 않으니 같이 놀아도 부담이 없지요, 취미가 바둑인 점도 비슷했지요, 세상 물정에도 밝아 늘 화제도 풍부했지요…

물론 내 곁에는 늘 편안하고 든든한 중학교 동기 상규와 수철이가 있긴 했습니다. 수철이는 같은 운전과여서 학교에서도 자주 만날 수 있었습니다. 그러나 이 친구들은 고등학교 와서도 여전히 모범생 짓을 계속하고 있었습니다. 수철이는 밴드부 활동과 함께 공부까지도 제법 챙기는 눈치였고, 상규는 우리 셋 중 학교생활이 제일 반듯했습니다.

응암동 좁은 하숙방에서도 학교 시험이 닥쳐오면 꼿꼿하게 앉아 밤늦도록 공부를 하는 친구가 바로 상규였지요. 그럴 때마다 우리 동네 진구가 그랬듯 나 또한 혼자 멀뚱멀뚱 엉뚱한 책만 보다가, 방 안이 너무 고요해 마침내 상규 옆구리를 찌르고 맙니다.

"야, 먼 공부를 그래 열심히 하노? 그거 할 기 머 있다고. 한 번씩 읽어 보고 시험 치면 되지. 그만 자자."

이러면, 상규는 초롱초롱한 눈빛으로 나를 쳐다보며 그럽니다.

"아이다, 너그 운전과는 몰라도 업무과 시험은 어렵다아. 먼저 자라. 한 번만 더 훑어보고 자께."

책 위에 엎어져 설핏 잠들었다가 다시 눈을 떠 보면, 상규는 그때까지도 여전히 책상 앞에서 입을 달싹달싹하며 공부를 계속하고 있지요. 어쩌면 상규와 수철이는 중학교 시절부터 '학교'와 '공부'라는 것을 바라보는 시각이 나와는 많이 달랐는지도 모릅니다.

그 빈틈을 얼른 비집고 들어온 친구가 바로 희성이였습니다. 그런 희성이가 하루는 정색을 하고 그러는 것이었습니다.

"야, 내가 너그 집에 들어와서 같이 자취하면 안 되겠나?"

느닷없는 제안에 좀 당황했지만, 가만히 생각해 보니 그리 나쁠 것도 없을 것 같았습니다. 무엇보다 덜 심심할 것 같았고요. 그렇다고 방이 그리 좁은 것도 아니고, 집주인이 그리 성질이 메마른 사람들도 아니니 한 사람 더 들인다고 해서 방세를 더 달라고 할 것 같지도 않고, 가재도구들이 특별히 더 필요한 것도 없고….

"니만 좋다카마, 내야 상관있나, 머. 근데 부천 거 좋다 아이가?"

"인자 좀 지쳤다. 용호 저그 형님 집에 용호하고 같이 있는데 많이 불편하더라."

"그라마 됐다. 올라카마 빨리 와뿌라. 언제 올래?"

"이번 일요일 짐 옮기지, 머."

"좋다. 같이 옮기자."

일산파가 우르르 부천으로 가서 잡다한 희성이 짐을 지하철에 실어 옮겼습니다. 그 깨끗한 지하철로 너저분한 이삿짐을 옮기는 우리들 꼴이 우스웠던지 승객들이 자꾸 우리를 힐끗힐끗 쳐다보는 통에 조금 '쪽팔리기도' 했지만요. 아무튼 이렇게 해서 늦은 봄, 졸지에 희성이까지도 일산파 막내가 되어 버렸습니다.

일산 언덕배기에 농땡이 둘이 새로 똬리를 틀자 그만 상승작용이 일어나 일산은 제법 시끄러운 동네로 변해 갔습니다. 나도 조용히 책만 읽으며 지낼 수가 없게 돼 버렸습니다. 고요한 적막은 잃어버리고 재미는 새로 얻은 셈이었지요. 그래도 나는 날마다 일기를 쓰면서 단 몇 장이라도 늘 책을 읽었습니다.

일산에 사는 우리 3학년 철고생은 모두 일고여덟 명쯤 됐습니다. 일산역 바로 앞에서 자취를 하고 있는 우리끼리 말로 '역전파' 친구들이 셋, 언덕 위에서 건들건들 사는 일명 '언덕파'인 우리 둘, 시가지 안쪽에서 어찌어찌 사는 우리들과는 밤에 잘 어울리지를 않는 친구들이 두엇, 그리고 일산파에는 속하지만, 일산 안에서는 무슨 파라고 말하기가 좀 묘한 3학년 기계과에 다니는 친구 고준식.

형모처럼 갑작스러운 사고가 아니라면 우리는 학교에서 좀처럼 일산파 티를 내지를 않았습니다. 그러다가 서울서부역에서 출발하는 경의선 문산행 동차에 올라타면 그때부터 희희낙락 떠들고 놀았습니다. 왜냐하면 역이나 열차 간은 바로 우리 철고생들의 영역이었으니까요. 차장이나 역무원들도 우리를 특별 대우해 주니 다른 사람들 눈에도 그리 보이기 십상이었고요.

우리 일산파는 주로 밤 시간을 이용해 교류를 하고 친목을 다졌습니다. 며칠마다 한 번씩 서로를 걱정해 주는 척 하면서 상대방 자취방을 기웃거리지만, 사실은 '심심한데 같이 좀 놀자.' 이런 뜻이란 걸 서로가 다 알고 있었지요.

역전파가 언덕으로 오르기보다는 언덕파가 역전으로 내려갈 확

률이 훨씬 높았습니다. 역전파는 한 방에 세 명이 함께 살고 있어서, 거기 가면 학교 소식이나 일산 소식이 훤할뿐더러 또 가게가 가까우니 뭘 구해 먹기도 수월했기 때문입니다. 또 역전파의 자취방은 모여 놀기에 아주 그만이었습니다. 우리 운전과 재영이와 토목과 형모와 전기과 정우가 같이 살고는 있었지만, 워낙 큰방이라 우리 둘쯤 가세를 해도 넉넉했거든요.

그리고 무엇보다 우리 언덕 집 문간방은 아무래도 눈치가 많이 보였습니다. 우리 방 건너편 불과 서너 걸음 떨어진 또 다른 문간방에 같이 세 들어 사는 그 할머니랑 아가씨는 우리가 와자하게 놀 때마다 마뜩찮은 표정을 역력히 보내오곤 했으니까요.

우리는 만났다 하면 시시껄렁한 농담조로 인기척을 대신했습니다.

"어이 '짝불알' 선생, 저녁은 드셨는가?"

"아이고, 야들이 누고? 해가 떨어지면 집에 갈 생각은 안 하고 웬 남의 집 문 앞에서 얼쩡거릴까?"

"에이, 그러지 말고, 우리 오늘, 저녁도 부실하니 영양 보충이나 해 보세."

"거, 좋지."

이렇게 사인이 맞으면 곧바로 '사다리 제작'에 들어갑니다. 큰 종이에 사람 수만큼 세로로 죽죽 줄을 긋고 그 줄들 사이를 이리저리 연결해 각자 타고 내려 올 사다리를 그리는 것이지요. 물론 사다리 맨 밑바닥에는 땅이 아니라 각자 부담해야 할 금액이 적혀 있습니다. 짧은 시간에 재미도 있고 군것질 비용까지 갹출할 수 있는 방법으로는 사다리 타기만 한 것이 없었습니다. 언덕 위에 사는 우리 둘은 당번 정하는 일, 가령 밥 짓기, 설거지, 방 청소 따위를 바둑 한 판으로 해결하곤 했지만, 역전파와 바둑은 거리가 좀 멀었으니까요. 푼돈이 얼마간 모이면 우리는 주로 통닭을 사다 먹었습니다.

재영이 별명이 '짝불알'로 굳어진 데는 재미있는 사연이 있습니다. 역전파 중 누군가가 재영이와 목욕탕에 같이 갔는데, 장난기가 동한 그 친구가 그만 탕 속에 들어가 느긋하게 눈을 감고 있는 재영이 사타구니 사이로 손을 쓱 집어넣어 보았다네요. 그런데 다들 두 개씩 달고 다니기 마련인 그것이 재영이에게는 한 개밖에 없더랍니다. 그 소문이 짜하게 퍼져 그만 별명이 그리된 것이지요. 재영이는 한 개가 없는 것이 아니라, 좀 작은 거라고 몇 번이나 해명을 했지만 한 번 붙여진 별명은 좀처럼 고쳐지지가 않았습니다.

처음에는 통닭이나 과자부스러기를 자취방으로 사와서 먹었지만, 시간이 지나자 다들 간덩이가 커져서 통닭 같은 것은 식기 전에 먹어야 제맛이라며 통닭집으로 찾아가기도 했지요. 통닭을 통닭집에 가서 먹는데 무슨 간덩이냐고 할지 모르겠지만, 우리는 좀처럼 통닭을 그냥 통닭만으로 먹지는 않았거든요. 꼭 독한 액체를 몇 잔 곁들이곤 했습니다.

그렇지만 통닭집 아줌마든 옆자리에 앉아서 술을 마시는 어른 손님들이든 누구든, 어른들과 똑같이 소주 한 병에다 통닭 한 마리 떡하니 차려 놓고 먹는 우리들을 보고 한 번도 뭐라고 이의를 제기하는 사람이 없었습니다. 가령 학생이니 뭐니, 학생증이 있느니 없느니, 어느 학교에 다니느니, 나이가 몇 살들이니 하는 그런

시비 말입니다.

아마 그건 우리 '일산파'의 외모 때문이었을 겁니다.

희성이는 덩치가 좀 작고 이마가 반질하여 앳된 편이었지만, 나머지 네 명은 웬만한 어른들만큼이나 노안들이었거든요. 특히 웃을 때면 하회탈처럼 얼굴에 주름이 많은 형모는 얼굴에 주름만이 많은 게 아니었습니다. 수염조차 많아 면도를 조금만 게을리 하면 고3 학생이 뭡니까, 산전수전 다 겪은 영락없는 아저씨 모습이었습니다. 재영이도 광대뼈가 불쑥 솟구치고 말을 노숙하게 하는 버릇이 있어 제 나이보다 두서너 살은 더 많아 보였고, 정우란 친구도 마찬가지였습니다. 우리 중 키가 가장 크고 눈이 부리부리하고 겉늙어 보여서 옆에 앉아 있는 어른들도 정우한테는 곧잘 예예 이렇게 존대를 할 정도였으니까요.

책에는 만 스무 살이 지나야 성인이라고 적혀 있었지만, 우리는 부득부득 열아홉 살도 성인이라고 우겨대며 일산의 밤거리를 활보하고 다녔습니다.

일산파 이야기를 하면서 이 친구를 소개하지 않으면 좀 서운해할 것 같습니다. 좀 전에 언뜻 말한 기계과 친구 고준식입니다. 준식이란 이름이 있었지만 우리는 늘 별명 부르기를 좋아했지요. '고 박사'라고요. 처음엔 고 박사가 아니라 '연애박사'였습니다. 그런데 준식이도 그리 부르면 몹시 언짢아했고, 우리도 그건 좀 남 듣기에 아니다 싶어 슬며시 바꿔 주었습니다.

고 박사 고향은 경기도 여주인가 이천인가 그쪽인데, 우리보다 대여섯 살이나 많은 누나와 함께 일산여상이라는 학교 부근 조용한 골목 안쪽에서 자취를 하고 있었습니다. 방은 정식으로 1개, 또 그 옆에 창고 비슷하기도 하고 옷 방 비슷하기도 한 그런 아주 작은 공간이 하나 더 딸려 있는 집에 세 들어 살았지요.

고 박사도 우리들처럼 홀몸이었다면 일찌감치 자취방을 우리들의 '작전 구역'으로 내놓아야 했을 텐데, 누나가 우리들 사이에 떡하니 끼어 있어서 좀처럼 그럴 수가 없었습니다. 더군다나 고 박사 누나는 애초부터 말수가 적고 좀 쌀쌀맞기까지 했거든요. 서울 어디 회사에 다니면서 통근을 하고 있었기에 아침마다 일산역에서 우리들과 곧잘 마주치지만 좀처럼 곁을 주지 않았습니다.

준식이 별명이 그리된 데는 순전히 준식이 책임이 컸습니다. 경의선 열차가 서울서부역에서 문산역까지 왔다 갔다 하면 중간중간에 꽤 많은 학생들이 내렸다 탔다 합니다. 그중에는 여학생도 적지 않고요. 우리는 교복 정갈하게 차려입은 여학생이 보여도 그런가 보다 하고 말지만, 준식이는 눈을 반짝 빛냅니다. 그리고는 탐정도 아닌 것이 며칠 만에 그 여학생의 인적사항을 꽤나 상세히 알아내 버립니다.

아침에 서울로 나가자면 일산 지나 백마역이라고 있습니다. 아침마다 백마역에서 열차를 타는 곱상한 여학생 하나, 고 박사 말로는 꼭 임예진을 닮은 그 여고생은 우리 목석같은 일산파들에게도 은근히 인기가 있었습니다. 고 박사가 유독 그 여학생에 대해서는 훤히 꿰고 있었으니까요. 이름은 문주란이 아니고 윤주란이다, 집은 백마역 근처 어디에 있다, 서울서부역에 내려서 조금 걸어가면 있는 무슨 여자상업학교란 데를 다니고 있다, 지금 2학년이다, 친한 친구는 누구누구다….

여름방학을 며칠 앞둔 어느 날이었지요. 일산으로 들어가는 열차 안에서 고 박사가 주변을 두리번거리더니 우리에게 불쑥 뭔가를 들이밀며 아주 작은 목소리로 말했습니다.

"야, 니네들, 이거 안 살래?"

"먼데? 보자."

자세히 보니 도장 같은 것도 두어 개 꾹 찍혀 있고, '초대장'이라는 글씨도 보이고, 아무튼 조금 큰 회수권처럼 생긴 종이쪽지였습니다.

"이게 바로 티켓이란 건데, 딱 백 장만 만들었거든. 이거 있으면 고고미팅에 갈 수 있어, 인마. 사!"

"얼만데?"

"3천 원."

"고 박사 이 기, 또 소설 쓰고 있네. 고고미팅, 그건 또 무슨 소리고?"

"구로동 쪽에 지하다방을 하나 밤에만 빌려놨거든, 딱 두 시간. 그래서 이 티켓 만든 거야. 요 티켓만 있으면 거기 가서 좀 마시고 놀고 할 수 있어. 여고로도 몇 군데 연락이 갔어, 인마. 죽여주는 거지, 머."

우리는 생전 처음 듣는 소리였습니다. 워낙 다른 분야의 얘기라서 우리는 그저 멈칫거리고 있는데, 재영이가 스스로 개발한 고 박사의 또 다른 별명을 부르며 이야기를 단번에 꽉 매듭짓고 말았습니다.

"야, 이 기생오라비 같은 놈아, 됐다! 좋으마 니나 가라. 3천 원이나 주고 말라꼬 거기 가겠노? 수틀리면 내 학생부에 찔렀뿐다아!"

다시 며칠이 흘렀습니다. 우리는 고 박사 말이 뻥인지, 진짠지 좀 궁금해졌습니다. 열차에 올랐다 하면 우리처럼 한 자리에 늑진하게 앉아 있지 않고 여기저기를 들쑤시고 다니는 고 박사가 마침 우리 옆에 앉기에 물었지요.

"어이 고 박사, 머라 그랬노? 그 무슨 미팅인가 파틴가 카는 거, 그거 잘 됐나?"

"그럼, 인마. 많이들 왔어. 주란이도 오고… 야아, 지집애 정말 춤 잘 추데. 그날 인기 좋았다, 정말. 겨울 크리스마스쯤에 다시 한 번 더 할 거거든. 그때 와."

뻥이라 하기엔 너무 태연하게 생생하게 말하는지라 다들 잠시 입을 닫고 말았습니다. 그리고 그 뒤로도 고 박사와 주란이는 열차 안에서 만났다 하면 직접 큰소리로 대화는 잘 하지 않지만, 찡긋 눈웃음을 주고받는 거라든지, 고 박사가 주란이 곁으로 다가가면 주란이는 말없이 책가방을 고 박사에게 척 건네고 고 박사는 다시 그 가방을 객차 선반에 올려놓는 장면을 몇 번 목격하고부터, 우리는 고 박사의 말을 더 이상 뻥이라고 몰아붙이지는 않았습니다. 정말 '박사학위'를 수여하지 않을 수가 없었습니다.

아무튼 고 박사가 있어 나는 새삼 알게 되었지요. 우리 고등학교 동기들이 학교에서 하는 공부 말고도 얼마나 다양한 '사업들'을 펼치고 있는지에 대해서 말입니다.

통학 열차 안에서 만나면 그렇게 활기차고 재미있는 고 박사였지만 일단 일산역에 내렸다 하면 우리들과는 교신이 끊겨 버렸습니다. 우리들이야 처음부터 고 박사네에 잘 안 갔지만 고 박사는 그러지 않았는데, 언제부턴가 고 박사도 우리들 자취방에 나타나는 법이 없었습니다. 왜 그런지 우리는 서로 속마음을 털어 놓지는 않았지만 어느새 그걸 정상적인 모습으로 인정해 버렸습니다. 고 박사와의 사이가 그리되어 버린 데는 우리들 일산파의 잘못도 얼마간 있긴 있었습니다.

희성이와 살림을 합치고 나서 며칠이나 지났을까, 어느 늦은 봄날 저녁이었습니다. 잠시 전에 일산역에서 헤어졌건만, 예의 또 우리는 서로의 살림살이를 걱정해 주는 척을 하며 역전파 자취방에서 다시 마주 앉았지요. 이런저런 얘기 끝에 누군가 한마디 던졌습니다.

"야, 고 박사 이 자슥은 지금쯤 머하고 있노? 우리 그 집에 한 번만 딱 정찰 나가 보자."

"가도 되까?"

"저그 누나는 한 번씩 야근도 한다. 그라고 저그 누나 있으면 고 박사만 불러내지 뭐."

"좋다, 가 보자."

우리들은 주머니에 손을 넣고 건들건들 고 박사 자취방이 있는 골목길로 들어섰습니다. 윗채 주인집에서는 두런두런 사람 말소리가 들리는데, 마당가 고 박사네는 불만 환하게 켜진 채 조용했습니다. 현관이기도 한 부엌으로 들어서도 인기척은 전혀 없었습니다. 방문 앞에는 신발 두 켤레만 가지런히 놓여 있었고요. 얼른 보니 한 켤레는 남자 신발, 또 한 켤레는 여자 신발. 우리는 당연히 고 박사와 고 박사 누나 신발인 줄로만 알고 냅다 소리를 질렀습니다.

"어이, 고 박사, 계시는가? 고 박사!"

"…"

방 안에서는 아무런 대꾸가 없었습니다.

"고 박사님!"

"…"

역시 아무런 반응이 없었습니다.

"자슥, 머하고 다니다가 초저녁부터 디비지자고 있노, 엉?"

도저히 못 참겠다는 듯이 재영이가 다시 버럭 고함을 지르며 미닫이를 드르륵 열어젖혔습니다.

그런데 아차차, 우리는 보지 말아야 할 것을 기어이 보고야 말았습니다. 방 안에 있는 사람은 고 박사와 고 박사 누나가 아니라, 고 박사 누나와 어떤 낯선 청년이었습니다. 더군다나 두 사람은 속옷만 입고 팔베개를 한 채 나란히 누워 있다가 후다닥 윗몸을 일으키고 있었으니까요. 우리는 미처 '죄송합니다.' 소리도 못하고 그 집을 빠져나왔지요. 역으로 통하는 큰길에 이르러서야 비로소 형모가 히죽거렸습니다.

"저 집은 둘 다 박사 맞네."

그 일이 있고 난 뒤부터 고 박사 누나와 우리들 사이는 더욱더 어색하고 어려운 사이가 돼 버렸습니다. 아침 일산역 플랫폼에서도 고 박사 누나는 매번 우리들과는 저만큼 거리를 두고 서 있다가 열차를 타면 우리와는 다른 칸으로 가버리곤 했습니다.

날씨가 많이 더워졌습니다. 일산 자취방은 언덕 위에 자리 잡고 있어서 늘 바람이 선들선들 불기는 해도 근처에 발을 담글 작은 실개천 하나 없었던 터라, 마당에 박아 놓은 펌프 하나로 주인댁 세 명, 문간방 두 집 네 명, 모두 일곱이 먹고 씻고 할 수밖에 없었지요. 학교에서 체육이나 교련이 든 날은 집에 오자마자 홀러덩 벗고 등목이라도 하고 싶은데, 우리는 집안 여자들 눈을 피하느라 그것마저도 자유롭지는 않았습니다. 문간방 할머니는 그렇다 치더라도 할머니 손녀는 우리보다 불과 서너 살 더 먹은 아가씨였고, 안채엔 우리보다 고작 예닐곱 많아 보이는 주인집 새댁 아주머니도 있었으니까요.

그래도 우리는 잠깐 틈을 엿보다 얼른 등목을 끝내곤 했습니다. 그러다가 하루는 희성이와 내가 서로 등을 밀어 주기로 하고 곱게 등목을 시작했는데, 중간에 그만 장난기가 동해서 등목을 잊어버린 채 티격태격 물싸움만 하고 있었지요. 그때였습니다. 안채에서 우리 하는 양을 가만히 지켜보던 주인아주머니가 마당으로 썩 나서며,

"아이고, 학생들, 그래 가지고 등목이 제대로 되겠어? 자자, 일루 와, 내가 등 밀어줄게. 어서!"

이러는 것이었습니다. 우리는 처음에는 머쓱해서 주뼛거리기만 했습니다. 그런데도 주인아주머니는 아주 정색을 하고 두세 번 다그치는 것이었습니다.

"괜찮은데요, 그냥 우리가…."

"아녀아녀, 엎드려 봐. 내가 밀어 줄게."

물장난을 친 게 미안하기도 하고 우리들의 큰누나쯤이라고 생각하면 될 것도 같아서, 우리는 결국 못 이기는 척 차례차례 수돗가에 엎드렸습니다. 나이가 서른이 채 안 돼 보이는, 유독 목소리가 곱고 몸매도 호리호리한 주인아주머니의 부드러운 손길에 의해 우리의 등은 매끌매끌 시원해졌습니다. 아니 시원한 정도가 아니라 찌릿찌릿해졌습니다. 방에 들어와서도 등에 남은 감촉이 좀처럼 가시질 않았습니다. 안채에 주인아주머니가 있다 싶으면 우리는 별로 덥지도 않은데 등목을 한다며 수돗가를 자주 기웃거렸지만, 아주머니도 그때마다 반드시 우리들 등을 씻겨 주는 것은 아니었지요.

2학기 개학일 전전날, 다시 희성이와 함께 몇 가지 밑반찬을 싸 들고 일산으로 올라왔습니다. 한동안 잠가 두었던 자취방 방문을 열자, 방 안에 고여 있던 눅눅한 흙냄새가 우리를 반겨 주었습니다. 여전히 날씨는 많이 더웠습니다. 2학기에는 골치 아픈 과목이 하나 더 생겨났습니다.

이름하여 EDPS. Electronic Data Processing System의 약자라고 했지만 우리는 그냥 우리끼리 '음담패설'이라고 불렀습니다. 입력이니 출력이니 단말기니 천공이니 하는 말들이 무슨 소린지 생소하기만 했습니다. 가르치는 선생님도 잘 모르고 계신 것 같았습니다.

용산역 구내 화물센터로 나가던 현장실습도 조금 달라졌습니다. 정말 졸업하면 우리를 철도 역군, 수송 역군으로 부려먹을 생각인지 '승무실습'이란 걸 자주 시켰습니다. 용산역이나 서울역으로 나가 운행되고 있는 실제 열차 운전실에 타고서 수원이나 멀리는 대전까지 갔다 오는 1일 현장 근무가 바로 승무실습이었지요.

사실 우리들처럼 철도고등학교 운전과 3학년쯤 되면 실제 운행하는 기관차 운전실에 한두 번 올라가 보지 않은 학생은 드물었습니다. 큰 역 플랫폼 맨 앞쪽에 서 있다가 열차가 정차하면 기관차 쪽으로 다가가서 기관사들에게 정중히 인사를 하면서 슬쩍 둘러댑니다. 우리는 철도고등학교 운전과 학생이다, 이번에 학교에서 기관차 승무를 실습과제로 내줬다, 잠시만 태워 주면 고맙겠다, 그러면 대부분 우리 선배이기도 한 기관사들은 얼굴에 화색이 돌면서 대번에 올라오라고 합니다. 올라가면 그분들은 우리와 이런저런 이야기하는 걸 그렇게 좋아합니다.

기관차의 운전실은 상당히 밋밋한 편입니다. 중요한 서너 개의 기기들은 기관사 손길이 쉽게 닿을 수 있도록 툭 튀어나온 손잡이 형태로 달려 있습니다. 엔진의 출력을 높이고 낮출 때 쓰는 우리가 흔히 '노치'라고 부르는 출력손잡이, 그리고 열차를 세울 때 쓰는 제동손잡이, 기관차 전후진을 선택하는 손잡이가 바로 그것들인데, 이 중 제일 중요한 것은 누가 뭐래도 두 개의 제동손잡이, 즉 기관차 단독용 손잡이와 열차 전체용 손잡이입니다. 노치를 잘못 조작하면 열차가 덜컹거리거나 운행 시간이 좀 안 맞을 뿐이지만, 제동기능을 적시에 작동시키지 않으면 자칫 엄청난 결과로 이어질 수도 있으니까요.

물론 이것 말고도 무전기도 있고, 발로 밟을 수 있도록 운전실

바닥에 장착해 놓은 경적도 있고, 버튼이나 게이지도 몇 개 있긴 하지만 이런 건 손잡이처럼 중요한 기기들은 아닙니다.

또 운전실은 조용한 데가 아닙니다. 특히 디젤전기기관차는 소음이 엄청납니다. 디젤엔진 자체가 다른 엔진보다 소음이 큰데다가 발전기를 비롯한 모든 부속 기기들을 기관차에 모두 싣고 달리니, 늘 '웅웅웅' 하는 쇳소리에 귀가 멍하지요. 소리 하면 무전기란 놈도 만만찮습니다. 늘 채널을 열어놓고 운행해야 하니 이 열차 저 열차, 이 역 저 역에서 부르고 호출하는 소리가 마치 고장 난 라디오 같습니다. 이밖에도 모조리 쇳덩이로 만든 수천 톤의 열차가 쇠 레일 위를 달리다 보니 이런저런 소리가 많지요. 지형의 특성상 우리나라 철로에는 터널이나 교량도 많아 소음은 더욱 커집니다.

기관차 운전실은 높다랗게 올라붙어 있어서 전망이 좋을 때도 있지만 늘 그런 것은 아닙니다. 가끔씩 기관차 운전실이 운행 방향과 반대로 놓이게 되면 즉 운전실이 맨 앞쪽이 아니라 객차나 화차 연결 부위에 위치하게 되면 아주 시야가 답답하고 피곤해집니다. 이것을 철도운전에서는 좀 어려운 말로 '장폐단' 운행이라고 부르는데, 기관차 출력 자체는 아무래도 똑같지만 안전 운행에 약간 문제가 생기곤 합니다. 기관차 장폐단 운행을 없애려면 철도 종점에 '전차대'라는 시설이 있어야 합니다. 도공들이 쓰는 물레처럼 기관차를 태워 180도 빙글 돌려놓는 기계 시설이 바로 전차대이지요. 물론 전기기관차처럼 운전실이 기관차 양쪽에 다 있으면 전차대 따윈 필요 없습니다만.

또 겨울에는 엄청 춥고 여름에는 엄청 더운 곳이 디젤기관차의 운전실입니다. 아무리 목이 말라도 식수 같은 것도 쉽게 구할 수가 없습니다. 그래서 가만히 보면 2인 1조로 근무하는 기관사 중 누구 한 사람은 꼭 큰 플라스틱 통 한 개를 들고 다닙니다. 물론 그 안에는 물이 담겨 있지요. 이래저래 기관차 운전실은 편안하고 쾌적하게 근무할 수 있는 곳과는 거리가 좀 멉니다.

사실 고백하건대 나는 아주 어렸을 적부터 기관차, 그중에서도 특히 증기기관차에 대한 어떤 심한 공포심 같은 것을 가지고 있었습니다. 아마도 그것의 뿌리를 말하자면, 내가 국민학교 1학년이었던 시절 우리 동네와 학교 사이에 있었던 경부선 그 철도건널목으로까지 거슬러 올라가야 할 것 같습니다.

국민학교 1학년 때였지요. 학교를 파하고 집으로 가고 있는데, 그만 그 건널목에서 우리 동네와 그리 멀지 않은 사기점이란 동네에 사는 우리 반 친구 수봉이가 열차에 치어 버렸습니다. 건널목 근처에는 터널이 하나 있어 기차가 터널 밖으로 머리를 쑥 내밀면 건널목까지는 정말 몇 발짝 아니었거든요. 그 우람하고 시커먼 증기기관차가 '칙' 하고 급히 서기에 친구 서너 명과 함께 우르르 달려가다가, 나는 기어이 그 장면을 보고야 말았습니다. 기차에 치인 아이는 수봉이가 맞는데, 이미 거기 건널목 부근 철길 자갈밭에는 수봉이가 없었습니다. 머리 정수리에 가마가 두 개나 있어 '헬리콥터 두 대'라고 불렸던 우리들의 친구 수봉이는 어디 가고, 누가 수봉이만 한 인형 하나를 가져다가 다리 한 짝을 몸통에서 뚝 떼 내 아무렇게나 던져 놓은 뒤였습니다. 그리고 그 인형은 이미 피범벅이 돼 있었습니다. 나는 사람 몸이 그렇게 심하게 상한 것을 처음 보았습니다. 나는 턱과 뱃속이 심하게 덜덜덜 떨려 숨을 제대로 쉴 수가 없었습니다.

"아이고, 아아가 차에 치있다아! 이를 우짜겠노!"

"누집 아아고? 에헤이 참!"

"아이고! 이기 무슨 난리고?"

달려온 어른들이 우리를 막아섰습니다. 그리고 그 망가진 인형을 가마니로 덮었습니다. 시커먼 옷을 입고 모자챙 위에 있는 턱끈을 내려 턱밑으로 두른 기관사 한 사람도 증기기관차에서 뛰어내려 막 달려왔습니다. 마을 어른들과 기관사가 뭐라고 뭐라고 한참 이야기를 주고받고, 또 기관사는 수첩에다 뭐라고 몇 자 적기도 하더니, 검붉은 핏물이 가마니 밖으로 막 번져 나오는 그 불쌍하고 처참한 인형을 그대로 둔 채 열차는 곧 떠나가 버렸습니다.

나는 그 순간 너무 큰 충격을 받았습니다. 친구가 죽었다는 사실도 사실이려니와 무엇보다 그 뒤처리가 너무 얼렁뚱땅이었기 때문입니다. 뛰어내려 달려온 기관사도, 철길에 멈춰 서서 계속 '씩씩' 콧김만 내뿜고 있는 우람하고 시커먼 증기기관차도 그 누구도, 눈앞에 사람의 몸뚱이가 처참하게 찢겨져 있다는 엄연한 현실 앞에서 별로 놀라는 것 같지도, 별로 반성하는 것 같지도 않았기 때문입니다. 살인의 책임을, 기관사는 말 못하는 기관차 탓으로 돌리고 기관차는 자기를 부리던 기관사 탓으로 돌리는 것 같았기 때문입니다. 더군다나 동네 어른들까지 기관사 편을 드는 것이 아니겠습니까?

"아이구, 이렇게 열차를 세워놨어야, 빨리 출발하이소. 연락이나 뒤처리는 우리가 알아서 할 낍니더."

"맞심더, 일이 이래 대뿐는데, 우얄 낍니꺼? 아이고, 죽은 쟈도 잘못했지, 세상에…"

내 생각으로는 철길이 한 사나흘 막히더라도 기관차와 기관사는 동네 사람, 특히 우리 수봉이 식구들에게 종아리를 천 대, 만 대는 맞아야 할 것 같은데 어른들의 생각은 전혀 그게 아니었습니다. 증기기관차 한 대가 얼마쯤 나가는지는 잘 모르겠지만 통째로 팔아서 그 돈을 수봉이 부모님께 다 주고, 또 기관사는 코가 땅에 닿도록 큰절을 천 번, 만 번 하면서 용서를 빌어도 될까 말까 싶은데, 기관사란 사람이나 동네 어른들이나 하나같이 그들에겐 그럴 의향이 보이지 않았습니다.

그 뒤로 나는 시커멓고 요란한 증기기관차만 보면 오금이 저려 깜짝깜짝 놀라지 않을 도리가 없었습니다. 증기기관차는 나에게, 저 강원도 어느 산골마을에 나타나 우리 또래 아이 승복이의 입을 찢어 죽였다는 무장공비보다도 소복을 한 귀신보다도 더 무서운 존재였습니다. 무장공비가 무섭긴 해도 시키는 대로 고분고분하게 굴고, 귀신이 겁나긴 해도 우리 밀양에 전해 오는 아랑 이야기 속의 사또처럼 솔직히만 대하고 잘만 타이르면 목숨만은 부지할 수도 있겠다 싶었지만, 증기기관차는 도무지 그럴 상대가 아닌 것 같았습니다. 엄청 빠르고, 엄청 크고, 엄청 힘까지 센 데다가 사람과는 말이 전혀 안 통하는 무지막지한 그 무엇. 자기 이마빼기에 올라앉은 기관사 말고는 그 누구의 말도 듣지 않는 쇠 괴물.

그래도 우리 같은 조무래기들은 철둑에 한 번씩 올라가지 않을 수가 없었습니다. 왜냐하면 '못칼'을 만들어야 하니까요. 어른들이 쓰려고 사다 둔 쇠못 중에서 제일 굵고 큰놈을 하나 들고 철둑에 오릅니다. 그리고 저만치 열차가 나타나면 그 못을 레일 위에 가만히 올려놓습니다. 열차가 지나간 다음 근처 자갈밭을 뒤져 보면 아주 얄팍하고도 고르게 눌린 이상해진 모양의 못을 발견할 수 있습니다. 그 못에다가 나무 손잡이도 해 끼우고, 까실한 줄로 날도 좀 세우고 하면 아주 훌륭한 수제 칼로 변신합니다. 이게 바로 '못칼'이지요.

그런데 나는 두어 번 못칼을 만들어 보다가 이내 그만두고 말았습니다. 친구들은 자기가 가지고 있는 못칼의 못보다 더욱 크고 굵은 못을 발견하면 다시 못칼 만들기에 나서곤 했지만, 나는 아예 그런 데는 관심을 두지 않았습니다. 왜냐면 나는 이미 그놈의 못칼 때문에 심한 악몽에 시달리는 중이었으니까요.

누군지는 모르겠지만 아무튼 친구 하나와 내가 굵은 못 하나씩을 들고 철길 옆에 쭈그려 앉아 열차를 기다립니다. 아, 마침 저만치서 열차가 나타나네요. 시커멓게 생긴 것이 연기까지 풍풍풍 토해내는 걸 보니 증기기관차입니다. 우리는 잽싸게 레일이 깔린 자갈밭으로 뛰어 올라갑니다. 기관사가 신경이 쓰이는지 '왝, 왝' 거대한 왜가리 울음소리 같은 기적을 마구 울려 댑니다. 이럴 때 간이 큰 형님들은 못을 올려놓은 다음, 레일 위에다 귀를 대고 '징징징' 열차가 달려오는 소리까지 다 들어보고 나서야 유유히 철로를 벗어나지만, 우리는 얼른 못만 올려놓고 나서 곧 열차가 지나가기만을 기다립니다. 그런데 이게 웬 변고입니까? 우리 눈앞까지 다다른 열차가 그만 덜컹덜컹, 칙, 하고 아주 다급하게 정차를 하는 것이 아니겠습니까? 친구와 나는 대번에 사태가 심상찮음을 알아챕니다. 우리 동네에서 지나가던 열차가 급정거한다는 것은 십중팔구 불길한 결과로 이어지기 마련이니까요.

창백해진 낯빛으로 친구가 다급하게 외칩니다.

"어, 도망가자!"

"그래, 빨리빨리!"

우리는 높다란 철둑을 구르듯 달려 내려와 동네 안길에 붙어 있는 어느 집 문짝 없는 헛간으로 뛰어듭니다. 그런데 또 이상합니다. 잠시 전까지만 해도 분명 우리 동네 친구 하나가 내 옆에 붙어 있었는데, 이제는 헛간 안에 덜렁 나 혼자뿐입니다. 어딘가에 알아서 숨었겠지, 에라 모르겠다, 나는 바닥에 흩어져 있는 헌 가마니 짝 밑을 파고 들어가 몸을 숨깁니다. 잠시 뒤, 와자지껄해지는 헛간 앞 골목길. 가마니 틈으로 가만히 엿보니 아 글쎄, 언제 뛰어내려 왔는지 시커먼 옷을 입은 기관사가 큰 소리로 외치면서 나를 찾아 두리번거리고 있습니다.

"못 때문에 기차가 고장 났다. 못을 올린 아이를 찾아내 기관차에 싣고 가야 한다!"

'헉, 인자 우짜노, 나는?'

더욱 섬뜩한 일은, 우리 동네 어른들도 눈에 불을 켜고 전부 기관사 꽁무니를 따라다니면서 날 찾는 일을 도와주고 있는 게 아니겠습니까?

"정태 야가 와 그 게를 올라 갔노?"

"야를 빨리 잡아야 저 차가 떠나갈 낀데…."

"이 노무 짜슥 이거…."

숨이 턱턱 막히고 간이 다 녹아서, 곧 죽을 것만 같습니다.

그 순간, 다시 한 번 놀라운 일이 벌어집니다. 어떻게 알았는지 누구의 짓인지, 하여튼 내 몸을 가려주던 가마니짝이 갑자기 휙 벗겨지고 말았으니까요.

'아이고, 난 이제 기관차에 실려 어딘가로 끌려가겠구나. 나는 이제 죽었다!'

머리를 땅에 처박고 힐끗 고개를 들어보니, 언제 왔는지 기관사 한 사람이 내 앞에 우뚝 서서 싸늘한 웃음을 날리며 나를 내려다보고 있는 게 아니겠습니까? 역시나 시커먼 옷을 입고 모자챙 위 턱끈을 턱밑으로 내려 건 채.

"으으…, 으아악!"

눈을 떠 보니, 내가 누워 있는 곳은 헛간이 아니라 우리 집 건넌 방이었습니다. 이마는 축축하고 아랫도리는 선득선득했습니다. 내가 발로 걷어찬 것은 가마니가 아니라 두툼한 솜이불이었습니다. 내 옆에 서서 나를 내려다보는 사람은 없고, 깜깜한 방 안이지만 가만히 둘러보니 내 옆에 누워 있는 사람은 우리 할머니였습니다.

나는 이런 악몽에 몇 번 시달리고 나서는 아예 '못칼'과는 담을 쌓고 말았지요. 그래도 증기기관차는 좀처럼 나를 놓아주지 않았습니다.

철도고등학교에 입학하던 그날, 교문을 들어서다가 나는 피식 웃고 말았습니다. 교문이 바로 건널목이었으니까요. 진짜 건널목이 아니라 건널목에만 있는 큰 차단기가 하나 우뚝 솟아 있고 그 밑에는 레일도 깔려 있었으니까요. 당장 내 머릿속에서는 이런 생각이 떠올랐습니다.

'하이고, 누가 철도고등학교 아니랄까 봐서…'

그런데 그게 다가 아니었습니다. 본관 옆 공터 쪽으로 돌아 들어가 보니 아, 글쎄 거기에는 한동안 잊고 살았던 그 '괴물'이 떡하니 버티고 있는 게 아니겠습니까? 이마에 '미카'라는 이름표를 달고 마치 내가 오기를 기다렸다는 듯이 나를 노려보고 있는 시커먼 증기기관차 한 대. 다른 사람들은 신기하고 반가워하는 눈치였지만 나는 전혀 그게 아니었습니다.

'아차, 내가 저 괴물을 잠시 잊고 있었네! 저놈과 함께 3년을 어떻게 버틴단 말인가? 저런 건 어느 큰 역 한구석에다 세워 놓을 일이지, 이런 학교 교정에다 지붕까지 해 덮어서 이렇게 애지중지 모셔 둘 일이 뭐람. 원수는 외나무다리에서 만난다더니…'

그러나 내 힘으로는 어쩔 수가 없었습니다. 대신, 나는 혼자 굳게 다짐을 했지요. 할 수 없이 철도고등학교 운전과에 입학은 했다, 3년 뒤 정말 기관사가 될지도 모른다, 그렇지만 저 증기기관차만은 절대 운전하지 않겠다, 기관사가 돼도 턱끈을 하고 다니지도 않겠다, 이렇게 말입니다.

미카, 이름 하나만은 참 예뻤지만 3년이 다 가도록 나는 그놈 근처에는 잘 가지를 않았습니다. 어둑어둑한 날 좀 늦게 운동장을 나서다가 미카를 힐끗 돌아보면 왈칵 무섭기조차 했습니다. 미카 근처 어디에는 여덟 살 나이로 이 세상을 하직한 수봉이가 아직도 가장 불쌍하고 가장 무시무시한 모습으로 누워 있을 것만 같았습니다.

다른 학생들, 특히 우리 1학년 신입생들은 미카를 썩 좋아했습니다. 미카가 너무 신기한지 그 주변에서 놀고, 사진도 찍고, 어떤 아이들은 기관사가 된 듯이 운전실에까지 올라가서 척 앉아 있기도 했고요.

이래저래 기관차 승무실습도 시들해지고 말았습니다. 착실한 아이들은 꼬박꼬박 선배 기관사들 등 뒤를 따라 수원까지 심지어는 대전까지도 갔다 오는 눈치였지만, 우리 몇몇 농땡이들은 번번이 영등포역에 내릴 때가 많았습니다.

그래도 나에게 승무실습이 전혀 무익한 것만은 아니었습니다. 현장에서 만난 학교 선배이기도 한 현역 기관사를 통해 철도기관사 생활의 고충과 애환에 대해 많은 얘기를 들을 수 있었으니까요.

기관사 생활에서 가장 힘든 점이 뭐냐는 우리들의 질문에 현직 기관사들의 대답은 이구동성 비슷했습니다. 그것은 바로 밤낮이 따로 없는 근무 환경 바로 그것이었습니다. 어제는 집에서 잤는데 오늘은 대전 승무원합숙소에서 자고, 어제는 새벽에 출근했는데 오늘은 저녁에 출근하고, 또 모레는 운전하며 꼬박 밤을 새워야 하고…. 그로부터 비롯되는 불규칙한 수면, 식사, 그러다가 다시 잃게 되는 건강, 비정상적인 가족관계 바로 그건 것들이었지요. 기관차 기계 조작에 필요한 전문지식, 수천 톤이나 되는 물체를 고속으로 몰고 가야 하는 데서 오는 긴장감, 사고에 대한 두려움, 이런 것들은 차라리 큰 문제가 되지 않았습니다.

가만히 생각해 보니 과연 그랬습니다. 밤이라고 해서 철로에 열차가 다니지 않는 것도 아닌데 그것을 운전하는 사람이 과연 누구겠습니까? 점심때가 된들 그 좁은 운전실에서 어떻게 밥을 제대로 먹을 수 있고, 느닷없이 배탈이 난들 운전 중에 어떻게 시원하게 용변이나마 볼 수 있겠습니까?

승무실습에서 만난 한 기관사가 한숨을 푹 쉬며 했던 말이 내내 내 머릿속에서 떠나지를 않았습니다.

"너그들도 내년부터 각오해. 일 년에 딱 반은 집에서 자고 반은 밖에서 자는 직업이 철도기관사야. 그것도 말이야, 잘 자지도 못해. 새벽 3시에 출근할 때도 있어. 그러면 그건 집에서 잔 거야, 안 잔 거야? 맨날 그런 식이거든. 그래서 왜 이런 말도 있잖아? 평생 기관사로 일하다 퇴직한 사람이 퇴직하고 10년을 더 살면 장수한 거라고."

한마디로 보기보다 쓸쓸하고 고달픈 직업이 철도기관사였습니다. 동가숙서가식(東家宿西家食)하면서 천지 사방으로 앞만 보고 달리다가, 혹 운이 좋아 늘그막에 100만㎞ 무사고 기관사라는 칭호라도 얻게 되면, 그때는 아주 잠깐 남들 눈에 띄고 박수도 받아보는 직업이 바로 철도기관사였습니다.

선배들 말에 의하면 야간근무 안 하는 기관사도 있긴 있었습니다. 바로 서울지하철공사에서 일하는 기관사들이었지요. 그런데 문제는 소속이 서울시청이어서 직장을 옮기려면 아예 철도청에 사표를 내야 한다는 것이었습니다. 또 보기보다 근무 환경이 만만찮아 도로 철도청 기관차사무소로 되돌아오는 사람도 간혹 있다고 했습니다. 하기야 두더지처럼 캄캄한 땅굴 속을 하루 종일 헤집고 다니는 일도 고달프긴 매일반이라는 생각이 들었습니다.

승무실습을 통해 나는 거듭 깨닫게 되었습니다. 언제부턴가 잘못 접어든 길을 이미 나는 한참이나 걸어와 버렸다는 사실을. 지금 되돌아가기에는 너무도 먼 길이지만 그렇다고 앞으로만 계속 나아갈 수는 더더욱 없다는 사실을.

2학기가 시작되고 며칠 학교를 나갔습니다. 하루는 저녁을 좀 일찍 지어 먹고 마당가 수돗가에서 설거지를 한창 하고 있었습니다. 그런데 난데없이 등 뒤에서 아주 낯익은 목소리가 들렸습니다.

"말 좀 묻겠습니더. 여게예, 학생 하나가 자취하는 데 모릅니꺼? 철도고등학교에 다니는 학생인데예…"

아주 편안한 우리 고향 동네 말씨였습니다. 음색도 귀에 익었습니다. 뒤를 획 돌아보니 글쎄 우리 문간방 앞 대문간에 대구 영신고등학교에 다니고 있어야 할 친구 진복이가 안 쓰던 검은 안경을 쓰고 꾸부정하게 서 있는 게 아니겠습니까. 흥남부두에서 헤어진 식구를 부산 자갈치에서 만난 것처럼, 우리는 너무 반가워서 얼싸안았습니다. 지독한 경상도 사투리에 주인집 아주머니도 재미있다는 듯이 빙긋이 웃었습니다. 얼른 방으로 이끌고 들어갔습니다. 진복이하고 희성이는 어슴푸레 이름만 들어왔던 사이인지라 다시 인사를 시켰습니다.

"야, 니 우째 여를 다 찾아 왔노? 머 타고 왔노? 이 저녁답에 우리 집 못 찾으면 우짤라꼬 이 시간에…."

내가 물으니 진복이 대답이 재미있었습니다.

"서울 진관동이라 카는 데서 슬슬 걸어왔다, 점심 묵고. 한 네 시간 걸리네."

"아이고야, 거서 우째 걸어올 생각을 해 했노? 와, 차비가 없어서?"

"아이다, 그냥. 중간에 원당이라고 있데. 거기 전방집 앞 평상에서 쪼매이 쉬다가 걷다가, 금세 오네."

희성이도 재미있다는 듯이 눈을 반짝이며 다가앉았습니다. 응당 대구 있어야 할 친구가 웬 일산인가 싶어 이것저것 급히 캐물었습니다. 진복이 말은 대강 이랬습니다.

'졸업할 때까지 쭉 학교 다니려고 하니 돈도 없고, 지겹기도 하더라. 그만 고등학교에는 자퇴서를 내고 지금은 서울 진관동 진관사 앞 무슨 고시촌 같은 데 들어와서 검정고시 공부를 하고 있다, 거기만 통과하면 바로 대학시험 칠 수 있다, 서울 올라온 지는 한 열흘 된다, 일산 우리 집 위치는 여름방학 때 얼핏 얘기를 들었는데 기억에 남아서 잘하면 찾아올 것 같더라, 우리 집을 못 찾으면 다시 밤길을 걸어 진관동으로 돌아가려 했다….'

진복이는 그날 밤 우리 방에서 자고 갔습니다.

나는 한 번도 서울 진관동 진관사 앞에 있다는 고시촌에 가보지 못했는데, 진복이는 그 뒤로도 자주자주 우리 집으로 왔습니다. 우리 세 명이 만났다 하면 이야기 못 하고 죽은 귀신이라도 썰 듯 늘 이슥한 밤까지 갑론을박이 이어지곤 했습니다. 진복이와 나는 서로 비슷한 데가 많아서 화제는 더욱 풍부했습니다. 중학교 때까지는 학교를 잘 다녔지만 고등학교에 와서 갑자기 길을 잃어버린 황당함이며, 그래도 공부 머리가 좀 있어서 눈 하나는 높은 것이며, 독한 액체 한두 잔 홀짝이면 갑자기 말수가 많아지는 버릇까지….

우리들의 취중 토론은 가끔씩, 어깨 너머로 얻어들은 정보와 지식들을 총동원하여 펼치는 어설픈 정치 평론으로 이어지기도 했습니다. 이철승, 김영삼, 김대중, 김지하, 성낙현 이런 사람들이 불려 나오고 공화당과 신민당과 유정회와 통일주체국민회의 같은 게 등장했지만, 누구의 말이 정확한 것인지 조금씩 의견들이 엇갈리기도 했습니다. 그래도 의견이 하나로 모이는 지점이 없는 건 아니었지요. 지난여름에 있었던 대통령선거 찬성률 99%는 좀 아닌 것 같다, 대학생 형들이 데모를 하는 것은 그만한 까닭이 있기 때문이다, 유정회라는 건 정말 웃기는 제도다, 곧 있을 국회의원 선거에서는 신민당이 이겼으면 좋겠다, 이런 대목에서는 이구동성 우리 셋다 고개를 끄덕였으니까요.

나는 정치 사회 현안들이나 시사상식 따위를 주로 신문에서 얻어냈습니다. 나의 신문읽기는 정말 오래된 습관이었거든요. 책읽기에 걸린 시간보다 신문 읽는 데 들어간 시간이 훨씬 더 길었을 겁니다.

국민학교 다닐 때부터 그랬습니다. 집 근처에 있는, 아버지가 근무하는 철도건널목 사무실에 가면 늘《부산일보》신문이 배달되어 왔습니다. 어른들이 채 읽어 보기도 전에 내가 얼른 가로채다가 입안에서 사탕 녹여 먹듯이 야금야금 읽어 치웠지요. 중간중간 한자가 섞여 있었지만, 문맥을 살펴보면 그렇게 어렵지도 않았습니다. 어떨 땐 어른들이 모르는 한자를 우쭐대며 내가 가르쳐 주기도 했으니까요. 날마다 조금씩 읽을 수 있는 연재소설에는 흔히 어른들이 불륜이라고 부르는 그런 이야기가 삽화와 함께 실려 있었는데, 그걸 어른들 몰래 읽어 보는 재미도 솔솔했습니다.

고등학교에 오니 신문이 없어져 심심하고 답답했지만, 그렇다고 혼자서 신문을 정기 구독할 형편도 아니었지요. 그래도 주말마다 경부선 열차를 타면 곳곳에 손님들이 읽고 버린 신문 잡지들이 많아서 그나마 다행이었습니다. 흔들리는 차 안이지만 신문에다 코를 박고 있다 보면 '서울-밀양' 간 5시간 거리도 참을 만했습니다.

한번은 저녁을 먹고 나서 누군가 지나가는 말처럼 던진 질문 하나로 거의 밤을 새우다시피 한 적도 있었지요. '대략 30~40년 후에 우리 셋 중 누가 성공할 수 있을까? 또 그 성공했다는 증표를 무엇으로 삼을까?' 성공해야 한다는 것에는 이의가 없었지만, 그 증표라는 데에서는 정말 많은 의견들이 교차했습니다. 쫄딱 망하거나 지명수배를 당해도 끝내 우정을 버리지 않는 친구 서너 명만 있으면 된다, 무엇을 연구하든지 박사학위 하나는 따야 하지 않겠느냐, 좋은 책을 한 천 권쯤은 독파해야 한다….

긴긴 논쟁 끝에 아주 어렵게 3자 합의를 이뤄내긴 했습니다. 늘 그막에 남들이 읽을 만한, 읽고 나서 한두 번이라도 고개를 끄덕일

만한 '책 한 권'을 낼 수 있도록 지금부터 알차게 살아갈 것.

한번은 진복이의 심한 경상도 사투리 때문에 정말 우스워 죽는 줄 알았습니다. 우리 자취방 언덕길 들머리 큰길가에는 부식가게가 하나 있었는데, 진복이에게 거기 가서 콩나물을 좀 사오라고 시켰습니다. 그 부식가게는 늘 콩나물 가득 담긴 큰 플라스틱통을 길가에 내다 놓고, 몇백 원어치씩 뽑아 팔았거든요. 그런데 한참 뒤 진복이는 그냥 빈손으로 덜렁덜렁 돌아왔습니다. 내가 물었지요.

"와? 콩나물 다 떨어졌다 카더나?"

진복이가 부아가 좀 난 듯 시무룩하게 대답했습니다.

"아이다. 있기는 있는데, 씨, 안 판다 카더라."

"뭐? 그 집에서 콩나물을 두고도 안 팔 리라 있나? 이상하네. 니가 머라 캤는데 안 판다 카더노?"

"내가 '보이소, 여게 콩기름 좀 주이소.' 이래 캤지. 주인이 내 얼굴 한참 쳐다보더니, 여기 콩기름은 없어요, 이카데."

"하이고 진복아, 그러면 그렇지. 여선 콩기름이 아이고 콩나물인데…."

그랬습니다. 우리 밀양 사람들은 겨울이면 농사지은 흰콩으로 집에서 곧잘 '콩기름'을 길러 먹곤 했습니다. 밑바닥에 구멍이 나 있는 옹기 동이에 불린 콩을 넣고 시시때때로 물을 주어 길러내는 그놈의 이름은 밀양 우리 동네에서는 분명 '콩기름'이지만, 서울에서는 전혀 아니었습니다. 그러니까 진복이는 '음식을 튀길 때 쓰는 식용유'를 달라고 말해 버린 것이었지요.

그럭저럭 시월이 되었습니다. 학교 친구들의 말이나 표정에서는 왠지 쓸쓸함이랄까 비감함이랄까 그런 것이 조금씩 묻어났습니다. 이제 발령, 출근, 철도공무원 이런 말들이 코앞의 현실로 다가와 있었습니다. 지각, 조퇴, 결석이 유독 많고 성적은 늘 뒤에서 다섯 손가락 안에 드는 나에게 하루는 어떤 친구 한 놈이 겁을 와락 주었습니다.

"야, 정태야, 너 그거 들었어?"

"모른다. 말해 바라."

"우리 12월 발령 말이야, 그거 성적순으로 낸다더라. 서울, 청량리, 부산, 대구 같은 데는 성적 좋은 애들이 가고, 안 그런 애들은 구석으로 가야 한대."

"그래? 까짓것 가지 머. 어데가 제일 구석이라 카더노?"

"발령하면 두 손, 두 발 다 드는 데가 철암이래, 철암기관차."

"들어 봤는데, 철암이라고…. 그거 혹시 강원도 어디 있는 거 아이가?"

"맞어, 인마. 거 왜 책에도 나왔잖아? 인클라인, 스위치백 어쩌구 하는데 말이야. 늘 새까만 석탄만 퍼 나른다더라. 그리고 웃기는 건, 우리 선배들도 거기 발령받은 사람들은 다 거기서 장가들었대. 반반한 아가씨는 다 다방이나 술집 소속이고, 여자가 없대. 하숙집 아줌마가 자기 딸이나 조카 이런 애들 막 들이밀어서 사위 삼아버린대. 야, 인마 너 각오해."

"조오치, 내 철암 근무하거든 한번 놀러 와라이."

"짜식."

태연한 척했지만 마음은 영 편치를 않았습니다. 두어 달 후, 철도청이 우리들에게 발령지를 정해 줄 때 무엇을 근거로 삼을까? 아무리 머리를 굴려 봐도 학교 성적 말고는 다른 기준이 떠오르지 않았습니다. 친구 녀석 말마따나 학교 성적대로 발령을 낸다, 그럴 때 나를 철암기관차사무소로 발령을 내지 않는다, 그것은 내가 생각하기에도 규정 위반인 것 같았습니다.

'철암이라 철암, 까짓것 보내주면 가지 뭐. 거기 근무해도 월급은 줄 것 아닌가? 거기도 사람 사는 동네는 있을 것 아닌가? 사람 살면 집도 있을 거고, 밥도 있을 거고, 술도 팔 거고, 까짓것 거기서 한세월 보내지, 뭐. 여자야 반반하든지, 누구네 딸이든지, 조카든지 그거는 내 알 바 아니고.'

그러나 머릿속의 생각과 가슴 속의 느낌은 한참 달랐습니다. 좀 멍멍한 것 같기도 하고, 좀 서늘한 것 같기도 하고, 좀 억울한 것 같기도 하고….

일요일과 겹쳐 연휴가 돼 버린 한글날을 사흘이나 앞두고 교내 백일장이 또 열렸지만, 한 해만에 열기는 많이 가라앉아 버렸습니다. 한 사람의 실력이나 존재감이 그렇게나 컸다는 사실을 새삼 깨닫게 되었지요. 그 한 사람은 바로 '업무과'를 졸업하여 지금은 수도권 어디 역에서 근무하고 있다는 우리 한 해 위 장택수 선배입니다. 택수 선배의 글솜씨는 정말 대단했습니다.

지지난해였지요. 그러니까 내가 1학년일 때 그해 한글날 기념 교내 백일장은 마치 무슨 축제 같았습니다. 오래전에 우리 학교를 졸업하여 어엿한 문인으로 활동하고 계시는 김용성, 양문길 두 분 선배님도 손님으로 오셔서 한껏 분위기를 띄워주셨고요. 무슨 소설집 같은 데서도 가끔 이름을 발견할 수 있었던 두 분이 우리 학교 출신이라는 것을 나는 그때 처음 알고 정말 가슴이 뿌듯했습니다.

'그럼 그렇지. 역사가 70년이 넘은 학교가 문인 한두 사람을 길러내지 않았다면 말이 되나? 아무리 철도고등학교라지만 수만 명이 졸업을 했을 터인데 하나같이 다 철도밥만 먹고 있다면 그게 말이 되나?'

김용성 선배님은 비록 운동장이긴 해도 전교생들 앞에서 특강도 하셨습니다. '삼다'를 말씀하셨지요. 주변의 사물이나 현상을 함부로 흘려 보지 말고 곰곰이 관찰하여(다상량), 무슨 생각이나 느낌이 떠오르면 그때그때 메모하고(다작), 잘 쓴 사람의 글도 자꾸 찾아 읽어야 한다(다독). 이렇게 '삼다'를 역순으로 예를 들어가며 조곤조곤 말씀하셨습니다. 또 특강 말미에는 좀 낮은 목소리였지만 결연하게 강조하기도 하셨습니다.

"사람들은 나의 대표작을 흔히 '잃은 자와 찾은 자'라고들 하지만 그건 아닙니다. 나는 누구에게나 자신 있게 말해요. 나의 대표작은 바로 '리빠똥 장군'입니다. 요즘 사정이 어려워 잘 만나볼 수는 없지만, 후배님들, 훗날 꼭 한번 읽어들 보세요. 알았죠?"

그 백일장에서 운문부문 장원은 관례를 깨고 3학년이 아니라 2학년 택수 선배가 차지했습니다. 처음에는 좀 의아해하는 눈치들이었지요. 그러나 작품이 공개됐을 때는 모두 고개를 끄덕이고 말았습니다. 그 백일장 시제는 딱 한 개 '대합실'이었습니다. 나도 한

때는 장래 희망이 시인이었으니 뭔가를 해보려고 애를 쓰며 시 비슷한 걸 하나 썼지요. 그러나 나중에 택수 선배의 시를 보고 나서는 나 자신이 한없이 초라해지고 말았습니다.

나는 대합실이라기에 그저 대합실 풍경만을 얼기설기 그려 보였는데, 택수 선배는 대합실을 배경으로 결국 '통일'을 노래하고 있었습니다. 말을 다루는 솜씨 또한 일품이었습니다. 나의 시는 그제나 이제나 산문을 그저 뚝뚝 분질러 시처럼 배열한 것에 불과했지만, 택수 선배 시는 압축미가 뛰어났습니다. 물론 입상자 명단에도 내 이름은 없었고요.

그 이후로 나는 택수 선배와 아는 사이가 돼 보려고 혼자 끙끙 애를 많이 썼습니다. 그 선배가 자주 가는 교지 편집실 부근을 애써 기웃거리기도 했고, 교지 『鐵馬』에 실을 작품을 공모할 때는 어설픈 수필을 하나 써서 투고도 해 보았지만 별 반응이 없었습니다. 그러다가 결국 2학년 초였던가, 주말 경부선 열차 안에서 택수 선배를 만나 오랫동안 얘기를 하며 내려오는데 성공했습니다.

선배의 집은 양산이라고 했습니다. 선배는 덩치는 그리 크지 않았지만, 눈빛이 반짝반짝하고 속이 꽉 차 보이는 사람이었습니다. 마치 스물을 훌쩍 넘긴, 어떤 대학 국문과에 다니는 대학생으로도 보일 만큼.

택수 선배를 알고 지내니 비로소 학교를 다닐 맛이 조금 났습니다. 강당 뒤 후원에 라일락이 피어 꽃그늘을 드리우고 있던 어느 날, 종례를 하고 집에 가려고 교문 부근을 막 나서다가 택수 선배와 마주쳤습니다.

"어, 정태 아이가? 오랜만이다! 배 안 고프나? 우리 머 좀 묵으까?"

그러는 것이었습니다. 무척 반가워, 아니 황송하여 뛸 듯이 기뻤지만 말은 반대로 나와 버리고 말았습니다.

"아, 예. 배가 조금 고프긴… 해도, 집에 가서 묵으면… 되는데…"

"아이다, 가자. 요 앞 중국집에 가서 머 한 그릇 묵자. 내가 사께."

'내가 사께' 하는 말이 더없이 든든하고 멋있어 보였습니다. 중국집에 가서 짜장면 한 그릇씩을 게 눈 감추듯 비우고 막 다시 거리로 나서는데, 저만치 리어카에 번데기 파는 아줌마가 보였습니다. 다시 택수 선배가 그러는 것이었습니다.

"야, 그냥 갈 수 있나? 간단히 한 고뿌, 어떴노?"

'한 고뿌' 할 때는 손으로 술잔을 입에 들이붓는 시늉도 곁들이면서요. 결국 택수 선배는 종이로 고깔을 만들어 소복이 담아주는 번데기를 한 통 사더니 내 손목을 잡아끌었습니다. 선배는 바로 학교 앞 어떤 이층집 구석방에서 자취를 하고 있었지요. 방에는 이미 조금 마신 흔적이 있는 네 홉들이 소주병이 하나 있었습니다. 택수 선배는 밥 담아 먹는 스테인리스 그릇 두 개를 가져오더니 익숙한 손놀림으로 쪼르르 이 그릇, 저 그릇 나눠가며 한 번에 그 소주병을 다 비워 두 개의 술잔을 만들어냈습니다. 안주는 번데기 한 고깔이 다였고요. 그날 저녁 우리는 선후배를 뛰어넘어 정말 많은 얘기들을 나눴습니다. 넉넉잖은 가정 형편과 고단한 서울살이와 가슴속 저 밑바닥에 묻어둔 열여덟, 열아홉 살의 꿈과 사랑과 슬픔과 좌절에 대하여. 나는 그날 밤 응암동으로 돌아오지 못하고 택수 선배 집에서 몸을 눕혔지요.

그러고 나서 며칠 후 점심시간이었는데, 우연히 택수 선배를 운동장에서 다시 만났습니다. 이번에도 택수 선배가 먼저 말을 붙였습니다.

"우리 아카시아 향기 맡으러 안 갈래?"

느닷없이 웬 아카시아 향기인가 싶었지만, 선배 뒤를 따라가니 학교 본관 뒤 야트막한 언덕으로 향하는 것이었습니다. 그곳에는 늙은 아카시아 나무가 몇 그루 어울려 작은 숲을 이루고 있었지요. 그간 내 눈에는 안 띄었는데, 마침 아카시아꽃도 가지가 부러질 듯이 흐드러지게 피어 있었습니다. 우리 둘은 거기 앉아서 한동안 말없이 운동장만 바라보고 있었습니다. 문득 중학교 때 『나의 시집』에 옮겨 적었던 시 한 편이 떠올랐습니다.

란이와 나는
산에서 바다를 바라다보는 것이 좋았다.
밤나무
소나무
참나무
느티나무
다문다문 선 사이사이로 바다는 하늘보다 푸르렀다.

란이와 나는

작음 짐승처럼 앉아서 바다를 바라다보는 것이 좋았다.

짐승같이 말없이 앉아서

바다같이 말없이 앉아서

바다를 바라다보는 것은 기쁜 일이었다.

란이와 내가

푸른 바다를 향하고 구름이 자꾸만 놓아가는

붉은 산호와 흰 대리석 층층계를 거닐며

물오리처럼 떠다니는 청자기빛 섬을 어루만질 때

떨리는 심장같이 자지러지게 흩날리는 느티나무 잎새가

란이의 머리칼에 매달리는 것을 나는 보았다.

란이와 나는

역시 느티나무 아래에 말없이 앉아서

바다를 바라다보는 순하디순한 작은 짐승이었다.

단지 옆에 앉아 있는 사람이 '란이'가 아닐 뿐, 이 시를 쓴 시인의 마음이나 내 마음이 하나 다르지 않은 것 같았습니다. 내가 여자라면 택수 선배의 그 너른 가슴에 한 번 안겨도 보고 싶었습니다.

그래도 우리는 드문드문 몇 마디 얘기를 나누긴 했습니다.

"야아, 양산 사람들 바쁘겠다. 아카시아꽃 이렇게 피마 보리 익는데, 그쟈?"

"아카시아꽃 피면 보리 익는 거 맞을까예? 저는 몰랐는데…."

"야, 니는 아직 몰랐나? 양산하고 밀양하고 거기가 거긴데. 아카시아꽃 피면 보리 익고, 밤꽃 피면 모내기하고…"

"…"

'아, 이런 것이 '다상량'이로구나.'

나는 다시 한 번 택수 선배의 옆모습을 물끄러미 쳐다보았습니다. 내 옆에는 나보다 덩치가 작은 고등학교 한 해 선배가 아니라, 한 작은 거인이 우뚝 앉아 있었습니다.

그런 택수 선배가 졸업을 하고 나니, 마치 이진우 선수 없는 야구부처럼 우리 학교 백일장도 시들해지고 말았습니다.

시월도 중순을 넘기자 경의선은 완연한 가을이었습니다. 서울역과 일산역 사이엔 역이 여남은 개나 있지만 내 느낌으로는 그 딱 중간지점이 화전역 같았습니다. 아침에는 열차가 화전역을 지나면 서울에 들어선 것 같고, 오후에는 화전역만 지나면 비로소 경기도, 아니 시골로 나온 것 같았으니까요. 항공대학이란 데가 있는 화전역은 이름도 예뻤을 뿐만 아니라 참 묘한 매력이 있는 역이었지요.

집으로 갈 때 열차가 화전을 지나면 그때부터 이 쪽 저 쪽 열차 창문엔 마치 붉은 유화 그림들이 죽 내걸리는 것 같았습니다. 주로 참나무, 떡갈나무, 신갈나무, 서어나무와 같은 단풍 고운 나무들이 자라는 야산은 지는 석양을 받아 더욱 붉게 타오르기만 했지요. 들녘도 점점 텅 비어 갔습니다.

경의선의 가을은 더없이 좋았습니다. 높푸른 하늘, 선선한 바람, 역사 주변마다 노랗게 피어 있는 국화, 열차가 일으키는 바람에 흔들리는 철둑에 핀 코스모스, 저 멀리 낮은 산자락에 엎드린 마을 마을들, 어디론가 줄지어 날아가는 새떼들…. 그나마 일산에 터잡기를 잘했다 싶었습니다.

우리나라 철길 이름 가운데 '경'자가 들어가는 철길은 모두 다섯 개. 기점이 서울이라는 얘기지요. 그중 가장 운치 있고 아름다운 철로는 흔히 경춘선이라고들 하지만, 가을이 남하한 경의선도 그에 못지않았습니다. 경춘선이 산과 강이 어우러진 가파른 맛이라면 경의선은 야산과 들판이 펼쳐진 탁 트인 맛, 흔히 미술에서 말하는 '여백의 미' 같은 것이라고나 할까요.

그래도 우리들 모습은 예전 같지가 않았습니다. 철도고등학교 학생 아니랄까 봐 열차 안에서만큼은 기세등등하던 일산파도 눈에 띄게 말들이 적어졌습니다. 얘기보다 차창 밖을 멍하니 내다보는 시간이 길어졌습니다.

나 또한 마찬가지였습니다. 지난 3년간의 시간들이 차창 밖 풍경처럼 스쳐 지나갔습니다. 가만히 생각해 보니 뭐라도 하나 똑 부러지게 이뤄낸 것이 없었습니다. 수곤이 형은 벌써 밀양에 있는 인문계 고등학교를 졸업하고 부산대학교 국문과 대학생인데 나는 수곤이 형처럼 그렇게 결단도 못 내렸고, 몇몇 우리 운전과 친구들처럼 전문분야 지식을 탄탄히 다지지도 못했고, 택수 선배처럼 붓 하나로 뭇사람들의 심금을 울리지도 못했고, 최덕호 법사님처럼 고요한 한마음을 얻지도 못했고…. 가슴속에 묻어 둔 나의 장래 희망은 시인인데, 어쩌면 나보다 우리 동네 수곤이 형이 먼저 시인이 돼 버릴지도 모를 일이었습니다. 잡다한 책에서 얻어들은 쓸데없는 생각들만 일산 거리에 흩날리는 낙엽처럼 내 머릿속을 가득 채우고 있었습니다.

우리는 가끔씩 아름다운 계절에 복잡해져 버린 머릿속을 정리하느라, 딱히 볼일이 없으면서도 괜히 문산까지 올라갔다가 내려오는 차편으로 일산에 내리기도 했습니다. 열차를 탔다 하면 이 자리, 저 자리 살살거리고 다니던 고 박사의 모습도 뜸해졌습니다.

그 무렵 학교에서는 꽤 괜찮은 소문이 하나 나돌기 시작했습니다. 우리 3학년들이 졸업여행을 간다는 것이었습니다. 장소는 설악산. 갈 때 무얼 타고 갈 것인지는 아직 결정이 안 됐다고 했습니다. 그런데 좀 이상한 것은, 졸업여행 소식이 날마다 조금씩 바뀐다는 것이었습니다. 예정대로 간다고 했다가, 취소된다고 했다가, 열차로 강릉 가서 다시 버스로 갈아탄다고 했다가, 처음부터 버스로만 간다고 했다가…. 결국 졸업여행은 취소되고 말았습니다. 대신 졸업소풍을 좀 특별하게 가기로 했습니다.

말 그대로 우리 3학년 가을소풍은 좀 특별했습니다. 우선 철도청에서 한턱 인심을 써 주었습니다. 철도고등학교 3학년 가을소풍 전용으로 열차를 한 대 편성해 주었습니다. 가는 곳도 예전처럼 서오릉, 동구릉 이런 데가 아니고 저 수원 근처에 있는 융건릉이란 데였고요. 융건릉이 어떤 곳인지 자세히 아는 사람은 없었지만, 얼핏 들리는 말로는 조선 22대 정조와 비운에 간 그의 아버지 사도세자의 무덤이라고 했습니다. 자신이 보는 앞에서 할아버지 손에 죽임을 당한 아버지를 그리워하여 정조는 죽어서도 그 옆에 누워 있다고 했습니다.

우리 학교 소풍은 늘 그랬습니다. 선릉, 동구릉, 서오릉…. 소풍 하면 무조건 조선왕릉으로 가는 것으로 전통 아닌 전통으로 삼아 왔지요. 지금까지 조선왕릉으로 가지 않았던 소풍이 딱 한 번 있 긴 있었습니다. 바로 동작동에 있는 '국립묘지'였지요. 우리 학교 교명 앞에 '국립'이 붙는다고는 하지만 그래도 소풍을 '국립묘지'로 갈 생각을 어떻게 했는지, 참 이상한 결정이었습니다.

소풍지를 아마 학생들의 투표로 결정한다면 가장 인기 있는 곳 은 창경원 아니면 남산일 겁니다. 거긴 다른 학교 특히 여중이나 여 고에서도 더러 소풍을 오지요, 사 먹을 데 많지요, 볼 것도 제법 되 지요, 종례까지 일찍 해준다면 그보다 더 좋을 수는 없을 텐데요.

용산역에 나가니 저만치 플랫폼에 우리만을 싣고 갈 전용열차가 예닐곱 칸 객차를 달고 서 있었습니다. 며칠 전부터 담임선생님에 게 '복장 단정'이라는 말을 귀에 못이 박히도록 들었습니다만, 친구 들의 옷차림은 오히려 '복장 문란' 바로 그것이었습니다. 뒤꿈치 쪽 가죽이 좀 높은 구두, 우리 학교에서 공식적으로 인정한 단화 대 신 일반 신사화를 신고 온 친구, 교복이라고 다들 입긴 입었지만 상의 옷깃 위로는 알록달록한 셔츠 자락이 삐죽이 보이는 친구, 얼 른 보면 교복 바지지만 자세히 보면 색깔만 비슷한 일반 나팔바지 를 입은 친구들이 태반이었지요.

옷차림뿐만이 아니었습니다. 챙겨온 짐들도 가관이었습니다. 아 예 가방 하나 없이 덜렁덜렁 빈손으로 오거나, 아니면 흔히 목욕하 러 갈 때 들고 가는 손잡이만 달린 조그만 '목욕탕 가방' 하나만 들고 오거나, 혹 가방을 들고 왔다 해도 김밥 같은 것을 얌전하게 싸온 친구는 몇 명 되지를 않았습니다. 그 대신 들고 온 허름한 가방이나 봉지 속에서는 움직일 때마다 '챙그랑 챙그랑' 유리병 부딪치는 소리가 여기저기서 났지요. 선생님들도 예전처럼 그리 깐깐하게 굴지는 않았습니다.

소풍은 우리 지방 학생들의 애로가 만천하에 드러나는 학교 행사였습니다. 자취방에서도 라면이라는 기적의 식품만 아니었더라면 벌써 굶어 죽었을 우리인데, 어디 김밥을 싸고 초밥을 말아 간단 말입니까? 당연히 우리 일산파도 이상하게 생긴 가방 하나에다 독한 액체가 든 유리병 두어 개 하고, 그래도 배는 고프니 빵 몇 개 우유 몇 개를 챙겨 갈 수밖에 없었지요.

열차가 출발을 하여 한 시간쯤 지났을까, 그간 한 번도 서지 않고 급행열차처럼 달리던 우리를 실은 열차는 마침내 수원을 지나 병점이란 역 대피선에 멈춰 섰습니다.

"야, 다 왔구나."

우리 철고생들은 딱 보면 그런 것 정도는 다 알 수 있었습니다. 다시 우리를 싣고 용산으로 갈 때까지 거기에서 하루 종일 기다린다고 했습니다. 하기야 금세 출발할 열차가 아니면 본선에 세울 수조차 없었겠지요.

철도역 구내의 선로라는 게 그렇습니다. 본선과 제2, 제3의 대피선이 있지요. 본선은 정차하지 않고 고속으로 지나치는 열차나 혹 정차하더라도 곧 출발할 열차가 이용하는 직선 선로이고, 대피선은 저속열차가 고속열차를 잠시 피하거나 장시간 정차해 있을 열차 혹은 기타 장비들을 세워두는, 본선에서 갈라져 나간 보조 선로입니다. 선로와 선로가 교차하는 지점에는 '전철기'라고 부르는 기계장치가 있어서 선로 방향을 이리저리 바꿔 주지요. 전철기를 잘못 조작하면 대형 사고가 나기도 합니다.

아무튼 우리는 병점역에서 한참을 걸어 용주사 근처에 있는 '융건릉'에 도착했습니다. 열차를 타고 좀 멀리 왔다 뿐이지 왕릉이란 점은 매양 한 가지여서 우리는 다들 기분이 시큰둥해져 버렸습니다.

사실 조선왕릉은 우리들에게 몹시 따분한 장소였습니다. 한두 번 가 봤어야지요. 이제는 눈을 감고도 그 구조랑 풍경이 훤했습니다. 대문격인 홍살문을 지나면 한가운데 정자각이 우뚝하고, 정자각에서 고개 들어 야트막한 언덕 위를 쳐다보면 돌로 깎은 문인상 무인상 들이 보이고, 거기에 올라서면 비로소 석물을 두른 봉분이 둥그렇게 솟아올라 있고, 다시 주위를 둘러보면 빽빽한 숲이 왕릉을 감싸고 있고…. 한 30분 둘러보면 그 다음부터는 할 일이 별로 없어지는 곳이 바로 왕릉이었지요. 우리 같은 고등학생들이 어디 꼬마들처럼 잔디미끄럼을 타겠습니까? 드문드문 서 있는 안내판을 한나절 내내 읽고 다닐 겁니까? 다만 선생님들도 어디로 가셨는지 모습들을 감추곤 해서 그거 하나는 썩 마음에 들곤 했지만. 나중에 집합할 때 보면, 선생님들이나 우리들이나 다들 얼굴들이 발그레해져 있는 게 바로 조선왕릉으로 간 우리 학교 소풍날 종례 풍경이었습니다.

3학년 가을소풍도 마찬가지였습니다. 융건릉과 용주사에서는 무척 따분했습니다. 아무리 효성이 지극한 왕이라도 왕릉 자체는 뭐 그리 크게 볼 게 없었습니다.

그러나 열차 안에서는 그렇지가 않았습니다. 아침나절 용산에서 병점으로 갈 때는 조용했는데 용산으로 돌아오는 열차 안에서 그만 우리들 목청은 터지고 말았습니다. 객차가 흔들흔들할 정도로 의자의 손잡이나 창틀을 두드리며 노래를 불렀지요. 어느 반 어느 객차에서 맨 처음 이 노래를 시작했는지 그것은 알 수 없었지만, 아무튼 우리는 그 옛날 월남전 참전을 위해 부산행 열차를 타고 가던 군인들처럼 목 놓아 노래를 부르고 또 불렀습니다.

잊지는 말아야지. 만날 수 없어도
잊지는 말아야지 헤어져 있어도
헤어질 땐 서러워도 만날 땐 반가운 것
나는 한 마리 사랑의 새가 되어
꿈속에 젖어젖어 님 찾아 가면
내 님은 날 반겨 주시겠지.

말은 안 했지만 이미 우리는 다들 알고 있었습니다. 특별한 사건이 벌어지지만 않는다면 이게 바로 우리 인생의 마지막 소풍이라는 것을. 복장 단정이라든지 소지품 검사라는 말도 다시는 듣지 못한다는 것을. 오늘 잠시 남아 있는 이 시간이 너무 소중하다는 것을.

지금까지는 소풍 하면 으레 종례 후에 우리끼리 진행하는 2부를 숨겨두고 있었지만, 3학년 가을 소풍만큼은 이미 돌아오는 열차 안에서 진을 다 빼버려 도무지 2부를 진행할 여력들이 없어져 버렸습니다. 마실 것도 벌써 다 마셔 버렸고, 피울 것도 벌써 다 피워 버렸고, 부를 것 또한 벌써 다 불러 버렸으니까요. 열차가 한강 철교에 들어서자 누가 시키지도 않았는데 객차 안 여기저기서 교가를 부르기 시작했습니다. 교가는 곧 합창이 되고, 자리에 앉아 있던 친구들도 모두 부스스 일어섰습니다. 모자를 벗어 오른손에 들고 위아래로 흔들면서 교가를 불렀습니다.

늦을라 어서 뫼자 철도학교로
동적이 모래톱에 달이 지샌다
삼천리 새 혈관을 돌리는 바퀴
강산도 쉴 새 없이 우릴 따른다

학교에서 11월은 참 지루한 달인데 우리 3학년은 그렇지가 않았습니다. 선생님들도 수업보다는 다른 일로 더 바쁜 눈치였습니다. 우리들도 덩달아 마음들이 어수선해져 버렸지요. 왜냐하면 12월 중순이라면 다른 학교에서는 방학을 기다릴 때인데, 우리 철도고등학교 3학년들은 바로 그때 졸업을 해야 한다고 예고돼 있었으니까요.

무엇부터 해야 할지 마음만 바빴습니다. 연탄불도 꺼뜨리지 말아야 하고, 어쨌든 삼시 세끼도 이어가야 하고, 살던 방도 비워야 하지만 무엇보다 발령이란 걸 어디로 받을지 그게 궁금하고 불안하고 그랬습니다.

'우리 반 어떤 놈 말마따나 내가 철암으로 가는 거 아닐까? 아니다, 가자, 이제 와서 비겁하게⋯. 성적순으로 하면 그게 더 공평한 건지도 모른다. 혹 어떤지 주말에 철암으로 한번 가본다? 아니 그럴 것까지는 없고, 설마 어디라도 내주기는 주겠지. 아니다, 이러다가 혹 서울에 발령이 나는 건 아니겠지? 서울보다야 차라리 철암이 낫다. 3년간 학교 다니는 것도 이렇게 죽을 맛인데, 여기 서울에서 어떻게 계속 살아간단 말인가? 그것은 서울한테 인질로 붙잡히는 꼴이다. 아, 좋기는 부산이나 대군데⋯.'

그런데 촉새 같은 내 친구의 말은 사실이 아니었습니다. 학교에서는 발령이라는 것을 성적표와 출석부만 보고 그렇게 대충 내지는 않았습니다. 먼저 발령 희망 조사서를 돌렸지요.

'그럼 그렇지. 전공 공부를 좀 부지런히 한 사람하고 게으름을 좀 피운 사람하고 열차 운전하는 데에 무슨 그리 큰 차이가 있을까? 전공 공부 좀 한 놈도 전방 주시 안 하고 규정 무시하면 덜커덕 사고는 날 건데. 그 자슥 거 괜히 사람 겁만 주고⋯.'

우리 일산파 가운데 운전과는 희망지를 쓰기 전에 의논들을 좀 했습니다. 어디로 가든지 한데 다시 모여 일산에서 못다 나눈 우리들의 이야기 그 2부를 이어가야 하지 않겠냐고, 그래서 다들 대구로 썼지요.

12월 초나 됐을까요, 마침내 담임선생님께서 발령지 적힌 종이를 들고 오셔서 좀 엄숙한 얼굴로 읽어주셨습니다.

"먼저 서울기관차사무소다, 서울. 이문성, 김재환, 허종상…, 다음은 청량리기관차사무소에 발령받은 사람이야. 박인중, 여해철, 서원호…. 다음은 대구기관차사무소 유선재, 문정태…."

좀 뒤에, 옆 반에 가서 재영이와 희성이에게 물어보니 그 둘도 역시 대구기관차사무소였습니다. 대구기관차사무소로 내려갈 운전과 동기는 모두 예닐곱 명쯤 됐지요. 발령, 승무, 현장 이런 말들이 우리에게 더럭 겁을 주었지만 그래도 친구들 특히 일산파가 함께 가니 그나마 조금 걱정이 덜어지는 것도 같았습니다.

12월 18일, 졸업식은 예정대로 열렸습니다. 무슨 행사를 한다 해도 우리 학교에는 부모님들 모습이 안 보이는 게 정상인데 무척 많은 사람들이 모였습니다. 눈을 씻고 봐도 안 보이던 여자들도 많았고요. 나를 위해 밀양에서 온 손님들도 다섯이나 됐습니다. 우리 아버지와 친구들 넷. 지난 3월 개학을 하고 나서 며칠 뒤, 그때는 초조한 얼굴로 상경하셨던 우리 아버지가 이번에는 느긋한 얼굴빛으로 오셨습니다.

졸업식장은 일본 사람들이 지어 놓고 간 지붕이 뾰족한 대강당이었습니다. 600명 우리 철도고등학교 3학년들은 교복이 아니라 미리 지급받은 푸른색 철도 근무복을 입고 식장에 도열했습니다. 우리 운전과는 특별히 모자챙 위에 턱끈이 달려 있는 모자까지 썼습니다. 국민의례, 내빈소개, 내빈 축사, 학교장 축사, 임명장 수여, 선서…. 졸업식이 진행될수록 여기저기서 축하한다는 말도 자주 들리고 박수 소리도 여러 번 터져 나왔습니다. 누가 앞에 나가서 무엇을 받아 오기도 했습니다.

그러나 왜 그럴까요? 나는 마치 옥에 갇힌 죄수가 큰 칼을 쓴 듯 자꾸 어깨가 무거워 오고, 목이 갑갑해지고, 입고 있는 철도 근무복이 어색해서 똑바로 서 있을 수가 없었습니다. 이제는 도저히 빠져나가지 못할 어떤 세찬 물줄기 같은 것에 휩쓸려 한없이 내 몸이 빨려 들어가는 것도 같고, 한번 입어버린 이 시퍼런 철도복을 이제는 쉽사리 벗을 수가 없을 것만 같았습니다. 퍼뜩 정신을 차려보니 사회를 보는 선생님이 마지막 전달 사항이라며 두 번, 세 번 마이크에 대고 외치고 있었습니다.

"에, 다시 한 번 알립니다아. 졸업생 여러분들은 3일, 딱 3일을 쉰 후에, 그러니까 12월 21일에 각자가 발령을 받은 지방철도청으로 출근하기 바랍니다. 오늘 이 자리에 오신 학부모님들도 이 점 꼭 잊지 마시고…"

졸업식장을 나서서 학교 이곳저곳을 간단히 둘러보았습니다. 그래도 그 먼먼 밀양에서 나를 위해 서울까지 와준 친구들이 있으니까요. 오늘만큼 내가 주인공이니까요. 운동장에 서서 사진도 한 장 찍었습니다. 그러나 무엇을 해도 조금 전에 들었던 '출근'이라는 말이 자꾸 내 어깨를 짓눌렀습니다.

'이제는 개학이나 방학이 아니라 출근, 출근, 출근이다. 대구기관차사무소란 곳에 출근을 해야 한다. 밤 열차를 타야 한다. 아, 기어이 나도 기관사가 되고 말았구나. 다른 친구들처럼 예비고사라는 시험도 한 번 못 쳐 보고 벌써 출근을 해야 할 신세가 되고 말

왔구나. 나는 아직 읽어야 할 책도 너무 많고 들어 볼 얘기도 너무 많은데 밤 기관차에 매여 있으면 언제 그 일을 해낼 수 있을까? 나는 아직 집 나이로도 스물이 멀었는데 벌써 철도공무원이라니, 월급봉투라니….'

교문을 나서다 말고 차단기 밑에 우뚝 섰습니다. 그리고 뒤를 돌아보았습니다. 졸업식에 온 많은 손님들은 신기한 듯 역시나 미카 주변에 많이 모여 있었습니다. 다들 미카를 둘러싸고 왁자하게 웃으며 사진들을 찍고 있었습니다.

잘 있거라, 미카여.

잘 있거라, 용산 허수아비여.

〈끝〉